让 我 们 一 起 追 寻

茶叶大盗

For ALL
The TEA in CHINA

How England Stole
the World's Favorite Drink and Changed History

改变世界史的中国茶

〔美〕萨拉·罗斯／著

孟 驰／译

Sarah Rose

社会科学文献出版社
SOCIAL SCIENCES ACADEMIC PRESS (CHINA)

本书所获赞誉

《茶叶大盗：改变世界史的中国茶》是一部记述维多利亚时代植物大盗罗伯特·福钧开拓事业、激情冒险的著作——他几乎凭借一己之力令英国茶叶种植业得以在印度安家落户。无论是茶叶迷，还是历史爱好者，抑或是任何一个喜欢欣赏美文的读者，萨拉·罗斯成功地向他们展现了探索未知的激情、震撼人心的武夷山美景以及福钧探险之旅的种种险象。

——马克·潘德格拉斯特，《珍贵的咖啡渣：咖啡的历史以及它如何改变我们的世界》作者

作为一名茶叶爱好者和一名历史专业的学生，我热爱这本书。萨拉·罗斯在我们眼前再现了维多利亚时代英国的茶叶文化，她让我们想起了那个时代和那个时代的传奇故事。我们每天都在享用着可口的茶叶，那是罗伯特·福钧当年冒着生命危险取得的成果。

——迈克尔·哈尼，"哈尼和桑尔丝茶叶精品"品茶师

一本集学术性与故事性于一体的精彩著作。

——盖伊·拉兹，全国公共广播电台《时事纵观》节目主持人

一个揭示了茶叶和工业间谍行动是如何助推大英帝国对外扩张的真实故事。

——《快速企业》

在《茶叶大盗》一书中，历史上最为波澜壮阔的茶叶种植时代终于得到了应有的、振奋人心的记录。

——《明尼阿波利斯星坛报》

停下手头的活，想一想你所享用的、滚烫的茶饮吧——就是这样的，盗窃！抢夺！欺骗！无非是国际商业巨头间谍行动的主题而已！

——《芝加哥太阳时报》

萨拉·罗斯著的关于茶叶如何在中国之外的地方发展的历史小说，读起来像是个以冒险为主题的故事……那个人（福钧）不仅成功了，而且还能活着向世人讲述这段传说，这真令人惊奇啊。罗斯笔下的情节是完全合情合理的……就她的这本引人入胜的小说而言。

——《夏洛特邮政快报》

一部描述了即时资讯时代之前的世界全球化进程的权威短篇故事，在书中，一个谦逊低调的苏格兰植物学家变成了一个虚张声势的资本主义海盗，他的行为在不经意间

改变了我们所有人的早餐内容……一个新奇而令人回味的传奇故事。

——《苏格兰周日报》

没有这个令人吃惊的维多利亚时代的人物，我们今天就喝不到茶了，他的装备只有一把生锈的手枪和一根假辫子，但就在那些冷酷无情的中国军阀眼皮底下，他把茶叶的秘密盗走了。

——《每日邮报》（伦敦）

毫无疑问，所有那些挂有女王或丘吉尔画像的老（茶叶）店是不是也应该挂上一幅"早餐茶救星"的小小画像？

——《周日快报》（伦敦）

罗斯以茶叶为主题呈献给我们一个充满异国情调的冒险传奇。

——《爱尔兰时报》（都柏林）

茶业界的印第安纳·琼斯式传奇。

——《每日快报》（伦敦）

这本书太带劲了。

——《观察者》（伦敦）

感谢上帝，多亏了这个顽强的苏格兰人，罗伯特·福钧，让一切成为可能。

——《泰晤士报》（伦敦）

一个关于如何只身犯险，永远地改变我们早餐结构的人的激动人心的故事。

——《每日快报》（伦敦）

这本书的精华不在于福钧所经历的种种危险，而在于罗斯对茶叶的加工流程那老练而自信的描述手法。读者就像福钧那样，亲身经历了一次探险之旅。

——《周日邮报》（伦敦）

这是我今年读到的最有意思、最振奋人心的读物。

——《今日北京》

罗斯写得棒极了。

——《南华早报》（香港）

这个故事不可谓不引人入胜。

——《旧金山书评》

像茶饮般宜人的关于西方茶叶种植和消费历史的知识……精彩非凡、令人着迷的传奇故事。

——《书目杂志》（重点书评）

新闻记者罗斯是一位不可多得的人才，一位娴熟地将她那丰富多彩的工作娓娓道来、完美地展现每一个细节的作家。

——《图书馆期刊》（重点书评）

萨拉·罗斯成功地让我们沉醉在罗伯特·福钧的传奇世界中。

——《国家地理旅行者》

（《茶叶大盗》）它将让你前所未有地肯定你手中那一杯茶的价值。

——《乡村生活》（伦敦）

读读萨拉·罗斯这本令人惊叹不已的《茶叶大盗》吧，你肯定会学会伪装的技巧。

——《闲谈者》（伦敦）

（福钧的）故事非常值得大书特书，尽管相关私人文件稀缺，罗斯的笔法还是那么充满技巧，收放自如。

——《文学评论》（伦敦）

走进罗伯特·福钧的世界，优秀的植物学家和植物猎人——人们所期盼的维多利亚时代的英雄人物所拥有的勤勉、勇敢、富于进取心的特点，他身上全有。萨拉·罗斯讲述了一个激动人心的关于个人勇毅和国家命运的传奇故事。

——《书籍季刊》（布伦特福德，英国）

这本书文风轻松，读起来有种小小的兴奋感，犹如饮茶，它为茶叶的迷人历史又增添了几笔。

——《地理学》（伦敦）

文笔和内容都非常出彩。

——《音频文件杂志》（缅因州波特兰）耳机奖得主。

一个爱茶的间谍的故事。

——《快报》

谁知道小小的茶叶居然有如此……精彩纷呈的背景?

——《B&N 精神食粮》

《茶叶大盗》用流畅优美、引人入胜的笔法记录了一株小小植物缓解一个国家的烦恼的故事,这株植物直到现在仍是如此,只不过受惠对象已经是数以百万计的茶叶爱好者了。

——《对立》杂志

不知何故,有些故事就像褪色的记忆一般消逝了……由于某些原因,罗伯特·福钧那令人难以置信的长征历程被尘封了起来——直到作家萨拉·罗斯拭去福钧那发黄的日记本上的灰尘,将这个人的传奇重新带回到我们的生活中。

——《萨凡纳通讯》

笔法引人入胜、轻松活泼,萨拉·罗斯的书是一部冒险小说,也是一段历史剪影。

——《天主教先驱报》

(罗伯特·福钧)打破了茶叶垄断,将喝茶的权利带给富人和穷人,饮茶已经成为今天英国人日常生活的重心。

——《大不列颠生活》

萨拉·罗斯写了一本非常对罗伯特·福钧胃口的书,因为在这本书里他如愿以偿地成为舞台中心的焦点人物——一个乔装潜入中华帝国心脏地带的间谍。

——《BBC 历史杂志》

这是我最近读到的最棒、最有意思的历史故事之一。

——《蒙特罗斯每日新闻》

萨拉·罗斯把这段逸事写成了一部脍炙人口的史书，栩栩如生地描述了晚清王朝的社会形态、全球经济、植物学的发展、茶叶产业、维多利亚时代的公共卫生以及其他风趣或动人的逸闻。

——《亚洲书评》

(《茶叶大盗》)读起来很像一本小说，它能让你不由自主地如云霄飞车般从第一页一口气读到最后一页。

——《纽南－罗威纳杂志》

献给斯考特

对任何一个国家而言，能够被接纳的最伟大的贡献就是给它的文化带来一种有用的植物。

——托马斯·杰斐逊

（茶）是一种用处很大的植物；种茶可以恩泽四方；喝茶则可以令人生气勃勃、头脑清明。

——罗伯特·福钧，引自一句中国谚语。

目　录

序　言

历史上曾经有一刻，当英国和中国因两种花木——罂粟和山茶——兵戎相见时，世界版图以两株植物的名字重新划分。

罂粟果实经加工提炼制成的鸦片，在 18～19 世纪的东亚作为麻醉毒品被广泛使用。鸦片的种植和加工均在印度——这片由诸多王公国家组成的次大陆，于 1757 年臣服在大不列颠的王旗之下。在英帝国的庇护下，印度鸦片的经销由光荣的东印度公司全权负责。

山茶叶经采摘加工可冲泡饮用，通称为茶。一直以来，中华帝国几乎完全垄断了这种"清澄碧玉"的所有产销环节：种植、采摘、加工、炒制及其他加工方式、批发、出口……一切一切，皆由此一国独享。

近二百年来，东印度公司向中国出售鸦片并以所获利润购入茶叶；而中国反过来用在茶叶贸易中获得的白银，从印度的英国商人手中购买鸦片。

鸦片－茶叶贸易对于英国而言不仅仅是获利那么简单，它已经成为国民经济中不可取代的重要元素。英国政府每 10 英镑的税收中，就有 1 英镑来自茶叶的进口与销售——平均每个英国人每年要消费一磅茶叶。茶税被用于铁路和公路建设、公务员薪水支出以及一个蒸蒸日上的工业国方方面面的需要。鸦片对于英国经济而言同样重要，它为印度——这颗维多利亚女王皇冠上闪耀的宝石——的经营管理提供了资金支持。尽管政府一直以来都希望印度能够在经济上自给自足，但 19 世纪中叶英国在印度西北边境发动的一系列扩张战争，却将它从这块富饶而辽阔的次大陆上所能获得的利益迅速消耗殆尽。植物商品的三角贸易是此时推动世界经济运转的原动力，帝国的车轮随作物的生长、加工与销售而转动：大不列颠从印度鸦片和中国茶叶中均分得一杯羹。

19 世纪中叶的中英外交是一部不幸的悲剧。北京城内高高在上、贵为天子的皇帝于 1729 年下诏"严禁"在中国销售鸦片，然而持续了数十年的走私仍使鸦片得以流入（值得注意的是，不列颠诸岛的鸦片贸易亦遭维多利亚女王禁止，然而她的法令却得到了广泛服从）。鸦片销量迅速而稳定地增长着，从 1822 年到 1837 年，销量增加了 5 倍。终于，在 1839 年，统领广州港的宫廷大臣（钦差大臣林则徐。——译者注）为这些外国人的目无法纪以及民众吸食鸦片上瘾后的病态所激怒，扣押了夷馆区内的所有外国人，并要求以 300 名英国人手中价值 600 万美元（约折合今日的 1 亿 4500 万美元）的鸦片为赎金。当鸦片贩子们被迫妥协、人质获得释放之后，这位大人命令 500 名中国劳力对将近 300 万磅的毒品用盐和石灰加以搅拌，将混合物倒入珠江。作为回应，年轻的维多利亚派皇家海军出战，以武力使获利丰厚的鸦片 - 茶叶贸易得以延续。

在战争中，英国一举打垮中国，清政府粗劣不堪的木制帆船根本不是女王陛下以蒸汽为动力的现代海军的对手。作为和平条约（实为不平等条约。——译者注）的一部分，英国人赢得了经一个世纪的外交恳请而不得，以至于无人再抱希望的对华特权：香港岛，外加大陆五处新通商口岸，或是说贸易港口。

自马可·波罗时代起，鲜有西方人得以窥探中国内陆地区。在第一次鸦片战争爆发前的 200 余年间，英国船只被限制停泊于广州——一个珠江口贸易城市的港口。英国人无法光明正大地涉足所居货栈以外的场所，许多人甚至从未见过离商馆区仅 200 多码远的、25 英尺高 20 英尺厚的广州城墙。而现在，挟战争胜利之威，中国的内地终于向大英帝国开放了一条缝隙——仅限贸易。

《南京条约》签订、五口通商后，英国商人做起了美梦：堆积在中国内地的华贵丝绸、精美瓷器以及喷香茶叶正等着被他们销售到广阔的世界。商人们开始构思一种可能：绕过难缠的中间人和控制广州货栈的商行直接与中国的生产商打交道。银行家则在幻想着无以计数的财富、矿藏资源、粮食谷物、经济作物以及梦寐以求的开花植物——一个遍地都是待装载商品的巨大国度。

然而，通过第一次鸦片战争所建立起的新秩序并不稳固。在英国坚船利炮的压力下签订的无法忍受的条约，令中国这一曾经骄傲自满的国度蒙受了彻底的羞辱。英国的政客与商人们担忧受辱的中国皇帝可能借鸦片本土生产合法化颠覆由协议建立起来的脆弱平衡，进而打破印度（也就是不列颠）对罂粟种植的垄断。

伦敦方面现在坚持着一种意见：应该且必须保障对英格兰的茶叶供应。距鸦片战争爆发、拿破仑战争结束已有相当长的时间了，然而那些曾奋战在特拉法尔加（Trafalgar）和滑铁卢（Waterloo）的勇士们却依然强势左右着英国的外交政策与舆论。亨利·哈丁（Henry Hardinge），一位曾追随纳尔逊勋爵与威灵顿公爵，协助他们战胜拿破仑的名将，在担任印度总督期间，曾针对目中无人的中国可能带来的危机做出如下警告：

依我看来，北京政府完全有可能在几年内将中国的鸦片种植合法化，这里的土地已被证明像印度一样适宜这种作物的生长，可能导致（英国）政府目前主要的财政收入来源之一彻底枯竭；基于这种推断，我认为最理想的对策是尽可能地鼓励在印度进行茶叶种植。依我之见，后者（在印度种茶）从长远来看很可能为国家提供同等收益，并且是比当下鸦片的垄断销售更加保险的财政来源。

假若中国真的将鸦片合法化了，那么在三角经济上将留下一个非常致命的缺口：英国将再无资金进口茶叶、支付印度战场的军费或承担本土的公共建设项目。中国的鸦片种植业将为两大帝国耻辱性的经贸依存或"由两种花木交易包办的不幸婚姻"画上句号——这种"离异"是大英帝国所承受不起的。

印度境内的喜马拉雅山脉南麓与中国最好的产茶地几无二致。除坐拥喜马拉雅山的高海拔和肥沃土地之外，云山雾罩的环境使茶树在享受露水滋润的同时又遮蔽了骄阳烈日。经常的霜冻气候更为冲泡出的茶水增添一份醇香浓厚，令其口感更加丰富、浓郁、可口。

随着植物商品贸易顶破东亚贸易的资产报表，它们对于世界格局变得如此重要，以至于研究它们的人们——曾

茶叶大盗

经被大众视作区区花匠之流的人——摇身一变以植物学家的身份受到众人瞩目。到了 19 世纪中叶，植物学家已不再被视为戴着工作帽，穿着钉靴，躬身伺候着他们的鳞茎、花卉和灌木的体力劳动者，而是以勇敢的冒险家与世界的改变者闻名。他们采集各种对英格兰乃至帝国各地具有科学、经济与农业潜在价值的异国植物。移植成活植物群的新技术也发展得更为先进，使职业植物猎人们得以采集、运输越来越多的异国植物样本。

不再受限于中国最南端的沿海口岸，如今英国得以深入到茶叶的种植与加工区域。但若要茶叶产业成功落户印度，英国需要从最好的茶树上采集最健康的样本、成千上万的茶种以及中国顶尖茶匠传承了千百年的工艺。完成这个任务的人必须是一个植物猎人、一个园艺学家、一个窃贼、一个间谍。

这个担负着大英帝国希望之人，名为罗伯特·福钧。

1

1845 年，中国，闽江

　　那是 1845 年的一个秋日午后，距罗伯特·福钧以世界上最伟大的植物猎人闻名于世的日子还很遥远，而中国看起来很可能成为他的葬身之地。两周以来，他一直被禁足于一艘无精打采的、停泊于福州——一座位于闽江口的城市——附近的中国帆船上。他那一向健康的体魄已濒临崩溃。他发着高烧，把自己的床铺搬进了一艘远洋货轮的船舱内，恶臭的舱内积水和腐烂的鱼类令他头晕目眩。这艘帆船的甲板上堆满了来自乡间的木材，也堆着福钧的货物，包括行李箱那么大的玻璃箱，里面塞满了花朵、灌木、草、蔬菜、水果以及各种各样的外来植物。这些玻璃箱——以它们的发明者的名字被命名为沃登箱或沃德箱[指纳西尔·巴格肖·沃德（Nathaniel Bagshaw Ward），英国物理学家，因酷爱研究植物而发明了专门用于远洋运输植物样本的玻璃箱，即沃德箱。——译者注]，将继续与福钧一起前往伦敦——如果他能一直走到那么远的话。

福钧，此时年仅 33 岁，一面用他的长腿将那张为矮个子中国人设计的床铺弄得摇摇晃晃，一面想象着他自己将死在这艘船的底舱里，被自己那条肮脏的床单裹着，胡乱抛出船外，葬身大海。

此时，为期三年的中国考察生涯已到尾声，他奉伦敦皇家园艺协会之命负责带队探索、采集东亚植物珍品样本。福钧的任务是弄到想象中的美味佳肴，包括种于北京御花园内的约 2 磅重的桃子。除了活的植物外，他还将带回一本干燥植物标本集以及出自中国顶级画师之手的纷繁复杂的图样。每采集到一份种子、植物、嫁接植物及无性繁殖样本，福钧都在促进西方世界对东方世界的认知及植物学专业的发展。

他记录新植物的意义显然不仅仅是为了其新奇的价值，也在于其对大英帝国的潜在效用。用机械将工业原料加工成精密产品的生产方式给 19 世纪的世界带来了革命性的改变：棉花在自动纺纱机上变成了棉布，铁矿石转化为火车铁轨和蒸汽轮船外壳，黏土则变成了陶器和瓷器。中国是一片蕴含着巨大农业宝藏和潜在工业价值的处女地。

然而，躺在床上，害着热病，福钧根本无法相信他或他的植物物种能找到一条平安回到英国的路。他已知道自己正处于最凶险的时刻，尽管他已经以一名外国人的身份在中国度过了三年时光。

"真难以置信，我要去见上帝了……没有一个朋友或者同胞来合上我的眼睛，或者一路护送着我下葬。家园、朋友和祖国，那时这些对我而言似乎格外珍贵！"他后来写道。

福钧的一生是当时许多抓住帝国扩张所带来的良机进行创业的不列颠人的象征。他出身寒微。早期的农业园艺学教育是由他那"植树人"父亲——一个农场雇工——手把手教的。除了在苏格兰边境一个叫埃德龙的巴掌大的小镇教区学校上过课外，他没有接受过更高级的正规教育。他的自然历史知识并非来自牛津大学或爱丁堡大学，而是拜社会实践及职业学徒生涯所赐。他赢得了一张一流园艺学从业资格证、一张贸易学资格证，但没有一个医学学位，而这个学位是他一心想与之为伍的植物学同行们普遍感兴趣的。虽然如此，福钧依旧野心勃勃。由于 19 世纪许多苏格兰家庭的次子和英格兰家庭的次子一样，有些能力，但没闲差可做，所以去海外追寻个人前途就成了在僵化死板的维多利亚时代提升社会阶层的唯一途径。充分利用帝国未开发的资源以过上体面生活的机遇是无穷无尽的。

靠灵活的头脑，福钧在园艺学界的地位扶摇直上。他最初就职于爱丁堡的植物园，随后又进入崔西克的皇家园林协会。基于他在兰花栽培及温室观赏植物——来自东亚的罕见的、引人注目的植物——方面的功底，福钧成为第一次鸦片战争结束时皇家园林协会派往中国进行考察的第一人选。由查理·达尔文的舅舅约翰·威基伍德于1804年建立的皇家园林协会，是所有绿色自然物种及人工培植物种的管理者，它积极召开会议为植物学家和动物学家提供一个论文展示的平台，并组织研讨相关学术领域内的最新成果。随着英国在全球的领土扩张，相关成果也在迅速增加，它的期刊详细描述着来自女王治下的帝国领地最深处的最新植物物种的分类。皇家园林协会的植物学家们忙于这项伟大工程的命名工作，即按照繁殖规律——近年在欧洲由伟大的卡尔·冯·林奈提出的体系——刻画每一个特殊物种。

维多利亚时代的英国对于自然界的新奇物种拥有异乎寻常的热爱，传教士、军官和商人在公海收集昆虫、化石及植物的活动已持续了数十年时间。随着广大农民离开他们的土地迁入工业化城市，农场被乡绅们圈了起来。不列颠人开始怀念一切自然形态的玩意儿，一种新型的、专门向英国家庭供应花花草草的市场随之发展起来。种类繁多的盆栽蕨草风靡全国，甚至随处可见：在瓷器上、壁纸上还有纺织品上；在富人的温室中，也在穷人的窗台上。易生长、耐移植，蕨草仿佛是粗犷田园生活的象征。

出于对更富于异国情调的战利品的追求，第六代德文郡公爵于 1856 年花 100 个几尼（英国的旧金币，值 1 镑 1 先令。——译者注）（约合今天的 12000 英镑）买下了一种名叫蝴蝶兰（Phalaenopsis amabilis）的菲律宾兰花的首个进口样本。这位公爵为满足自己对奇花异草的狂热迷恋近乎挥金如土。这种蝴蝶兰因其雪白的椭圆形花瓣和黄色的唇瓣而显得精致夺目，深受园林协会会员的喜爱，也为其发现者带来了巨大的经济利益。

几个世纪以来，中国一直执行闭关锁国政策，拒绝与西方往来，在植物狩猎地图上留下了一大片空白之地——一块曾标注着"龙的巢穴"的地方。中国认为自己是世界的中心，然而即便中华文明已有超过 5000 年的历史，现实中的中央之国也早已几乎完全从世界舞台上消失了。由于对中国几乎一无所知，西方人开始主动将无数美妙的、惊险的、充满异国情调的幻想加在它身上。他们将未经探索的中国视为园林中的香格里拉的幻想，这满足甚至超出了英国人对园林艺术的所有渴求。

当欧洲人拥有了近距离观察中国的权利后，他们本应发现这个国度已经被动荡不安的局势和可憎外来者的统治弄得四分五裂。来自北方大地的满族人跨过长城，建都北京，二百年来他们统治着曾属于汉人的中国，为维持汉人的效忠和征税而殚精竭虑。誓与清王朝的异族皇帝势不两立的秘密社团在南方如雨后春笋般浮现。农村地区充斥着小偷和强盗，海路则惨遭海盗蹂躏。饥荒摧残着农民的生活，就像贪官污吏和受过儒家教育的官僚阶层所做的那样，而这种情况正在向城市蔓延。

通过长期以来的商贸接触，英国人对中国国情多少还是了解一些的——东印度公司已经在广州做了近两个世纪的生意了。不过中国内地的大部分仍属于未知领域。尽管如此，有两件事英国人还是明白的：有些不可思议的神奇植物为中国所独有；这些物种可能为大不列颠的未来经济带来异常丰厚的收益。

为将那些觊觎中国领土和垂涎中国资源的入侵者挡在门外，中国皇帝可谓煞费苦心。第一次鸦片战争后的《南京条约》授予英国人在福州和其他四个通商口岸经商的权利——四个被高墙包围，且先前禁止对外接触的沿海城市。尽管在中国官方的禁令约束下，白人的活动范围被限制于这些港口城市中新设立的外国租界内，然而英国人的疑心和野心越来越大。假如中国法律无法再将外国人限制在城墙以内的话，那么他们在中国的真实生活情况可能会是这样的：即使在最文明的边缘居民点，英国人也要面临异乎寻常的由潮湿气候、虫豸、寄生虫、疾病和糟糕的卫生条件所构成的恶劣环境。只要是正常人，不论生死都不愿待在中国。

1842 年秋，中英两国和谈的消息传到了皇家园林协会的殿堂内，这为派遣一支考察队进入中国最深处提供了前所未有的良机。此时，英国对植物原料的探索和开发拥有公认的优先权，罗伯特·福钧是获外交部许可在战争尾声时前往中国的第一人。

尽管福钧连一般的绅士背景都没有，他还是被选入中国考察队，他是完成这一声名卓著的协会任务的合适人选。他所拿到的年薪只有区区 100 磅（折合今天的5000～10000 英镑），这份微薄薪水要用于维持一家子的生计，而他在整整三年的任期内没有加薪。福钧鼓起勇气试着去协商一份更好的津贴，结果被协会狠训一顿，协会提醒他："这些钱只是你完成应尽职责的回报而已，而你最应关心的并不是这个。"协会继续提醒道："你要的是荣誉和地位，舍此之外别无他物。"

由于福钧社会地位低微，又一文不名，协会觉得他根本没有资格享受任何福利待遇，就连诸如一支步枪、一支手枪、子弹和火药这样的小玩意儿都与他无缘。他的任务是研究、征收东方的稀有植物品种——一个不需要带着武器去完成的任务。"这可不是为了那些植物，"福钧争辩道，"而是我需要这些东西来保护我的人身安全。"他的职业植物学家朋友们对此表示支持。事实上，如果那些绅士出身的植物猎人需要枪支，就可以从他们自己特有的渠道获得。

协会成员们最终达成一致意见：如果福钧在完成任务之前死于非命的话，那么用于中国远征队的投资即使不会血本无归，至少也会损失惨重。尽管他们再度驳回了福钧的加薪请求，但还是勉强给他提供了几样武器。

事实证明，皇家园林协会选择让福钧来带领这支科考队是个明智的决定。他兢兢业业地在发回协会的报告中记录下其所发现的植物的全部细节，尽可能多地搜集新奇的中国活体植物样本并通过海路运回英国。他动手插条，完成嫁接，并保持严谨记录的习惯，而后委曲详尽地写进给世界各地植物学者的长信中。他的探索成果作为全球皇家植物交流项目的一部分，为许多国际植物学家所共享。福钧的第一次中国之行即将结束时，他在科考界已被视为成功的典范，他装运的首批植物样本已经到达，生根发芽，并被广为赞颂。

他拥有收藏家般犀利的眼光，这对他发掘那些稀有、美丽的植物物种与它们潜在的市场价值大有帮助。他深入探索着中国境内那些自然景观，注意力一刻不停地集中在那些奇花异草上，尽管这些玩意儿对科学考察来说可能没太大的意义，但还是能在交易所里卖个好价钱。在三年多的时光里，福钧的收获有迎春花、荷包牡丹（一种形状像失恋者破碎的心、颇有几分维多利亚时代浪漫主义色彩的花）、中国蒲葵（作为殖民地的珍稀物种成为维多利亚女王 32 岁生日的献礼）、白紫藤、胸花栀子（中国栀子）、芫花（中国瑞香）。福钧在一名官员的花园里发现了传说中的双黄茶玫瑰（俗称福钧双黄或奥斐尔之金），它攀墙而长，足有 15 英尺高。有一项发现尤为特别——金橘，中国柑橘，或是通常的金橘属植物，一种小型柑橘类水果，皮可食。这一发现将令福钧流芳百世。尽管没有一样植物战利品的所有权属于福钧，但他踏上返乡旅程时还是弄到了许多别的畅销珍品、小饰品、珍稀宝石、陶器以及一些玉石。

除了谨小慎微地遵守着行业内的规章制度外，福钧还坚持用日记记录下他的辉煌事迹以及与异国人民、中国海关打交道的经历。在日记里，他提到了他的随行仆人和翻译、官员、商人、中医、艺术家、渔夫、园丁、和尚、妓女、街头小贩、妇女和孩子们。与其他维多利亚时代的旅行家一样，福钧于 1847 年回国后不久，就将这份文献以旅行见闻讲解的形式出版。《华北各省三年漫游记》（以下简称为《三年》）一书中穿插着大量在任何园艺学专著中都可能读到的地理学和植物学知识。作者在书中还带着兴奋、毫无保留地回忆起那些在通商口岸与旅居国外的英国朋友见面的场景，回忆起那些寺庙和僧侣，回忆起遇上强盗时惊险的一幕幕。

福钧于 1843 年的台风季节期间，从香港——英国殖民统治家族的最新成员——出发，踏上旅程。他声称这个"境况悲惨"的岛屿正遭受恶劣空气，或者说疟疾的肆意侵袭，致使岛上欧洲居民的健康状况日益恶化。"从一个商贸之地的角度来看，我担心香港将是一个失败。"他没有太多预兆地写道。在沿着海岸向北航行，驶往最北端的贸易港口——上海——的航程中，福钧乘坐的船只遭遇了台风，险些失事。"当我看到在肆虐的暴风雨中一条体形硕大、至少有 30 磅重的鱼被从海里抛出，落到船楼的天窗上，又弹到空中，再重重地摔在船舱的桌子上，以及船楼的骨架在猛烈地拍打下被撕成了碎片时，一些想法成形了。"当福钧在中国大陆的山上收集植物物种时，他被扒手扒窃过，被追赶过，被盗贼们殴打过，那些人朝他脑袋上砸了一砖头。"我眩晕了几秒，靠着墙大口喘息着，然后自己清醒过来……那些恶棍们再次包围了我，夺走了我的几件物品。"他写道。

福钧也曾深入鸦片贸易窝点，并对鸦片上瘾的危险侃侃而谈。"我对这种药物的使用司空见惯，我敢断言在大多数情况下是不会令使用者无节制地沉迷其中的。但是，我也很清楚地意识到，就像烈性酒在我国的使用一样，鸦片的滥用到了令人极为痛心的地步。"

他迫切希望弄到官员花园里的植物种子，那里通常有所能找到的最好的标本。苏州是一座封闭的城市，为了混进那里的花园，福钧乔装打扮了一番。"我旅行时自然得身着中国式的装束；我剃了个头，戴上了华丽的假发和辫子——昔日某些中国人一定对这些发型深感自豪。完整修饰了一番后，我相信我已经变成了一个非常地道的中国人。"这套伪装成功地骗倒了城门守卫，福钧也注意到了这点，"如果悄悄告诉他们，有个英国人正站在他们中间，他们会有多么吃惊啊！"

《三年》一书还记录了福钧本人是怎样被他视为谜一样的皇家园林协会一步步接受的。最初他是带着满满的殖民主义者式的傲慢接触中国的，只把它当作一个遍布"简陋的中国式小屋、棉田和坟墓"的国家。与其他外国人一样，他将自己视为一个肩负着宣扬西式生活方式重任的布道者，对所有认为中国优秀的观点大加嘲讽挖苦。他坚信，欧洲移民应该成为中国人的效仿对象，"对我们优雅舒适的生活方式的任何窥探都有可能让'文明的'中国人给予'蛮夷民族'高上一到两个甚或更多档次的评价。"然而三年后，他的观点趋向温和，这是因为他如果不深入接触普通中国人的话，就不可能成功完成任务。就这样，这个国家不可避免地在他面前变得如同人脸般鲜活生动起来。

欲潜入中国，可谓障碍重重：从语言不通到与严厉的官吏打交道。由于外国人的身份，福钧在这些方面几乎离不开中国农民、船夫、苦力、向导和脚夫的帮助。他遇到了许多愿意帮他翻越国境线和克服文化差异的人——当然这都是为了钱。就这样，他和许多普通中国人打上了交道，而在这以前几乎没有西方人这样干过，这让他很希望中英两国之间能彼此理解、和睦相处。他写道："除了我们对植物的热爱以及我们与中国人建立起的一种感情之外，没有什么东西能使中国人对我们的文明成就给予更高评价。"

《三年》一书在遭人批判的同时也获得了成功。伦敦的官方喉舌——《伦敦时报》——的一名评论员这样写道："当《汤姆叔叔的小屋》就像烈性酒一样让读者重新找到了热血沸腾的感觉时，我们郑重向他们建议……'试试福钧温和的红茶吧'。这是篇没有掺杂一丝做作的文章。它那么纯净，这几乎是个缺点。而且必须承认的是，如同中国人自己喝茶时从不加牛奶和糖一样，华丽的修饰和过多的注释对我们那位真诚的作者来说都是毫无必要的。至于味道嘛，那是无懈可击的。亲身体验一下就能感知这东西的妙处，他只要啜饮上一口，就会变得全身放松，然后会忍不住再抿一口。"

这本书被异想天开的植物学家、想入非非的殖民主义者以及那些只是单纯迷上了这个引人入胜的故事的人疯狂抢购一空。福钧通过这本传统类型的维多利亚时代教育小说来分享他的经历：靠着他的机智和无数的急中生智生存下来后，这个来自苏格兰的年轻人以最不可能的方式名垂青史；回到伦敦后，他成了家喻户晓的人物。

但是，如果要写一篇引人入胜的小品文将福钧塑造为众人心目中的英雄的话，那么这个故事一定是以他害着热病，躺在一艘漂在凶险莫测的闽江上的船的舱板底下为开头。

福钧搭乘的平底船向左掉了个头，驶出了波涛汹涌的闽江口，进入中国南海。这艘小小的木船借着清晨刮起的风行驶着，它那用藤绳胡乱编织起来、活像一块席子的船帆被扯得满满的，帆与竹制桅杆之间鼓出了一大块。

舱室的门被猛地推开，气喘吁吁的船长和舵手开始用沿海方言惊恐地嚷着。

"海盗！"他们发出了警告。

甲板上呈现一片混乱的场面，船长此时已经开始把船板撬开，好把他那些值钱的玩意儿藏进去，与此同时，全体船上成员也都学着找个地方把他们那少得可怜的几个铜板藏起来，这些钱是要用来支撑艰苦的海上劳作生涯的。福钧拿出了望远镜，他看到地平线上出现了五艘毫无标记的船，飘扬着不属于任何一个国家的旗帜，这些只会是海盗船。

当第一艘敌船靠上来、贴近他们的时候，海盗船上的全部船员可能多达 50 人，他们聚拢在舷门边，开始"像一群魔鬼一般吼叫起来"。

"随着时间的流逝，直到现在，他们那可怖的吼声似乎还在我的耳中回响着，当时我正在地球的另一端。"福钧后来写道。

把目光转回己方船员身上时，他注意到他们已经乔装打扮了一番。这些人让自己看起来像一群乞丐，似乎已经在海上漂泊了 40 年以上。他们现在身上只挂着稀少的布片——撕得稀烂的布条和麻袋碎片。当敌人即将登船的时候，这里已经没有什么看起来值钱的东西可抢了。

海盗活动一直是困扰中国的祸害。与西方的贸易带来了不计其数的海外财富，这直接导致沿海一带成为企图将海运强行纳入政府管控下的官府与一群无法无天的海盗之间的战场。如果成为海盗团伙的一员，那么生活就是一次次狂暴的鸡奸、轮奸、酷刑折磨和自相残杀，但这同时也是游离于僵化死板的清朝社会结构之外的一种生存方式。劫持像福钧乘坐的那么小的船毫无利益可言：它能榨出的油水只有几个可以卖作奴隶的俘虏和一艘毫无价值、只能据为己有或者干脆凿沉的船——不过这样的目标倒也几乎毫无风险。海盗船在火力、人数、机动以及船只性能方面轻而易举地战胜了福钧所乘的笨拙运货帆船。

福钧一方的船员现在开始从货舱里将一篮篮石块拖出来倒空，倒出来的石块布满了甲板。在平时，这些石头是被用作压舱物的，一旦开打，它们就成了最原始的武器。然而，正如福钧记载的那样："所有海盗船都带着枪炮，因而满满一甲板的石块几乎毫无用处。"

"把船掉个头。"一名船员急吼吼地要求。

"我们把船开回那些靠海的悬崖群里去，然后就藏在那里面。"另一个人主张。

"打！"一个船员吼道。

"走！"另一个吼道。

一个西方人一旦落入海盗之手，他的命运通常会变得十分血腥：歹徒们可能会扣住福钧以勒索赎金，并不惜用酷刑加以折磨。在胁迫之下，他将不得不写信给英国大使馆，恳求一笔数额令人无法忍受的赎金以让他获释。一个就在这种情况下被绑架的英国人质写道："我看到一个人的脚被巨大的钉子钉住，之后他被用四根捻成一束的藤条疯狂抽打，直到他吐血；就这样被折磨了一阵后，他被带到岸边，砍成碎块。"另一人这么写道："被直直地钉着，他的内脏被切开，心也被掏了出来，随后他们把它们泡进酒里吃掉。"

如此残忍的行为，海盗们完全下得去手，将他们处以死刑实际上一点儿也不冤。这个国家对海盗罪的刑罚是将罪犯钉在十字形架子上，用一把锋利的刀子割他们的皮肉，并把他们砍成120、72、36或24段。最轻的判决是砍成24段，一名观察者记载：

> 第一刀和第二刀割眉毛；第三刀和第四刀割肩膀；第五刀和第六刀割胸膛；第七刀和第八刀割每只手和手肘部之间的部位；第九刀和第十刀割每个肘部和肩膀之间的部位；第十一刀和第十二刀割两条大腿上的肌肉；第十三刀和第十四刀割两条小腿的肌肉；第十五刀刺穿心脏；第十六刀把人从头到身子劈成两半；第十七刀和第十八刀砍下双手；第十九刀和第二十刀砍下胳膊；第二十一刀和第二十二刀砍下双脚；第二十三刀和第二十四刀把腿砍下来。

所以，他聚起所剩无几的余力，强忍着高烧，尽其所能地在喧嚣混乱的甲板上维持秩序。他举起手枪，瞄准了他的舵手的脑袋。

"比起那些海盗，我的枪离你更近，"他威胁道，"如果你胆敢从舵边逃开的话，我敢发誓，我会一枪崩了你。"

当他抛出警告的时候，敌舰舷侧的大炮开火了。全体船员——除了被福钧吓得半死的舵手之外的每一个人——都躲进了船舱甲板下面。炮弹呼啸着越过了福钧的头顶，径直穿过了船帆的间隙。

这条海盗船至少比福钧的船大一半，但是由于它的炮是架在过道沿侧的固定炮位上的（船只过道与船只两侧平行），因此这艘船不得不调整它的正前方航向，转一个很大的角度以便开火。当大炮还在继续齐射的时候，福钧已经制订了计划：他在一段距离内不会还击，而且会让海盗深信可以轻而易举地靠上他的船。把他们引到近距离内，福钧的精准武器比起海盗那些笨重的加农炮和本地制造的滑膛枪或火绳枪（这些中国人没有来复枪，连手枪也没有）——这些玩意儿在开火射击的时候有相当大概率在射手的手里炸膛——就完全占了上风。

海盗们已经贴了上来，枪炮的闪光都看得清清楚楚。当他们行进到距离 20 码的时候，福钧抓住了机会。他顺着甲板朝船尾高处的后甲板慢慢爬去，而后猛地站起，手中的双筒来复枪开火了。

刹那间，正在开火的海盗船的所有船员大吃一惊，从舷墙后面迅速消失了。福钧的枪法很准，其中一名海盗被打伤，很可能已经毙命。这艘海盗船突然变得像一条鬼船：无人掌舵，它只能无力地在水面上打着圈。

另一边是福钧的船，正被人驾驶着，扯起了满帆。

然而，海盗们是成群结队行动的，没过多久第二艘船便又开始逼近他们，其他三艘也出现在目之所及的范围内。

披着破烂布条的船员们以及乔装打扮拜访苏州官员的园林的经历令福钧突然冒出个主意：穿上借来的衣服假扮成当地人。他还有几套用于更换的贮藏在船舱底下的西式服装。如果他把船员们打扮得和西方人一样会如何？"当时我突然想到一种可能性，我或许可以误导海盗对我们实力的估计。"他写道。中国人其实在海上和瞎子一样：当所有的英国船只都装备了单筒望远镜，有些甚至装备有双筒望远镜的时候，几乎没有中国船只装备这些。如果海盗认为这是一艘满载着欧洲代表团和军械弹药的船，那么他们继续追逐的热情可能就会大减。

福钧打扮成"最不像中国人的中国人"，衣服是和一个船员互换的，那船员现在穿着他现有的最好的西装。穿着礼服大衣、长裤、有跟鞋，这个人看起来活像一个维多利亚时代的旅行家。他命令他们操起长棍——这些家伙远远看上去像是步枪——并挥舞了几下用于升起船帆的短杆。

尽管看起来确实很像英国人，但是海盗船逼近的时候船员们还是被吓呆了。大炮开始齐射时，所有人都逃到甲板下面去了，只丢下福钧孤零零的一个人。

第二艘海盗船开始开火。越来越多的炮弹碎片四下横飞，越来越多的人吓得哆嗦发抖，越来越多的人在哭爹喊娘。但抢在盗匪装填弹药之前，福钧站了起来。

他的来复枪开火了，从船头到船尾一共两枪，然后换成左轮手枪射击，打死了海盗一方的舵手，这艘船也被风刮得歪歪斜斜了。地平线上，剩下的海盗船开始掉头。福钧手下的船员们从甲板底下涌了出来，欢呼着胜利，冲着逃跑的海盗们尖声奚落着。

"有种回来，像男子汉一样打一场啊！"他们喊着。

船员们捡起胡乱堆放在甲板上的石块，把它们丢进退却的敌人船只后面的海里。

"一个先前从没见过那些先生们的毛头小子现在也许会把他们当成击退海盗的勇士。"福钧事后评论道，"幸运的是那些海盗认为应战是划不来的。"

他写道："现在在那些船长、舵手、水手和乘客之中，我是当今最伟大、最棒的人之一。他们竟然走过来，在我面前跪下了，就和他们对待一些长官一样。"

他的海上冒险在他的书出版之后引发了广泛关注，助其得到了经验老到中国通的名望，从他在当地居民中饱受敬仰的程度而言，没有一个手工艺人、军人或传教士能与之比肩。当福钧重返中国开始他的下一次考察时，比几朵兰花的命运重要得多的大事到了成败关头：他将改变两国的命运。

2

1848 年 1 月 12 日，
伦敦市，东印度公司

    东印度大楼坐落于伦敦金融城中心的利德贺街的一块声名远扬之地。爱奥尼亚式的支柱撑起了这栋建筑气势宏伟的正面，象征着全球商务的雕刻装饰着三角形的门楣空间；在顶角部分，一具象征着欧罗巴的人像骑坐在一匹马上，一具象征着亚洲的人像则跨坐在一匹骆驼上，位于欧洲和亚洲之间的骑士为身着衣袂飘飘的罗马服饰的乔治国王。这位患有精神病的国王的著名事迹，包括丢掉了美国13块利润丰厚的殖民地的统治权，为保卫国际贸易权而拔剑乱挥一气。尽管这栋建筑的山墙是朝北的，然而每个从忙碌喧嚣的东印度公司办公室下面走过的人，都面朝东方——这座庄严公司的利益中心。

    笼罩在一片喧嚣嘈杂之中的贸易公司的日常活动，包括重新抄写各类信件，开会讨论利润、额外收益和特权的分配，而这样的会议通常要从晨曦初露一直持续到日落西山。在与会人员享用早餐的时候，一个来自印度的木箱被送到了这里。把它运进来需先穿过用肖像画、雕像和纪念品装潢的富丽堂皇的走廊，之后经过一间巨大的图书馆和一座摆满各种模型、硬币、勋章、化石、鸟类标本、雕塑、浮雕的博物馆。箱子是搬运工从造船厂挑来的，它经过一只内嵌发条装置的猛虎，当发条上紧的时候，这只虎会"吃掉"一个木制的英国士兵——这玩意儿原本是一位印度苏丹的财产，所有权截至他败在东印度公司手下之时。

这个体积庞大却很轻的箱子是寄给一个年轻职员的。这个年轻人一撬开镀锡的箱盖，里面立时释放出一股草本植物的芬芳香气。他开始为箱中所盛物——茶叶——专门准备了几个小包裹。利用面前摆放的一架天平和一排按规则排列的黄铜秤砣，他将箱子里的茶叶等量分为数份，并小心翼翼地将每份植物装入一个浸蜡的帆布包内。他准备将这几包散装茶叶寄给伦敦最好的茶叶批发商。

分装茶叶并不在这个职员的日常任务范围内，他的日常任务和任何一名秘书一样：撰写一式三份的文件、信件、从东方寄到公司办公室的货物的提货单。作为一个干着一份既不用纳税也毫无吸引人之处的工作，领着一年300磅的体面薪水的人，分发几袋茶叶这件事仍是他终身职业生涯中干过的最重要的差事。毫不夸张地说，这个小职员正在分发的茶叶能否给那些身份高贵的接受者带来良好印象，对他的雇主的生计好坏有决定性的影响。

这个小职员的雇用方的正式名称是英国商人对东印度贸易联合公司——尽管有时被简称为"约翰公司"或"可敬的公司"。它是一家历经三百年光荣岁月的全球性股份制企业，大部分盈利的年头都在与东方做生意。这些年它在全世界的许多地方开拓殖民地。在此过程中，它一举成为世界上第一个最大的跨国公司。可以有充分的理由称其为"宇宙巨无霸商业协会"。

当伊丽莎白女王于 1600 年向东印度公司颁发皇家特许状时，她将东印度的全部贸易权——这份授权正如公众期望的那般充分和宝贵——授予东印度公司。在它存在的头一个世纪，它从东方购入大批香料和纺织品，并在伦敦出售。为了筹集远征东方的资金，东印度公司开始出售股份，股东可以从公司利润中抽取红利。这一经营手段为英国带来巨大成功的同时，也令公司日益繁荣昌盛。

利润和机遇在不断增长，与此同时，与东方的贸易正在变得越来越错综复杂。约翰公司变成了许多与其贸易的岛屿的事实上的统治者：它有权占有土地，铸造货币，统领军队，签订协议，发动战争或议和，甚至发展它自己独有的法律及征税体系。它已经可以和许多帝国或小邦平起平坐，实际上已发展为世界经济中一个全新的实体。

东印度公司成就了皮特家族（the Pitt family）的巨额财富，成就了威灵顿公爵（the Duke of Wellington）在军事上的赫赫威名，促成了黑斯廷斯帝国（the empire of Hastings）的诞生。公司的一位董事伊莱修·耶鲁（Elihu Yale）出资赞助了一所颇有名望的大学。位于伦敦利德贺街像俱乐部一样的办公室拥有诸如约翰·斯图亚特·穆勒和查尔斯·兰姆这样思维敏捷、精明强干的雇员。伦敦总部下属职员有近350人，堪称英国最大独立私营企业。东印度公司拥有的雇佣军规模堪比君王，而其所需的与军事相关的就业岗位却是君王所需的两倍；与此同时，东印度公司的文职人员数量还在以50%的速度增长着。东印度公司将这种绅士般的资本主义推广到英国其他没有产业的有闲阶级，这些人主要来自英国南部，受过公学教育。"英国一些最漂亮的、血淋淋的功绩是在印度干下的。"一位公司成员如此评论道。

从由伦敦的董事会主持事务这一点来看，东印度公司组织制度的发展轨迹在很大程度上与现代股份制企业类似。在以前，生意上的事同样由那些公司经营者说了算，但东印度公司股东并未干涉公司的日常事务。职业经理人这一行业已经在英国出现，并成为成功中产阶级的象征之一。东印度公司在国际上的庞大野心，促使它不得不建立起相应的庞大复杂的内部结构，进而发展出精密复杂的国际金融业务和包括货物追踪、服务追踪及越洋债务追踪在内的存货系统。经理有权使用一切可以用得上的技术和信息——从电报、信件到直觉判断——同时处理几个市场的海量业务。

与今日的国际商贸一样，东印度公司为保持业内领头羊的地位而竭尽全力。公司上下普遍坚信在茶叶这种日用品上投资可以令己方的巨无霸地位无可撼动。17 世纪 60 年代，葡萄牙布拉甘扎王朝的凯瑟琳公主（Portuguese princess Catherine of Braganza）与英王查理二世（Charles II）成婚，茶叶作为其嫁妆的一部分，从此流入英国。茶叶拥有一系列优点：重量轻、易包装，即使经过无法预测的长时间海上颠簸，其品质也不会变坏，因而被证明是东印度巨型商船所运载的完美商品。作为外来奢侈品，茶叶迅速在气候寒冷干燥的英国成为上流社会阶层用于展现自身气质、品位的理想载体。打这之后，它迅速渗透到下层社会阶层的日常生活中。因而到了 18 世纪中叶，茶叶一跃成为最受欢迎的饮品，风靡全英，其销量甚至超过了啤酒。

以前茶叶只不过是"可敬的公司"贸易清单上的又一项日用商品而已，而它现在已经成为英国人日常生活的必需品。饮茶是作为英国人的象征。妻子们把茶摆在早餐餐桌上，而帝国的银行家们则懂得是茶叶在维持着远东贸易的运转。对于政府而言，茶叶贸易是具有重大意义的利益中心、数十亿英镑的产业，财政部的税收收入估算显示：茶叶贸易的利润在英国经济总量中已占到 10% 的份额。东印度公司则在每个通过航运运往英国的箱子上盖上印花税的印记。

天有不测风云，国会于 19 世纪通过一系列议案，撤销了东印度公司对亚洲的贸易特权，它的优势性地位从此岌岌可危。起初，皇家特许状令公司在与东方贸易上一时处于完全垄断的地位，而当时没人能理解这一授权意味着什么。垄断，按定义解释，是对竞争和革新的粉碎性压制。不仅竞争对手坚决反对在对外贸易领域设置如此之高的壁垒，也要注意到的是当时英国的民粹主义在不断壮大，已经蔓延到了帝国的商业业务领域：既然越来越多的英国人已拥有政治选举权，那为什么不能让每家英国贸易公司在对远东贸易上享有同等的权利呢？1813 年，英国国会终于终结了东印度公司在对印贸易上的垄断权。尽管这个事实上的统治者对这片次大陆的统治就此终止，但其他的股份制公司被批准进入印度，在印度港口将一箱箱印度特产装运上船；尽管东印度公司的权利受到很大限制，但它在印度所搜刮到的税收收入仍相当于英国全部税收收入的半数，可以说它依旧财大气粗，它仍掌握着最有利可图的对华贸易垄断权。

中国曾一度是东印度公司的净利润之源。公司在中国全力进行市场运作，一箱箱的茶叶、生丝、瓷器从广州运出，登上东印度公司的巨型商船，然后变成一笔笔实实在在的财富。其中茶叶的盈利实在高得出奇，在 19 世纪之交，茶叶贸易所创造的利润已经相当于其他中国商品的利润总和。然而包括亚当·斯密在内的自由贸易主义提倡者始终坚决反对东印度公司在对华贸易上的垄断。1834 年，国会提出的法案终于剥夺了对东印度公司对华贸易的长期许可。随着自由贸易主义和重商主义思想在英国的蓬勃发展，要在对华贸易上分一杯羹的那些人之间注定将爆发激烈的竞争、冲突。规模更小的新型公司的商船将很快停泊于广州口岸，卸下成箱的鸦片，装上成箱的茶叶后运往英国，并且它们拥有的更为快捷的船只将以前所未有的速度往返于两大洲之间。与之相比，东印度公司的三桅巨型商船看起来既老旧又臃肿，爬起来慢吞吞的，倒像是公司目前状况的绝佳写照。看来东印度公司雄踞无可匹敌的商界霸主地位的日子已经进入倒计时阶段。

这下连最后的贸易垄断也丢了，东印度公司旋即要面对一系列尚未解决的历史遗留问题，中国问题现在成了它最为头痛的所在。大英帝国光顾着认为它对茶叶是完全了解了，丝毫没有意识到茶叶一直是中华帝国负责生产的。中国人采摘茶叶、烘焙、混合后，再以一个包含利润的价格卖给英国。中国利用对这种饮品的完全控制，统治了英国人的品位达两个世纪之久。然而，由这一重要产品而产生的对别国的严重依赖是对大英帝国经济自给自足感的严重打击。尤其令人恼怒的是，这个国家通常利用这种依赖，对英国持着粗鲁无礼而不合作的态度，随心所欲地对茶叶次品大肆抬价。

对于东印度公司而言，长期以来，任何国家——更何况是"落后的东方诸国"中的一员——胆敢如此明目张胆地无视一个拥有震慑全世界的强大海军的国家所发出的贸易倡议，是完全不合理的。然而，奉行闭关锁国主义的中国还是成功地与大不列颠始终保持着若即若离的关系，即使英国的进口量已占到全国茶叶产量的五分之一。他们是在什么样的情况下，如何令销量增长到这个地步的？这对西方人来说仍是个谜。甚至连茶叶的那些名称都如同谜一样难以理解：雀舌、龙井、玉女峰、镜岩、海龟石、三僧岩。这些是绿茶还是红茶？人们将茶叶归类上市销售的时候如何对它们进行相应分类描述？东印度公司要如何才能保证每年买到的茶叶品质不变呢？东印度公司董事会愈发厌倦与那些贪得无厌的中间人打交道，也早已不愿在茶叶销售利润上被那些可恶的中国人分走哪怕一小杯羹。

小小的茶叶就这样成了地球上依旧敢于与大英帝国叫板的一个大国的象征。

如果说茶叶贸易这一上天对东印度公司最慷慨的恩赐造就了它的辉煌时代的话，那么到了 19 世纪中期公司已经摇摇欲坠。它的茶叶生意开始逐渐衰落，与此同时，它正在为最后也是最大的一丝希望而垂死挣扎着。在印度，东印度公司制造了一幕幕人间惨剧。超过一千万人因饥荒而丧生，而两国之间的战争又导致了严重的人员伤亡，此外还有腐化堕落、扩张主义、毒品贩卖以及种族清洗。对这片次大陆的统治也是一场代价高昂的投资生意。为了保证其领土安全，东印度公司悍然在战略储备不足的情况下在阿富汗和旁遮普发起军事行动，新殖民地本应为英国制造的商品打开新的市场，然而亚洲农民却对英国毛织品几乎毫无需求。

✳

前文提到的那名公司职员努力令自己双手不颤抖，借助从东印度大楼的窗户栅栏间透进来的昏暗光线，他仔细打量着那箱印度茶叶。这是喜马拉雅山茶，这种茶叶以前在英国从未见过。这是按照哈丁子爵的订单从加尔各答送来的，作为拯救东印度公司计划的一部分。

哈丁曾追随纳尔逊勋爵和威灵顿公爵与拿破仑作战。

他在利尼战役中失去了一只手，因而错过了仅两天后的滑铁卢战役。这位子爵深得威灵顿的赏识，以至于拿破仑的佩剑被公爵当作一件无足轻重的礼物送给了他。哈丁从军队退役后投身政界，在国会当了一名议员，之后他以战争部长一职跻身辉格党和保守党政府内阁。要当个掌舵人的话，他还有一只可用的手——虽然他只有这一只手了——这样一位值得信赖的军人从 1844 年到 1848 年以总督的身份担任印度大局的掌舵人，东印度公司觉得自己是撞了大运。当他建议这些印度茶叶应该送给伦敦的品茶人和混茶人（英国人喝的红茶是由人工按一定比例混合的。——译者注）——这行的世界最佳从业者时，东印度公司董事会想都没想就表示由衷地赞同。

喜马拉雅山茶并非印度本土出产的第一种茶叶。东印度公司在那里进行茶叶种植已有十年历史，他们在阿萨姆省推广印度原产茶叶的种植。早在 1815 年，东印度公司医疗队的外科医生已经最先在阿萨姆省发现了印度茶叶，然而，1831 年之前它都未被正式承认为印度原产茶。印度茶叶在其邻近缅甸的低洼本土长势良好，那里的土著人习惯把它嚼着吃而不是用来当饮料喝。在随后的几年里，东印度公司将数百万资金投入原产茶叶的种植实验之中，看看它能否在印度的植物园中生长以满足国内市场的需要。这个计划在一定程度上获得了成功，东印度公司发现它能长出一种类似于中国茶叶叶片的叶子。公司也可以训练当地人采茶和制茶。然而东印度公司怎么也无法让阿萨姆红茶具备上佳的口感，或者至少在这点上无法与世界上最佳茶叶——中国茶相匹敌。对于饥渴的英国市场而言，中国茶是唯一的渴求。

阿萨姆红茶闻起来有股浓烈的刺激性气味，尝起来则有股辛辣的烟味。时至今日，拍卖会上的上等茶叶佳品中也鲜见阿萨姆奶茶的身影。只有那些追求阿萨姆红茶在冲泡时所分泌的浓郁气息和一股麦芽香的人才会欣赏这种茶叶。它的长势也不是特别理想，每英亩的产量所得收益少得可怜。今如往昔，阿萨姆红茶仍被广泛用于茶叶混合——当纤巧的茶香需再添一分浓郁之时。对阿萨姆红茶的实验改造一连持续了几年，东印度公司最终意识到这种茶叶永远卖不出像它的竞争对手那样的高价，毫无疑问，也永远不可能在世界市场上取代中国茶叶的位置。基于以上结论，东印度公司很不情愿地放弃了自己在印度的茶叶资产。

喜马拉雅山茶是东印度公司下一个寄予厚望的产品，哈丁在一封于 1847 年 9 月 20 日致公司董事会的信中流露出对这种茶叶的热切期待。

我经过深思熟虑后，觉得我们如果种植这种

（喜马拉雅）茶叶的话，很可能只要短短几年时间，就能为我们的国家开辟一座收益极其可观的金矿。我们在喜马拉雅山推广这种茶叶的种植，甚至无限扩大它的种植面积都没有什么明显的困难。我敢打包票，在并不遥远的将来，这种茶叶的产量不光可以满足印度市场可能出现的巨大需求，而且无论在数量还是质量上都将足以与中国茶叶在欧洲市场上竞争。有了它，英国就能在一定程度上摆脱那个外邦在这种生活必需品上的严密控制。

喜马拉雅山脉拥有与中国最好的产茶地类似的生长环境。它位于亚热带地区，大体上与开罗处于同一纬度，然而山脉海拔高、气温低的自然条件大大延缓了茶叶的生长，从而很好地保持了它浓郁的气味。喜马拉雅山坡上同样拥有无穷的种茶空间——当地人看起来既不想住在那儿，也并未利用那里的土地来种植粮食或经济作物。按照哈丁总督的命令，东印度公司制订了建立最小规模500英亩的实验性种植园的详细规划，这一规划将经济规模条件、资本总额及欧洲式的生产效率——这是中国茶叶的生产效率所无法比拟的——这些因素均考虑在内。喜马拉雅山茶的销售和销售规划将处于英国法律和英国投资者的监督之下，什么中间人、尔虞我诈的欺骗、中国式的混乱都将统统滚蛋。印度的劳工至少和中国劳工一样廉价，这两个国家的劳动力都已经严重过剩了。在茶叶质量终将变得更好的同时，成本会变得更低。以至于花一个便士采摘的茶叶，在伦敦可以卖到三个便士。这样一来，种茶叶就跟印钞票差不多了。

那个小职员把装茶叶的袋子一个个封起来后，在上面一一盖上东印度公司的蜡制印花。每一袋茶叶都将被送往这些人的手中：伦敦的某个受人尊敬的茶叶经纪人、混茶员、品茶员、那些依靠嗅觉和味觉给商品定价的商人。还有那些国家命脉的掌握者：R. 吉布斯公司、匹克兄弟公司、米勒和罗考克公司以及尊贵的唐宁街。

董事会"恳请（这些茶叶的接受者）对这些从库蒙地区种植出产的茶叶样本的质量和价值分别给予点评，同时恳请附上任何能令这种茶叶的质量得以改进的实用性意见"。

最后，邮差过来取走了这些邮寄包裹。

董事会耐心地等待回信。

评估报告终于到了，结论是很出色，极其出色。

唐宁街、R. 吉布斯公司、匹克兄弟公司及米勒和罗考克公司在回复中一致认为，喜马拉雅山茶在质量上足以与中国最好的茶叶相媲美。茶叶叶片是那么完美无瑕：外观上精致美观，采摘时间恰到好处，舌尖触感很轻，盛于杯中时显得精美雅致，冲泡后的液体色泽金黄、营养丰富。这种茶叶在拍卖行将是高档货——他们敢以自己的名誉担保。

不过，批评也是有的。正如专家所指出的那样，喜马拉雅山茶"香气不足"，也就是说，它不像中国上等茶那样散发着浓郁的茶香。这个问题部分是由于茶种"血统"所致：尽管喜马拉雅山茶的样本是用中国茶种繁殖的，然而，所用的却并非最好产茶区的上等茶种，而是从中国南部的广州——唯一一座英国人可以进出的城市——走私出关的普通茶种。众所周知，和其他中国产茶区的产品相比，广州茶叶的质量实在烂得很。

抛去茶叶本身的种源问题，喜马拉雅山茶并无明显的天生缺陷；与之相反，有些品茶员对茶叶的不满应归咎于拙劣的生产和加工工艺。如果喜马拉雅山茶不像中国茶叶那样拥有浓郁的芳香的话，那是因为后者在包装时添加了些其他原料，例如茉莉花、佛手柑、柠檬或马鞭草，在它们的混合作用下，中国茶叶显得香气扑鼻。除此之外，茶叶样本在通过海路寄往利德贺街前的相关准备工作也做得不够充分，装茶叶的箱子没能完全密封。这无疑使海洋空气乘机渗入，污染了样本，削弱了它的香气。

东印度公司首批试验性种植的茶叶的品质可能算不上极致，然而如果中国极品茶叶的生产工艺和相关实践经验能在印度的茶叶种植园生根发芽，真正的中国本土茶艺专家能对喜马拉雅茶农进行茶叶生产流程培训的话，那么喜马拉雅山茶的缺陷将得到有益的改进。

到了 1846 年（哈丁总督的茶叶就是在这个时节长成的），东印度公司的实验性茶园面积全加起来也只有 600 英亩多一点，但公司董事会已经计划迅速扩充种植面积。印度政府所拥有的可用于种植的土地超过 10 万英亩。如此大规模的土地，有望每年为东印度公司带来近 400 万卢比的利润（约合今天的 100 万英镑）。而要实现这一回报率只需六年光阴——这正是一株茶树从成熟到采摘阶段所耗的时间——要实现这一目标，急需从中国最好的绿茶和红茶种植区弄来成百上千粒茶种。

通过对喜马拉雅山茶的一系列实验，东印度公司的一系列目标变得简短而明确：寻找中国的"香味混合剂"、中国最好的茶种、中国的茶叶制作知识，还有中国籍的制茶工和中式制茶工具。

东印度公司很清楚，把茶种和茶叶技术带出中国很难办到，而通过正常外交途径解决更是痴心妄想。时任大英帝国驻上海领事的卢瑟福·阿尔科克对哈丁爵士提出告诫："总督阁下，事实无疑将自证，中国人可能带着强烈的警惕心在密切关注我对于茶种或茶树的要求，任何关于企图获取茶种、试图劝诱中国种茶专家和熟练制茶工出国前往印度，并对那里的工人进行培训的努力都将不可避免地以失败告终。"换句话说，如果东印度公司想要把中国茶种和制茶技术弄到印度的种植园的话，那只能靠偷了。

茶叶符合知识产权的全部定义：它是一种商业价值极高的产品；制茶需遵循一整套受中国严密保护的准则和中国式的独特程序；这套完善的准则和程序是中国茶叶对其竞争对手保持巨大优势的秘密所在。

知识产权和商业机密的概念清晰化只比 1845 年马萨诸塞州的一位法官在一起专利权诉讼中做出的判决早几年，这一判决说："只有这样我们才能保护知识产权，这种所需精力和兴趣不亚于一个人……种植小麦或饲养羊群所花费的精力和兴趣的脑力劳动的成果。"1848 年初，东印度公司制订出了一个纯属商业间谍活动性质的计划，一旦公司的阴谋得逞，那么这个世界上最大的跨国股份有限公司将成为这场人类有史以来最重大的商业机密盗窃案的幕后黑手。

3

1848 年 5 月 7 日，切尔西
药用植物园

  1848 年的一个春日上午，罗伯特·福钧一面漫步穿行于切尔西药用植物园——一小片紧挨着泰晤士河的绿地，一面欣赏着自己从东方弄来的累累战果。大地刚刚回暖，因而周围一片勃勃生机。郁金香正在毫无保留地怒放着，山谷百合优雅地朝地面斜斜伸出。在去年秋天的严寒中种下的块茎植物正如同一朵牡丹——福钧远东之行最为珍贵的战利品之一——那样含苞欲放。

  三年前，就在罗伯特·福钧刚从中国凯旋后不久，他被任命为切尔西药用植物园园长，这多少算是皇家园林协会对他完成任务的价值和未来前途的肯定。

  福钧今年 35 岁，他已经预见到他的人生将变得前程似锦。《华北各省三年漫游记》一书于一年前出版，好评如潮。他和他的家人目前愉快地享受着显赫的社会地位所带来的令人羡慕的生活质量，这也足以弥补福钧无法实现的其他人生目标的遗憾。他在切尔西药用植物园的职位待

遇为每年 100 磅（约折合今天的 10000 美元），并不比他在中国冒险时赚得更多，但在工资以外，他还获得了位于植物园庭院内的一栋漂亮砖房的使用权，以供其家人和仆人居住（尽管这座房子连室内管道系统和卫生设施都没有），此外他还获得一份煤炭配额以及在植物园内开辟一片属于自己的菜园的权利。

切尔西植物园的管理岗位为他提供了一个展示天分的舞台和一次确立其为英国首席园艺学家地位的良机。1673 年，由东印度公司药剂师创办的切尔西药用植物园是英国第二历史悠久的植物园，时至今日，它已成为一片占地仅 4 英亩、位于斯隆广场附近的黄金地段、临近伦敦市中心的充满田园风光的绿洲。隐藏在街边那片高大的红色砖墙背后的植物园以一座海外植物及世界药用植物博物馆的面目呈现给世人。在福钧的时代，它既是一个生动展示着众多新奇、神秘的维多利亚时代植物的天地，也是一座专门的医药学研究实验室：草本植物、药用植物、香脂、粉剂、医药糖浆、碘酒、油膏和软膏。这座药用植物园，正如它最初为人所知的那样，是为了辅助园艺学研究发展而存在的，它成就了《园丁和花匠的辞典》（或《园艺学的完整系统》）一书的诞生，这本巨著在超过一个世纪的时间里成为全世界园艺技术和园丁种植方面的权威指南。切尔西药用植物园与邻近泰晤士河下游的英国皇家植物园一道，在推动具有重要经济和战略意义的植物学产业发展方面发挥着主要作用，为大英帝国的经济提供着源源不断的动力。

事实上，植物贸易的发展壮大与帝国的崛起繁荣是并行的。1768 年，一些植物学家乘坐"奋进号"（Endeavour）与詹姆斯·库克船长（Captain James Cook，英国著名探险家。——译者注）共同经历了第一次环球航行之旅。当库克船长一次次探索澳大利亚大陆的时候，船上的学者却在描绘金星凌日的景象，采集植物样本，绘制南半球那些奇形怪状的植物图像。

约瑟夫·班克斯，一位百万富翁级的园艺学家，也加入了库克船长环球航行的随员队伍。作为一位富有影响力的人物，班克斯将一名博物学者安置到船上，参加了那支获得世界级殊荣的英国海军舰队未来的全部冒险。事后，班克斯和库克都将他们的航行见闻录结集出版；与福钧不同的是，他们所做的大量笔记并不是记录他们旅途中的主观印象，而是对他们的发现物清单一一清晰地加以描述。这些帝国的建设者们从那些遥远的角落带来了翔实的知识。随着这些知识被吸收和应用，英国的自信在不断膨胀——它可以在全世界攻城略地，发号施令，大发其财。

植物贸易是大英帝国（包括旧殖民地在内）一项重要的财富来源，例如西印度以及近来才联合为一体的几块印度次大陆的殖民地、大洋之间的岛屿沿岸的边区村落。像福钧这样的植物学家负责研究如何利用新近在外国领土上发现的植物开拓西印度市场，如何通过挑选和杂交手段实现经济作物的增产，在地球上哪片角落可以利用殖民地的廉价劳动力来种植特殊作物而实现产量最大化，以及如何对植物进行加工以使其适应市场营销的要求。

植物猎人是一群训练有素、目光敏锐的人。这群人对探索冒险的生活如痴似狂，为此甚至不惜抛弃自己的家园和家人。在工业时代初期，植物学研究的意义相当于今天的工业研究实验室。实行帝国主义式的植物政策不失为一种榨取殖民地经济价值的手段，而植物猎人就此成为帝国命运的探索者和驱动者。

尽管科学是福钧工作内容的重中之重，然而他实质上还是一个园艺师，而一个园艺师与一个艺术家无异。土地是他的画布，花草树木是他的颜料。园艺师是工作在三维世界里的，他需要顾及的问题有树木的相对高度、花带的相对深度和山坡的斜度，他的视角必须是"借来的"或经过放大的。但他的工作内容同样包括第四维度：时间。园艺师的工作计划是按季节进行的：某些树木在春季开花（如连翘属植物、木兰、樱桃树、丁香花、苹果树），某些植物则在秋天变得艳丽无比（如枫树、卫矛属植物、接骨木）。园艺师的艺术也带着预言意味：判断哪类树木能迅速成熟并轻而易举地长高，例如桦树、白蜡树以及如雪松、枞树、松树一类的针叶常青树；哪类树木成长缓慢且需要努力一番才能留下最后的种子，如橡树、山毛榉、枫树；哪类树木可以持续一代又一代。福钧很清楚地意识到，出色的耐性是成为一名出色园艺师的必备条件。

园艺学磨炼了福钧性格中温和的一面，他现在精力旺盛，热爱户外生活，对植物成长阶段的需求拥有天生的直觉：荫凉或阳光，要浇多少水，是否应该种于山坡斜面以便于排水，或是否应培植于容器之中以便细心呵护及保持根部的恒温。经过年复一年的实践，他可以跪在泥土上并且准确知晓灌木丛的哪个地方该修剪了，或者如何小心翼翼地让植物生根发芽。有了他的精心呵护，植物们得以茁壮成长。

时间回到 1848 年的那个春日上午，福钧现在可以怀着一股成就感欣赏着再度生机盎然的切尔西药用植物园了。按他的记载，他接手这个地方的时候，呈现在他面前的是一幅年久失修的景象——花带如同野草一般疯长着，植物园的温室正在朽烂，植物清单已经毫无价值。福钧凭着他在组织规划方面的熟稔和满腔热情，给这座植物园带来了翻天覆地的变化。正如他在给药剂师协会委员会的信中所写的那样："出于委员会诸位无疑了解的种种原因，这座植物园在被放任自流中落到了近乎废墟化的境地。当我掌管此处时，我发现植物园内杂草丛生，花草树木的排列顺序混乱不堪，培育在温室里的异国植物奄奄一息，基本处于最不适合原设想的实验目的的状态。"

福钧清理了杂草，购买了新工具，靠着捐赠和与其他植物园进行植物交易建起了藏品陈列室。之后，他做了件最有意义的事。他将仓库和苗圃里贮藏的植物变卖，筹得364 英镑（约等于今天的 4.4 万美元），用这笔钱盖了座新温室，又将依旧矗立的那座旧温室修葺了一番。福钧的新温室真是盖得太及时了，那一年（1848 年）见证了英国"玻璃税"的取消，他抓住玻璃装修业务正廉价的时机，在紧挨着植物园的高大砖墙处盖起了一座崭新的玻璃温室。这些半玻璃式的建筑很快就成为大多数新来的异国园艺产品的家：精致的兰花、装饰用的长满尖刺的三角梅、盆栽棕榈树、史前蕨类植物、崭新的秋海棠、轻木、面包果、香蕉和竹子。

切尔西植物园在布局上依旧保持 17 世纪那种整齐匀称的格调，经过大幅度修剪的植物被种在几何图形般笔直排列的花坛中。然而，福钧却打算彻底废除这种死板的陈规，而后将药用植物园以严谨有序的林奈（Linnaeus）式分类体系为标准重新整顿了一番。

瑞典博物学家卡尔·冯·林奈（1707～1778 年）的

著作引发了一股自然科学热，而这股狂热又引领了维多利亚时代的科学探索风潮。在以拉丁文名卡罗鲁斯·林内乌斯写成的作品中，这位科学家按照动物性器官的属性，建立了一套以前后两个名字来归类的分类学体系。林奈在著作中将全世界的生物以王国为单位划分，王国以下的单位为"门"，门以下的单位为"纲"，纲以下的单位为"目"，目以下的单位为"科"，科以下的单位为"属"，以"××属"为单位的生物又被细分为各个个体。一个单独的生物个体的名称就蕴含着大量关于这种生物的信息：如果一种有机生物属于哺乳纲，那么它就生有毛发并能产奶；如果两只生物个体属于同一目，而第三种生物仅与他们属于同一纲的话，那么前二者彼此间在血缘关系上就比第三者更接近。当一名博物学者在前往亚马逊的旅途中宣称他发现了一种新型的甲虫样本，那他现在可以按诸如这种甲虫的体型和繁殖方式之类的标准来给他的发现物命名。林奈的简易分类法解决了自然界的等级结构和组织形态这些以前在某种程度上令科学家头疼的问题。

尽管虔诚的林奈建立生物之间关系网络的目的是使他更深入了解造物者的所思所想，但是他的作品却引发了一次科学革命。根据林奈的研究成果，欧洲学术界开始意识到只要人类经过一番合理的努力，世间万物都可以被解剖并掌握。这引发了一场里程碑般的启蒙运动。

按照福钧关于切尔西植物园的新构思，医用植物将在植物的自然序列中占据一个相对突出的地位。"有什么工作更艰难？"林奈写道，"比起分类学，还有什么科学更枯燥乏味？"毫无疑问，福钧对此感同身受，然而尽管两人的事业常常一样枯燥乏味，但其中一心一意以建立自然界秩序、了解造物者思想为目标的那一位，能因此得到无穷无尽的回报。而另一位徜徉于切尔西植物园的小道时，则能在植物园的花草上看到实实在在的科学进步和有机生命体与其同类关系的新知识。对植物园花坛的研究，就是在见证自然历史被编撰成册的美妙过程。

大不列颠掀起一股全国性的园艺学狂热，这在工业革命的动荡时代可能并不算一件令人惊讶的事。当技术为日常生活带来新的便利时，全国上下的时间和耐性都会缓慢地消逝。曾几何时，一段布匹、一匹毯子或一些床上用具是靠漫漫长夜挑灯赶工出来的，现在利物浦和曼彻斯特的工厂每天都在制造出不计其数的纺织品。曾几何时，横跨一个郡的旅行简直是几辆四轮大马车的马拉松，现在仅是坐趟单线短途列车的事。千家万户烛光点点的景象已被无数煤油灯光的景象取代，风力则被蒸汽动力取代；全世界人们的生活正在变得越来越机械化，越来越依赖客观生产力。气候的变化无常已经成为陈年旧事，大自然的进程正从人们的视野中消失，他们开始对机械工业变得盲目迷信。在维多利亚工业时代涌现的新兴中产阶级为与大自然失和而感到惋惜，为大自然从人类世界的逝去而悲哀，很快他们情愿出价征购哪怕只是大自然的一个影子。

　　成了切尔西药用植物园的园长意味着福钧已经成功升到了他力所能及的最高位置，他很可能因此忧心忡忡，这或许将是他一生的绝唱。尽管他现在尽情享受着中国历险之旅给他带来的荣耀，然而他还是得直面那些由于他的社会出身和阶级地位而强加在他身上的种种限制。一个与福钧同一时代的人记录道："没有独立资金来源的人无缘从事科学研究，科学永远不该染上铜臭味。"彼此间联系松散的帝国植物园——克佑区、圣赫勒拿岛、加尔各答——仅能提供寥寥数个有薪职位。虽然有些与植物学相关的工作还是较为精彩而诱人，如就职于皇家园林协会以及担任大学讲师或是负责管理爱丁堡或牛津的植物园，但大体上这样的职位极其稀有且竞争激烈。大学的工作岗位是授予那些受过高等教育的人的，而岗位的薪水鲜有充裕到足以作为受聘者唯一的资金来源。很多博物学家靠着自力更生一举成名，例如查理·达尔文（Charles Darwin），他将丰厚的个人收入作为其研究项目的专用资金。有些热爱艺术的乡村本堂神甫和医生也自诩为博物学家，他们不辞辛劳，跋涉于当地的山腰之中搜集各种样本。他们也经常搜

茶叶大盗

集大批藏书以辅助科学探索。植物学界一些声誉显赫的职位往往是父子相传的，甚至时常传承到孙辈，例如克佑区皇家植物园的管理大权就始终掌握在霍克家族手中，已达64年之久。

无论在工作上面临多少困难，福钧至少还有妻子——简，娘家姓佩尼，一个活泼开朗的苏格兰女子——的陪伴和支持。没有她的协助，福钧的事业根本无法取得突破，乃至走得更远。当上切尔西植物园的园长，他得到一份薪水、一座家园和一个菜园，后两者往往由简来照应。当福钧埋头植物园的日常事务和植物学研究时，简则负责每年3月的菜园播种，整个春季她都要根据阳光的变化情况将植物园里的植物搬进搬出，5月最后一次霜冻过后的植物幼苗移植工作也是她的分内事。她种植供全家人食用的粮食作物。她丈夫的身影动不动就出现在一片茂密的荆棘丛中，外套、袜子、裤子也常常为此划出个洞，这时她就得缝补旧衣服，再缝制件新的以有备无患。

简同时还担负起福钧的家庭秘书和会计的职责。当福钧身在中国执行植物搜集任务之时，他的薪水被直接送交到留在伦敦的简那里。她用这些钱为他还债，管理他的科考账户，支付他的账单。福钧通过海路把一些小饰品运回国，出售给拍卖商，负责充当中间人的也是简。她将与植物学研究进展相关的最新论文和杂志发送至福钧在海外的

"邮件待取"地址，与此同时她可能完全掌握了这些动态。要知道福钧一去就是数年，倘若对科学界的研究成果一无所知，那对他而言将是根本无法忍受的。由于长期的分离，加上种种不幸的经历，结婚已近十年的福钧夫妇，还只有两个孩子：约翰·林德利（John Lindley）——这个孩子是以福钧的朋友与贤明的植物学导师的名字命名的——4 岁了；海伦·简恩（Helen Jane）7 岁了。海伦已经渐渐成长为一个少女，当福钧身在中国时，她是母亲的骄傲和慰藉。连约翰·林德利都时不时在她背后追着、跑着，恳求她看他几眼。然而，这个家最近失去了一个生命。艾格尼丝（Agnes），以福钧母亲名字命名的孩子，在还不到 1 岁的时候被上帝带走了。她是个聪慧活泼，让人一眼就喜欢上的小宝宝，也是第一个在切尔西药用植物园里出世的孩子。失去她对夫妇俩是个沉重的打击。

若妻子是福钧生命和事业中不可或缺的核心，那他的记录中对于他们相聚时私生活方面的记述未免也太少了点。尽管留下的关于他住在切尔西植物园的那段时光的记录有厚厚的一叠：他是怎么重建这座植物园的，平时都在干些什么，他怎样亲手种下一株株植物，又如何收割的——而他在伦敦时的私人回忆却难觅其踪。在他出版的关于中国之旅的著作中，他可以尽情地将他所选择的那个世界的全部故事呈现在大家面前，也可以随心所欲地控制他所要表达的信息。而他回到英国时，却完全处于万众瞩目之下，因此他选择了典型的缄默法以尽可能少地将自己的情况泄露给他人，免得有人把他认出来。

考虑到福钧在记录中把自己的海外活动描绘得如此栩栩如生，那么他对家庭生活的避而不谈实在令人费解。可能与他在中国的那段激动人心的冒险相比，那些柴米油盐之类的日常生活琐事实在很乏味。中华帝国，全世界的中心，福钧所知的最博大的天然研究实验室，仍在召唤着他。当然，也有这样一种可能，福钧已经习惯保留自己的秘密，这源于他对自己卑微过去的羞耻感。低微的出身不仅令福钧在事业刚起步时不得不显得谦卑顺从，而且成了他出人头地的障碍，除非他能篡改教区的出生记录。罗伯特·福钧于 1812 年 9 月 16 日降生，但他的双亲，托马斯和艾格尼丝（娘家姓里德帕思）的婚礼却是在 1812 年 6 月 24 日举行的。他的母亲在怀有七个月身孕的情况下，蹒跚在苏格兰乡村小镇的圣坛上，这很难不引人注目。当福钧一举成为万众瞩目的知名人物时，他的出生日期这一细节也将被加以改动——从 1812 年改为 1813 年——这可能是出于维护其得体形象的需要。

＊

1848 年 5 月 7 日，约翰·福布斯·罗伊尔（John Forbes Royle）博士对切尔西植物园进行了一次意义重大的拜访。当时已白发苍苍的罗伊尔是植物学界最令人尊敬的人物，也是伦敦国王学院的医药学教授。福钧的导师林德利、可敬的英国皇家园林协会和林奈协会的会员也与其来往甚密。尽管福钧过去已做东招待过不少显赫的宾客，但他还是很乐意接待像罗伊尔这样的人物——他的来访本身就暗含赞许之意。

时任东印度公司农业顾问的罗伊尔是代表东印度公司前来拜访福钧的，茶叶是他们谈话的主题。同为苏格兰人的罗伊尔的成长离不开东印度公司的栽培，事实上，投身公司下辖的阿第斯康比军事学院的罗伊尔，可以说就是在公司里长大的。他于 1819 年前往印度后，很快就领略到植物学的乐趣。他婉拒了公司的军事任命，当了一名外科医师。最后他被安置于位于印度北部的萨哈兰普尔植物园的管理岗位上。罗伊尔的建议书《植物学图解及喜马拉雅山脉自然史的其他分支》与《一篇有关印度的生产资源的随笔》促使东印度公司成立了一个完整的、致力于研究与植物学相关问题的部门。罗伊尔在促使喜马拉雅山脉产能提高方面的经验和能力是其他任何一位植物学家都无法匹敌的。他坚信，只要按哈丁爵士设想的那样去做，喜马拉雅山脉就会变成茶叶生长的乐土。

罗伊尔和福钧一起走过植物园的长墙，前往考察新盖温室中的一间。尚未在次大陆待过多久的罗伊尔对在阳光照耀下闪闪发光的玻璃器皿赞叹不已。这些温暖的培养环境所隐含的技术正是东印度公司急需的。福钧在中国时就成了这门新技术的一名早期专家。如前所述，这些当时被称为沃登箱或沃德箱的玩意儿如今被命名为玻璃容器。像这样的便携式玻璃屋将颠覆这个星球的种植模式。

在 1840 年之前，漂洋过海的植物的命运极其悲惨，大不列颠帝国、殖民地之间要进行植物贸易极为困难，很多时候根本无法进行。来自海外的种子和活的插枝要在船上颠簸数月之久，航线至少要穿越赤道线一次——时常来上两次才能抵达英国或别处。船上的水手们根本不像园艺家那样训练有素，运送的植物在他们的照管下自然无法"享受"到良好的旅途环境。在漫长的航程中，新鲜淡水极其稀缺，自然不能随随便便让给这些异国植物享用。这些植物经常直接堆放在甲板上，暴露在直射的阳光之下，同时遭受着带有腐蚀性的海浪的冲击。而它们一旦被贮藏在船舱内，将因与阳光隔离而营养匮乏，慢慢死去。因此，只有异常罕见、生命力顽强的植物样本才能在远洋航行中存活下来。

然而，纳西尔·巴格肖·沃德博士用一系列引发职业博物学者们关注的学术论文彻底改变了这一切。19 世纪30 年代末，沃德通过一次实验，发现了催化作用：他在一个密封的瓶子里放置了一个天蛾蛹，又把正在发芽的种子切成一片很常见的模型。种子在夏季到来前被严严实实地封在那个瓶子里，保持温度，并一直被妥善保护起来，打那以后就再也没和外界接触过。在并未打开瓶子的情况下，沃德把瓶子移到一个窗台上，仔细记录它未来的情况。在四天时间内种子迅速发芽，瓶子里最终长出一株蕨类植物和几棵常见的青草。

生于 1791 年的沃德是一个医生的儿子，在伦敦的港口住宅区（docklands）长大。经常有水手光顾父亲的诊所，这无疑唤起了这个男孩体验一把远赴异国他乡的想法。他的恳求在 13 岁那年得到了满足——他以一名水手的身份登上了前往牙买加的航船，尽管很快对水手的单调生活感到乏味，但热带地区依然令他倍感着迷。与其他许多乘客一样，他将成为一名植物学者、一个草药医师、一个与医药学打交道的人。

沃德也是个执着的人，在偶然发现瓶中存活的种子后的很多年里，他对玻璃、种子和模型一一做了实验，并认真记录下观测结果。所有被他挑选安置于一个玻璃容器内的植物都在茁壮成长（不过，被沃德作为实验品的一只燕雀是个例外）。沃德的植物标本集一直发展到拥有 25000 个标本，而他还继续沉迷于实验之中。沃德首先意识到一个之前从未被发觉的事实：植物可以在没有水的情况下在一个密封而明亮的环境中存活多年。他制造了一系列用油灰和油漆保持密封性的玻璃箱。他偶然发现了解决一个长期以来一直困扰大家的问题的方法：如何保证植物能够在漫长、艰苦的远洋运输过程中存活下去。

沃德观察并记录了一个简单且可自持的循环：在日照期间，植物利用土壤里的湿气与二氧化碳混合，发生光合作用。到了晚上它们释放出氧气，挥发出水蒸气，在夜间的冷空气作用下，水蒸气凝结于玻璃罩上逐渐形成水珠，并滴回土壤中，润湿土壤。这样，湿气将几乎永无休止地持续下去，而安置在这种玻璃容器中的植物就能有效地长期存活。

对于职业植物猎人而言，沃德的发现是革命性的。在这之前，要为任何人展示一株活着的异国植物几乎是件不可能的事——根本不存在行之有效的方法把这些植物从遥远的地方带来供研究用，一个博物学者要拿植物做实验，只能先弄死它们，把植物样本从土里挖出来，进行脱水或挤压处理，或者他可以试着处理得更艺术些。为了保证植物样本存活，游历植物学家的工作简直就是场持久的赌博。暴露在潮湿的海洋空气中时，哪些种子会依旧新鲜？哪些种子会变得水淋淋的？哪些树苗可以健壮到经过热带地区时的状况还能和经过北方地区时一样好？在沃德箱问世前，能在英国生根发芽的异国植物都属于那些生命力极其顽强的品种，这些植物的种子和幼苗完全经得起极端气温的考验。

现在，博物学家们可以破天荒地让植物在活着的情况下挪窝了。

1834 年，当沃德的实验进行到一半时，一艘从塔斯马尼亚（Tasmania）的霍巴特（Hobart）返航的轮船载着几个崭新的玻璃箱在英国靠岸了。尽管这次单程越洋航行在气候范围上已经一连跨越了几个寒冬和酷暑，而且船上运载的箱子在整个几千英里的航程中不断遭受着海浪和含盐空气的侵袭，但箱中的植物依旧完好无损。沃德的发明就这样令人们如疯似狂，很快他的玻璃箱被一艘艘远洋船只运载着推广到全世界的各个角落。

"总而言之，"沃德在他的实验报告里写道，"在每一个有光亮的地方，甚至在最为拥挤且烟雾弥漫的市中心，绝大部分植物都能生长起来。"

沃德的发明为帝国带来了巨大的经济效益。举个例子，生物碱奎宁提取自秘鲁的金鸡纳树的树皮。现在这种树已能够移植到次大陆，当地出产的奎宁被用于治疗饱受瘟疫之苦的驻印和驻缅英军。以前，以播种方式种植在克佑区植物园的巴西橡胶树，现在已经可以移植到环境宜人的锡兰岛屿（今斯里兰卡），进而开辟了一道新财源。整个工业因沃德玻璃箱的问世，也被带动发展起来。就连那些非专业花园（指私人出于兴趣修建的小花园。——译者注）也将因那些来自海外的、生命力顽强的小型植物样本——如樱桃和海棠果——的点缀而变得焕然一新。在过去，从种子在花坛里种下，园丁们就要开始照料，如今园丁们将从这种一年到头耗时无休止的计划压迫下解脱出来。英国上流社会中的农学狂热爱好者，包括阿尔伯特王子在内，都热切地准备迎接数以百万计的新式植物的涌入。而东印度公司已经准备赌一把：沃德箱可以帮他们把中国最好的茶树和种子运到印度来。

罗伊尔和福钧在花园里谈论着沃德箱、切尔西植物园、中国和福钧那本才华横溢的著作，就这样度过了一个漫长的下午。中国在植物猎人们的想象世界中占据了一个特别的位置，在那里，它成了一个完整的花园之国。与世界上许多列于英国殖民计划之内的地方不同，中国在英国的印象中几乎是个文明世界。中国人追求优雅而富有教养的情操，他们的诗歌、音乐和哲学都是如此。首先，花园在中国是一种敬畏的象征。官员们为了显示自己的身份地位，就要盖起蜿蜒曲折的花园，花园中间必须带有鱼塘、石桥和代表思念孔子的亭子。中国农民懂得如何种植他们的粮食作物及如何在旷野搜寻可食之物。对于植物猎人而言，中国的地理环境同样蕴含着丰富的矿藏。一个拥有从热带到温带再到冻土带的、地貌变化巨大的庞大国度，是座在遗传变异与物竞天择方面独一无二的自然物种陈列馆。

英国植物学之父约瑟·班克斯爵士视中国为植物狩猎事业的圣杯。18 世纪末，英国首个外交代表团前往中华帝国首都北京的时候，班克斯将一名园艺师安排进团内。一个园艺师"永远不会没东西可学，如果他能被带到北京与那里的同胞们接触的话"，班克斯写道。他竭尽所能地呼吁全体在华英国人——园艺学的业余爱好者和专家们、外交官们、水手们——寻找那些"有用、新奇、漂亮"的植物并请求他们以任何可能的方式带回英国。

由于除了神州最南端的广州港外，在任何地方几乎都得不到与中国相关的实用信息，因此班克斯那中国拥有丰富植物资源的观点其实很大程度上是建立在种种谣言和推测基础上的。尽管如此，他还是想弄清关于中国微型植物制作工艺，即盆景艺术的具体细节；就我们今天所知，日本人十分擅长此道。这些盆景植物中，列入班克斯采集清单的有各种杜鹃花、牡丹、荔枝、龙眼；具有经济价值的植物，如茶树；硬木类植物，如橡树。在华英国人也被要求调查中国人是如何将人类排泄物——说得直白些就是"粪便"——转化为增强花园土壤肥力的肥料的。当时，英国由于人口增长迅速且缺乏有效运作的下水管道系统，以至于人粪堆积如山。这一中国特别技术的引进能有效地将这些危害公众健康的恶魔变成赐福英国工业的天使。

"要是你把新奇的稀有植物误认为一个普通品种，随后就把它丢掉，这样的事如果碰巧被发现了，那你今后就等着因此而烦恼一辈子吧。"班克斯威胁道。

在中国游历的时候，福钧实实在在地贯彻着班克斯在近60年前发出的指示。但在这之后，他是否丢弃过珍贵的植物样本？尽管中国之行的头三年他广游四方，拜访了许多之前英国人从未踏足的地方，然而他的主要路线还是从一个通商口岸到另一个通商口岸。至少他在中国城市市场上搜集到的植物品种并不少于他在荒郊野外搜集到的植物品种，甚至到采集工作结束后，中国内地的种种现状还是令他和罗伊尔惊叹。那里尚未真正与外界接触过，正静候着科考队的到来。

现在罗伊尔提出了一个提议：福钧是否愿意受雇于东印度公司，以一个茶叶猎人的身份重返中国？

东印度公司开出的条件十分慷慨。相比于他那全加起来才区区100磅的年薪——这只是一个城市职场新人的待遇——福钧可以拿到500磅的年薪（约折合今天的55000美元），这相当于一个在核心岗位上干了25年的人的报酬。无论出国还是回国的相关费用，与其他差旅开销——包括货物从海路往返中国和伦敦时产生的费用——一样，都会有人替他支付。货物在船舱所占空间的租费对于植物猎人而言是一项沉重的负担，尽管他带回国的植物样本的购入价与白菜价无异，但运费却是所有植物科考费用中最大的一项。每一本小说（维多利亚时代的英国人旅行时喜欢带小说解闷，故小说为畅销商品。——译者注）和每一份新奇的植物品种都不得不与那些有利可图的茶叶、生丝在可供租用的有限空间上竞争，而价格就这样在装运过程中相应走高了。

不过，东印度公司雇佣条款的最宽大之处就在于任务相当简单：福钧所要包办的事务极为有限，公司雇他来只为搜集茶叶。在此期间，福钧采集到的所有其他植物——观赏性植物、草、种子、树苗、花、水果、蕨类植物以及块茎植物——的产权都将归福钧一人所有。在如此慷慨的条件下，福钧完全可以开始着手采集对自己有用的植物品种，然后把植物样本送往拍卖行拍卖以获取潜在的巨大收益。

当整个大不列颠对园艺学的痴迷日甚一日之时，一种更为温和浪漫化的"英式风景画"现象开始流行起来。在乡村庄园，人们规划了景观，挖掘了几个湖泊，造了一些山峦。这些新出现的人造山水风光急需珍稀植物样本来增色一番。尽管福钧对此类园艺之风嗤之以鼻，然而他还是敏锐地意识到东印度公司的计划对个人前景的潜在价值。英国植物的现状正在改变：拍卖行内充斥着来自海外的植物。植物淘金者带回国内的异国植物物种的价格，在彼此较劲的植物学票友和专家们哄抬下一路走高。如果福钧回到中国重操植物搜集者的行当，然后把搜罗来的战利品实实在在地卖出去——就和众多同一时代的人在帝国其他地方干的一样——那么他就会成为一个富翁。

对于这个提议，他会好好考虑一番，福钧对罗伊尔说。

当那位名医离开后，福钧立于靠近铁门的墙边，凝视着正在长高的淡粉色玫瑰，它已经开始萌芽，但还未真正开花。这种英国玫瑰传说起源于古波斯，来到不列颠岛安家落户也不过几百年，而中国种植玫瑰的历史则是以世纪为单位。仅在 50 年前，由于两种玫瑰之间意外发生异花传粉现象而促成了一个新玫瑰品种的诞生，这就是今天众所周知的花园玫瑰：花期长、气味甜美、生命力顽强而生长迟缓。据说在中国玫瑰被引入之前，英国并无深色玫瑰；那么玫瑰战争的象征物必定不是真正的红玫瑰，而只是一朵淡粉色玫瑰罢了。来自东方的花花草草通过杂交改变着西方的植物群，福钧工作的切尔西植物园里就有很多这样的例子，血统繁杂的英国玫瑰只是其中之一罢了。

在植物园的其他角落，来自亚洲的宠儿们——波斯的丁香、土耳其的郁金香、东南亚的柑橘——长势喜人。由于福钧的自力更生，盛开的山茶花才从中国来到了英国。

但现在东印度公司交给他的担子比简单搜集花花草草之类要沉重得多。福钧必须去窃取这个世界上最具经济价值的作物样本，还要保证它们健健康康的，然后再安排它们成功"移民"到另一个次大陆。这是植物学者有史以来面对的最具挑战性的任务。

他必须同简商量下这事。

仅过了一个星期，东印度公司就寄来了一封信。

致切尔西植物园的罗伯特·福钧先生

尊敬的先生，

东印度公司董事会一方在与罗伊尔博士沟通后，已经批准关于你前往中国执行目的为从最理想的地区获取公认最好的茶树树苗和种子，并由你负责将它们运往加尔各答，以及最终运抵喜马拉雅的任务……敝人奉董事会之命通知您，他们已经批准了您的雇用合同。董事会希望您在明年 6 月 20 日之前做好动身前往中国的准备。

自您执行任务之日起至您回国为止，董事会将付给您每年 500 磅的薪水。他们将提供给您一次免费的中国之行，您返回英国时，返程也是完全免费的。您沿途的旅费及您为了获取和运输茶树、茶种，或是以其他方式来完成董事会为扩展在印度西北部各省山地地区的茶叶种植面积经慎重考虑后确定的任务，而在印度和中国可能产生的其他费用，也将由董事会来承担。

　　还有一点很重要，您必须尽可能在秋季之前抵达中国，那时您就可以搭乘半岛及东方公司的船来次海上之旅了，这样是为了让您能以最快速度前行。

东印度公司

1848 年 5 月 17 日

4

1848 年 9 月，从上海到杭州途中

一艘平底船停泊在一条蜿蜒曲折，散发着恶臭，距离上海一天航程的运河内。这是艘不超过 40 英尺长的小船，属于一户由兄弟俩和他们的妻子组成的以海为生的人家，这艘船就是他们的流动小屋。这户人家平日共同劳作，通过中国沿海纵横交错、有如网状的航道和运河运货、载客和干各种非法勾当，或通过其他渠道来赚取微薄的收入。这是艘破旧不堪的小舢板，在上海近郊一带没人会去注意它，除了船上搭载的满满一组乘客。

福钧的中国仆人，"一个骨骼粗大、笨拙不堪的小伙子"，正坐着摆弄一根穿着马鬃毛的钝针。他将这根针平稳地插进福钧头颈部的头发下方，再猛地一拉，每拉一次，这根针线都绷得笔直。就这样，他用马鬃在福钧的头发上编织出一根乌黑、粗糙的长辫——这曾是一些农民引以为傲的东西。这根所谓的辫子，从他的脖子一直垂到他的腰部，仿佛真是他头发的一部分。

茶叶大盗

　　福钧直挺挺地坐着，心中却焦躁不已：他来中国尽管已有几个星期了，但对他而言，真正的路才刚刚开始。小船轻便而迅速地朝着他前行的方向驶去：在香港迅速通关后，他搭乘一艘汽船来到了上海，一座因新兴的外贸行业而繁忙喧嚣的城市。香港这个地方在他上次来中国时被他视为一个"只有几间茅屋孤零零地坐落其上的荒芜小岛"，现在被他形容为位于大英帝国前沿地带的一座非凡的"宫殿和一座花园"。在位于英国租界内的上海黄浦岸边，福钧在托马斯·贝勒——颠地洋行的合伙人，众多在东方的英国游客的老朋友和理性赞助人——那座富丽堂皇的家中临时得到一间合法的住所。贝勒让福钧与自己公司的买办们放手去做。买办们是值得信赖的、经常在港口调配西方商人的需求与中国方面的产量以实现供需平衡的中国调解人。当这座新兴城市的大门向西方投资和移民敞开时，这类翻译和投机商由于能顺利地在前者与中国商界的精英阶层之间牵线搭桥，从而担负起了贸易中间人的角色。在上海的时候，福钧雇了两个仆人，储备了必需品，指挥并监督组装玻璃制沃德箱的过程，并计划来一场实际上已经超出确定计划范围的行程。在缺乏可靠而实用的中国内地相关信息的情况下，福钧希望能在熟知这些地区的人的帮助下确定中国最好的茶种产地，以及怎样才能到达那里。然后，他在所挑选的仆人中找到了他需要的人。

他要深入中国，这些仆人是必不可少的。他们必须和他一起完成搜集茶叶的任务并（他希望）保护他的人身安全。他从中国名山黄山附近的最有名的绿茶产地雇来了两个人。他们将是他的翻译、厨师、植物采集工、警卫、搬运工……当然，最重要的职责是向导。这两个人在旅途中所担负的职责大体上是以那些必须用到的脑力技能和那些必须用到的蛮力为标准来划分的。福钧的理发师——在他所著的记录中以"苦力"作为这个人的代称，而从未提及他的任何其他名字——是个壮得像头牛的家伙，一路把行李从岸上搬到船上或者再搬回到岸上的活由他包了，在采集植物的行程中他还得负责搬运那些沉重的玻璃箱子。

王在 20 岁之前曾受过教育，是这对仆人中比较文雅的一个。他是在安徽的松萝山——中国最好的绿茶产地——附近长大的。王家世代种茶采茶，把最宠爱的儿子送到如杭州和上海这样的大城市里，让他们扬名于商界。中国人口比起前一个世纪已经翻了一番，耕地奇缺，已无力支撑那些人口众多的家庭。王和许许多多多来沪的外省移民一样，是个天生的掮客，狡诈精明，不停地寻求着从每一笔交易中捞上一把的机会，他还在新出现的外国租界这一灰色经济地带混饭吃。受雇于福钧后，王可以充分展示他作为一名职业经理人的价值。他熟悉所有从上海到茶叶产区的道路。作为一名天生的生意人，他经常和那些脚夫、船工打交道、谈判。而如同在当时的中国随处可见的那类人一样，王总是想方设法在每笔生意中都给自己留份小小的甜头，在在华英国人看来，这种做法可以用三个字来形容："捞油水"。

就两个仆人而言，王可以更好地与福钧交流，这在福钧眼里是个优点，而苦力就做不到了。王操着一门用于港口一带的语言，这门语言在持续了百年左右的茶叶贸易中不断发展。这是一门糅合了中文和英文，掺杂着少量北印度语和葡萄牙语的混杂行话。混杂行话听起来很滑稽，同时也是前往中国经商的白人的必备用语。尽管其中有些单词已经融入了常见的英语词典——例如，"chop-chop"（quickly）——然而，整个句子时常听起来还是和小儿牙牙学语一般荒诞可笑："好长时间我没看到你了。""要啥子东西？"在彼此交流如此困难的情况下，外国人和中国人互相之间极不尊重也就不足为奇了。王说着福钧能听得懂的混杂行话，而那个苦力由于出身卑微，连最基本的外国语言都没学过，因而在他的雇主看来与哑巴无异。另外，福钧在港口城市向大户人家学的半通不通的汉语，苦力也基本无法理解。

在完成这次东印度公司所交付的任务的过程中，福钧必须一步步深入这个国家，深入到那些还未有英国人敢于探索的地方，深入到那些大英帝国的国威所不能及的地方。当身在上海滩的外国租界的时候，他可以在英国法律的保护伞下尽情行事，一纸不平等条约终结了第一次鸦片战争。所有住在商贸区的欧洲人都可以尽情享受特殊待遇了。他们遵守的是他们祖国的法律，而不是中国的规章制度。在那里，皇帝的铁腕再也不能钳制他们了。

由于中国的环境已经变得更加凶险，因此相对于上次行程，福钧在这次远离通商口岸之行中需要更为严密的人身保护。沿海一带涌入的欧洲人越来越多，这激起了当地中国民众的强烈愤恨。在南方，愤怒的农民已经开始袭击外国人，把工厂和医院的洋人扣为人质，甚至有时在毫无理由的情况下将他们杀害。叛乱者就这样一步步占领了农村。而虚弱无能的北京朝廷在对外战争中被打败后，威信一落千丈，从而失去了对地方官员的控制，这些官员残忍地压榨着城市和乡村，苛捐杂税的增长速度超过了任何一个农民所能想象的支付能力。

随着西方人一批批涌入上海，中国人开始一批批迁出——迁走时带走了所有家人与所有的家产，甚至包括他们的祖宗，正如福钧所写的那样："他们连同财物一起带走了对他们而言最重要的东西，通常被埋葬于他们住宅附近的私有土地上的已故亲友的尸体。因而，经常可以看到苦力们或亲友们肩扛着几具棺材一路向西。很多时候，打开棺材会发现棺木已经彻底朽烂了，完全没法迁走。每当遇上这种情况，往往会有一个中国人手握一本印有人骨清单的书，指引着其他人搜寻死者骨殖的最后残余。"

从表面上看，一个欧洲人只身在中国内地行走似乎是种愚蠢透顶的冒险——虽然福钧的仆人们对此并不了解。当王试着与前文提到的那艘破船的船主商量可否给福钧行个方便时，水手们一口回绝。要知道船员们经常因通过水路运载违禁货物而惨遭鞭笞拷打。"在这种情况下，我作为一个外国人是不可能雇到船的，因此我派我的仆人用他自己的名义去租船，宣称另外两个人只是他的旅伴而已。"这是个很明智的计划，王回去正式签署了合同，盖上了"戳记"，即带着字符图案的印章。然而，当旅客们成群结队地登船后，那个苦力，无论是出于无知还是恶意，朝船主泄露了福钧的身份。福钧担心船员们会拒绝让他再待在船上，特别是他们发现被愚弄后，不过王朝他的雇主保证行程将按预期那样继续下去："只要你愿意在船费上再大方那么一点点就行了。"

＊

苦力专心致志地打理着自己新"头饰"的时候，福钧很耐心地等着。一只小小的蓝白色茶碗放在近旁一个满是尘土的板条箱上，茶叶残渣在碗底打着旋，福钧把已经冷掉的茶水往肮脏的甲板上一倒——貌似在中国，地板就是用来倒垃圾的地方。福钧现在一举一动都刻意模仿中国人的风格，好让自己的伪装看起来更像那么回事，因而他按照中国习惯，用热水冲洗的方式烫了烫瓷碗。绿茶并未添加"文明享受的"牛奶和糖，所以福钧不是特别喜欢，但他已经逐渐习惯什么都不加，纯用水冲泡的风格了。

当福钧以一个西方人的面目在中国行走的时候，他总和稀世珍宝一样引人注目。对于中国人来说，这个苏格兰人看起来像个怪物。他个头很高，鼻子的尺寸远远超过必要的长度，他的眼睛也太圆了一点；虽然圆眼睛通常被视为智慧的象征，但福钧操着一口结结巴巴的汉语，在别人听来就像一个刚学说话的小孩子，甚至就连进食这种简单的动作都会给他招来不必要的目光。"他吃饭喝水的姿势倒挺像我们的。"在福钧第一次中国之行中，聚在一起盯着他不停地看的那群闲人中的一人这么评论，福钧回忆道。"'看这儿！'两三个一直异常仔细地研究我后脑勺的人叫起来，'看这儿，那个陌生人没有辫子耶！'很快，人们包括女人和孩子，全都围了上来，争着来瞧瞧我是不是真的没有辫子。"

鉴于此，福钧的仆人们坚持只有他乔装打扮一番才会和他一起上路离开上海就毫不奇怪了。"他们心甘情愿陪在我身边，唯一的条件是我必须脱下英式服装、改着中式装束。我知道，如果我真的想完成既定目标的话，这样做是绝对必要的。因而，我很痛快地答应了这个要求。"

中国时下对各族男性的要求是剃掉脑袋前部的头发，

以此表示效忠皇帝。近2亿剃发之人是清政府将统治凌驾于个人意愿之上的有力象征。清朝皇帝用行政法令作为控制全国人民的手段，作为将一个文化各异的多民族社会强行转变为一个"车同轨，书同文"式的大同社会的手段。拒绝剃发将被视为大逆不道。

完成了辫子的连接工作后，苦力现在开始用他那把生锈的剃刀在福钧的前额上制造出一条新的、更高耸的发际线来。"他根本不是在剃，他简直是在刮着我那颗可怜的脑袋，直到我的脸颊下方被划出一道道伤口来，痛得我当场叫出声来;"福钧写道，"我怀疑我应该是这位拙劣剃头匠的第一位顾客，我怀着十足的仁慈之心许下最衷心的祝愿:最后一位顾客也是我!"

行程的头一天，福钧回顾了自己这趟冒险的计划路线和行动方针。为完成这份工作，福钧必须在中国待上几年。而为了让东印度公司的茶叶种植园得以启动，他所要带回的几千株茶树苗、成千乃至上万颗茶种，外加高度专业化的中国茶叶种植加工技术将至关重要。他必须用某种方式来说服中国最好的茶叶工厂的工人离开祖国随他一起前往印度。

不管怎么说，在福钧有能力鉴别合格的制茶配方之前，他必须了解那些茶叶——绿茶和红茶，中国茶叶中的极品——中的基本成分:这两种茶叶的种植区从来都是彼此分隔的，为此福钧决定把茶叶狩猎行动分为至少两次——一次采集绿茶，而另一次则以红茶为目标。福钧深信，绿茶和红茶所需的生长环境绝不相同，最好的绿茶产于中国北方，而南方的山区则是极品红茶的乐园。

福钧最终决定首先动身赶往盛产绿茶的浙江省和安徽省。第二阶段的行程将至少搁置到下个季节，届时他将在中国内陆长途跋涉 200 英里，前往充满传奇色彩的红茶之乡——福建武夷山。

从红茶在西方世界炙手可热的程度来看，它无疑对福钧和东印度公司而言都算得上一个更为诱人的目标，然而得手难度也更大。这种茶大量生长于呈手指形状的喀斯特山地一带，在那里，稀薄的空气和寒冷的夜晚酿就了醇香的乌龙茶、香红茶、小种茶这一系列世界上最好的红茶品种。从上海出发，一路南行，至少要经过三个月的长途跋涉才能到达福建、江西交界地带，途中根本无法搭乘运货的内河船只，以便避人耳目。自打马可·波罗起，除了少数几个法国传教士外，还没有外国人到过这种偏远地区。

比较而言，绿茶狩猎之旅的物流方式相对简单些。通往极品绿茶产地的路很好走，只要在雄伟的长江及其支流上坐几周船就行了。他在上一次行程中也进行了类似但较为短暂的冒险：一路搭船来到一处遥远的山坡，之后他和随身携带的沃德箱就一直待在那里直到收获了茶种、箱子里塞满了挖来的样本为止。

茶叶大盗

通过第一次中国之行，福钧学到了比任何其他西方人都多的关于茶叶种植的知识。他拜访了通商口岸宁波附近、附属于英国领事开办的公司、可随意进入的绿茶种植园。《华北各省三年漫游记》一书有整整两章是专门描写他如何观察那里的茶叶作物的生长、收获及制作过程。福钧甚至将茶树样本带回了英国的植物园，这些移植到温室中的灌木被证明极具研究价值，但根本无法提供任何关于茶叶制作工艺方面的详细信息。福钧指责"中国政府的猜忌"导致他在这方面一无所知，因为中国皇帝"禁止外国人访问任何一处茶叶种植区"。中国茶商也已被证明无法作为可靠的消息渠道，这是因为他们在产业链中所处的位置离生产供应这一环太远，以至于根本无法为科学家提供任何有用的信息。关于绿茶和红茶事实上是否属于不同样本的争论正在激烈进行，就连福钧培育在英国温室内的鲜活茶树也无法令辩论平息。福钧记载道："我们发现我们的英国作者们正在互相驳斥彼此的观点，一些人断言红茶和绿茶源于同一种类，至于颜色方面的不同，那不过是加工方式不同而导致的。而另一些人则宣称绿茶采摘自常见的茶树，而红茶则加工自一种被植物学家称作'武夷茶树'的植物。"而第二次中国之旅将使这场争论在福钧手中彻底终结。

福钧希望成为用外国进口的植株成功开辟出一个完整

茶叶种植园——或者说一个完整新产业——的第一人。如果播种到印度的是劣等茶种的话，那他就很难成为一个英雄。尽管前一个茶叶猎人成功地将一堆各色各样、品种混杂的次等茶叶作物带到了印度，然而这是毫无意义的。福钧只对猎取中国最有名的茶种感兴趣："从中国的极品茶叶产区弄到极品茶叶可谓意义重大。"

从茶种、茶树的搜集工作到将战利品装船运往印度，福钧必须以尽可能严谨的态度对待这一系列工作。因为他是个科学工作者，他的工作只能与他的科学数据一样严密，因此他知道他必须亲手查明他要采集的茶树样本的生长位置、所处生态环境以及种植过程等方面的情况。虽然他可以雇用当地人为间谍，委派他们去完成采集和报告工作——东印度公司一连几任业务员都是这么干的——这样做对他而言，完成任务的速度无疑会大大加快，所冒的风险也更小，但福钧对这一选择根本不予考虑。让那些中国雇员负责搜寻中国出产的极品茶叶，他们能靠得住吗？福钧对此几乎完全没有信心。再说，如果在采集工作上他不亲自出马的话，那冒险精神何在？至于什么科学精神就更不用说了。

然而仅仅将弄来的茶叶作物装船运往印度是不够的，福钧不但必须确认他所押运的茶叶作物已安全到达目的地，还得亲眼看到它们成功地移植到喜马拉雅山。如果他的作物无法在运送途中存活下来并在新环境下茁壮成长的话，那么他在中国三年的心血将化为乌有。为能尽快确认收到作物情况报告，他必须争取与印度西北部各省政府合作，为此他致信后者：

我受光荣的东印度公司之托前往中国，目的在于运送中国最上等的茶种和树苗……

我意欲借助各种良机将这些种子和树苗送至加尔各答，如果它们能被小心翼翼地接收并送往目的地的话，那将意义非凡。而当那些种子和树苗抵达印度时，起草一份关于它们近况的报告同样意义重大，这份送至我手中的报告可以指引我确定茶种和茶树的必要采集量。

我相信考虑到植物运输环节总会掺杂着某些困难，我提出的这些建议是会得到批准的……

阁下如果觉得哪些经验指导对我来说是很有必要的话，请来信，本人将非常乐意聆听您的任何教诲。来信可以寄予登特保管，他会转交给我的。

此致

敬礼

不胜荣幸的罗伯特·福钧

✳

"哎呀——这可太糟了，太糟了。"苦力用混杂行话
咕哝着，手中仍高高举着剃刀刀片，尽管福钧痛得已经缩
成一团。关于英语单词，苦力只懂得"太糟了"和"太
好了"。他拿来一条温热的毛巾敷在福钧血流不止的头皮
上。其他的船夫们坐在这个理发匠的近旁，一边赌钱一边
纵声大笑，他们的交谈不时被麻将牌的噼啪声打断。"可
怜的苦力确确实实已经尽了最大的努力了。"福钧的字里
行间透着宽宏大度。

他的第二个仆人王已经为福钧挑好了得体的衣服。一
件前端扣得紧紧的、带着直立高领的灰色丝绸外衣。一件
裤腿肥大到两个人都可以穿着走路的、质地平滑的裤子；
上衣袖子足以把他那双园丁式的、粗大的手完全遮蔽起
来。一双单鞋薄到几乎看不出来，仿佛它们是这个男人双
脚的一部分一样，遑论保证他的脚不受街道上的烂泥污染
了。穿上这些后，福钧套上一件附有腰带和很深的衣袋的
棉大衣；一旦他开始着手进行采集茶叶样本的工作，这套
行头体现的价值将无法衡量。大体来说，这是一套任何一
位身份高贵的中国客商都会身着的装束。福钧如此穿戴将
令人敬重而不再过于引人注目。

然而，福钧还是疏忽了：他忘了索要一份购买这些物
事开销的精确账目。中国铜钱的价值只相当于便士的几分

之一，因此王偶尔会轻易地把找回的零钱据为己有，并从未被注意到。而苦力则在注意到账目的不平后大发雷霆，他坚信诸如管账这种活儿——包括克扣结余款项在内——理应归他，即两名仆人中更为年长的那个来管，而不是那个自命不凡的王。

于是，苦力试着向他的主人大发牢骚，后者对他的不满只是一笑了之。仆人们为了争宠而互相拆台，这让他觉得更加安心。他希望他们彼此吵得够狠，这样可以阻止仆人们突发奇想而组织攻守同盟来对付主人。福钧想当然地以为这样下去仆人们将温顺听话、甘受驱使，他就可以几乎不用再为仆人们的事情操心了。福钧其实在一些事情上是欠考虑的，比如苦力会没完没了地提意见，或者王在整段行程中会永无休止地想方设法"捞油水"。王正在乐此不疲地玩着这种利用翻译来给自己套现的游戏：所有谈妥后的价格都是用中国数字写在纸上的，而福钧根本看不懂这些数字。

当理发匠完成了他的工作，新行头也穿上身后，福钧不禁大吃一惊：这种化装管用吗？中国如此广袤，与世界的其他部分又相隔遥远，福钧确信中国农民如果只靠着自己的双腿走天下，那无论如何也无法弄清他们祖国的全部面积。在没有别的来华外国人作为对比参考对象的情况下，他们根本无法判断出福钧到底长得多"外国"。他希望他那副并不中国化的面容或他那比周围人都要高上 1 英尺的个头等细节，在一个已由非汉族人统治的国度不至于太过令人生疑。不管怎样，他那出众的身高可以这样解释：众所周知，来自长城另一侧的人们都是非常高大而极度粗野的，由于所有中国人都乖乖地留起了辫子，福钧这身装束也显得与皇帝治下的臣民一模一样。

当太阳从视野范围内沉下去不见的时候，众人周遭的光线开始昏暗起来。几个妓女稀稀落落地从胡同口的阴影中走出，开始朝运河走去，她们将一些钱币点火烧起来。这是冥钞，点火烧掉是一种把它们从物质世界传送到精神世界的方式；这是夜场生意开始运营之前向神灵和祖先献祭的仪式。苦力朝她们的方向望去，目光里充满了渴望。

福钧觉得辫子在他的后背弹着跳着，在他的两面肩胛骨之间轻轻摆动着。我是"一个相当帅气的中国人"。他想起了自打前阵子起就只能说中国话了，由于荒废了三年，他的中国话已经变得半生不熟。他进餐时不得不用筷子，由于已经忘了怎么磕头，他宁愿像一个身份高贵的人一样摇着手。他做自我介绍时用的是自己的中国名字：Sing Wa，即粤语"鲜花"之意。

包好了自己的剃刀和剪刀，苦力朝他的外国主人点了点头，朝船尾处海上女神的神位走去，在那里他点燃了一炷香，祈求神灵赐福于他们的旅程。

当船只被纤夫拉出运河驶入河道的时候，王明显开始紧张起来：真正的冒险之旅开始了，他不禁问福钧："如果真遇上有人问我们是打哪来时怎么办，他们该如何回答呢？"

福钧微笑着答道（中文）："我会告诉他们，我是外省人，从离长城更远的一些省份来。"

5

1848 年 10 月，浙江杭州附近

　　千年光阴已逝，中国人对杭州的热爱始终如一，这座城市矗立在距离上海约 120 英里外的内陆地区。它围湖而建，绿色的群山构成了她的地平线边缘。淅沥而下的细雨轻轻拍打着湖面，勾勒出一幅朦胧的风景画。这是座诗一般的城市，也是静谧的中心。在这里，庙宇和园林毫无限制地拔地而起。不过，她拥有的不只是如画美景而已，从古至今风景依旧的名胜极为罕见，杭州即是其中之一。她的周边省份当初即为中国最为纸醉金迷之地，而今依然如此。1848 年，这里的人们下自府邸仆役，上至商贾巨富，都穿上了绫罗绸缎。杭州城繁忙喧嚣的街道上挤满了身着鲜亮丝绸长袍的人们，他们享用着精美糕点，消费着珍珠和翡翠一类的奢侈品。商店货积如山，店主个个油光满面，在一个一而再再而三地遭受饥荒和贫困侵袭的国度，杭州这番景象实为难能可贵。当时中国绝大多数城市

污秽不堪，寄生虫横行，因而福钧所写的关于杭州的报告也流露出对她印象极佳的倾向。马可·波罗初见杭州，登时笔下有感："毋庸置疑，这是世界上最好、最高贵的（城市）。"儒家学者则用诗句描绘出一幅极富魅力的场景："天上天堂，地下苏杭。"

茶叶是杭州的重中之重，是这座城市日常生活的中心，人们做着茶叶买卖或在茶馆里品尝精选配置的好茶。福钧很喜欢这种实实在在的文化氛围：一座古老的园林城市，在这里，生活富足的人们可以把时间花在思考而不是工作上，筹划着宏伟的目标，享受着大杯的热茶，谈论着大自然的神奇。如果福钧只是一名游客的话，他完全可以在这里驻留下来；但如果现在要经过这里，那未免太冒险了，所以他计划绕道而行，连杭州的面都不看一眼。作为贸易线的必经之地，杭州位于丝茶要道之上。从沿海通商口岸而来、见多识广的商人们可以轻而易举地识破一个白人的伪装。最起码，他们会注意到福钧在当地人群中是个明显与众不同的人物。

基于以上考虑，他派王去安排几顶轿子，以便载着他们绕过杭州城。一旦他们安全离开这座城市的近郊，他就去预订一艘货船；一行人乘船进入伟大的长江流域，朝着王位于安徽农村的家乡前进，在那里，每一座斜斜的山峦上都生长着绿茶。

但是，王却另有一番计划：通往茶叶之乡的捷径是径直穿过杭州。如果"绕道"和"穿行"两种选择之间的差别具体体现在福钧的沿途开销上的话，那就不仅仅意味着王可以买到一些私贩的茶叶和烟草，甚至还可能让他睡上一两个"花姑娘"。从福钧的旅费结余上额外捞来的这点钱还可以用来封住苦力的嘴，让他以后别再打小报告。

王奉命与轿夫协商抬着福钧顺着那条漫长的平坦大道行进。"轿子"只不过是一个搁在两根竹竿之间的包厢罢了，竹竿两端各由一名苦力抬着。"没有一个人朝我投来哪怕最微不足道的一瞥，这种情况令我信心大增。"福钧谈到朝杭州行进的这段路时说。

通往这座城市的道路在一英里一英里地向前延伸，道路两侧为桑树林所围绕。就是拜这种中国著名植物所赐，蚕才能吐出柔软而神奇的蚕丝。"除了桑树外，我几乎没有看到别的。"他写道。福钧在轿子上舒舒服服地坐着，随着这漫长的一日行程渐渐过去，他"无时无刻不在期盼着进入那座敞开的村庄"。然而随着轿夫一英里一英里地前行着，十字路口越来越频繁地出现，建筑物不断一闪而过，田野也消失了。"当我发现自己正越来越接近一座人口稠密的城镇的时候，我大吃一惊。"轿夫迅速抬着福钧穿过了内嵌在杭州城那灰色的厚重城墙之中的城门，径直进入了西湖湖畔的市中心。

"倘若得知一个老外进入了杭州城的正中心地区,民众们很快就会围拢过来,那后果将非常严重。"事后福钧用颤抖的笔调写道。福钧立刻用下层水手常用的脏话——大概也是他唯一知道的中国粗话——狠狠骂了王一顿。他对于被人阳奉阴违还很陌生,害怕若是现在不严厉斥责他的手下,将来则要面对一系列这样的背叛。往内地每深入一步,这种后果的严重性就增添一分。

但福钧的指责几乎效果全无,因为一位主人对自己仆人的公开训斥只会激发他的自尊感,或者说"颜面",因为一顿责备等于一种心照不宣:这位仆人的地位相当重要,足以令一位有钱有势的官员注意到他。在中国,"颜面",即粤语的"面子",是一种像福钧这样的西方人无法从直觉上理解的概念,具体描述为每个人在相互来往时所赢得的一种声望和名誉。在中国,人际关系被定义为人们——无论地位相同还是不同——彼此间的相互义务,每个个体都存在于由影响力构成的网络以及由责任和社会关系——或者用中国话说就是"关系"——构成的关联之中。

从家庭一直延伸到社会领域。"颜面"概括了一个人在他或她的人际网络中所处的位置,也是中国人估量自身义务的办法:哪些人的命令是需要服从的,哪些人的忙是必须帮的，哪些人是得罪不起的，万一得罪了就只能哀告或者道歉；做儿子的就得对他爹显得谦卑顺从，或者一个雇员必须在他的老板面前点头鞠躬，或者一个学生在他老师面前也得这样，而反过来父辈们可以规定小辈们所承担的一系列责任，主人对奴隶、老师对学生同样可以如此。

尽管被巧妙地加以诠释，"面子"和"关系"在中国人的现实生活中依旧是不可避免的。就同现在一样，他们构建了这个国家的社会结构。社会关系决定着一个人是该被公正对待还是遭受歧视。尽管没有一个中国人是没有自己的关系网的，但是许多农民在这方面拥有的资源极为稀缺，因而他们也难以得到公正、财富和权力的青睐。当一个人尽到了他的社会义务的时候，他就能赢得颜面，提高社会地位；当一个人失掉了他所拥有的那些社会关系并要为此付出代价的时候，他也就失掉了颜面（中国人常说的"丢面子"），他的社会地位也随之下降。当王因未按吩咐办事被福钧吼了一顿的时候，这就说明王在这个受雇用的小团队中的地位相当重要。王在福钧那里丢了面子，与此同时却在杭州城这么大的地方长了脸。

重视颜面是非常典型的孔子思想。孔子，这位伟大的哲人，其思想在公元前 206 年至公元 220 年的汉朝极具影响力。他描述了一个将家庭纽带和祭拜祖先作为个人的最高道德规范和最伟大人生目标的理想世界。如果一个人不能为他的故乡带来荣誉，那这个人对于这个世界而言就无足轻重。

一个来华外国人，既无一定的社会责任关系网，也没有任何社会资源，因而缺乏受人尊重的资本。许多外国人身为局外人，应对的手段相当灵活。他们以中国式的捷径建立起他们的人际关系网，比如给官员和他们的上级送礼，投其所好。他们意识到，一个仆人不只是光为主人服务而已，他们也应得到酬金以外的东西，例如荣耀和尊重。然而，福钧似乎对这一中国社交艺术的细节几乎完全未加留心。他对待中国仆人就像对待他的任何一个雇员一样：要求一切尽善尽美，拒绝听到"对不起"这个词，事办坏了就严惩。王和福钧结伴而行断断续续持续了多年，这期间这位仆人勇敢地尝试着以他的主人的代表身份建立起社会关系网。王替主人捏造了一个子虚乌有的社会名流关系网，从而成功地将福钧塑造成一个官员式人物。这大大提升了他主人的威信（或者与此同时，王通过各种社会交往很自然地令自己的地位大大提高了）。他的行贿和与人打交道同样是为了主人的利益，而非仅仅出于自己对于威信的追求。

对于福钧而言，王所做的一切看起来似乎只是为他自己谋利而已，妨碍了科考活动的进展。尽管福钧之前已经来过中国，但就他所信任的为其保守身份秘密的人来说，他依然是个冤大头。出于需要，他信赖他的仆人，待他的旅伴们如同家人一般，就算说不上关心，那也是一种（相互）关照的关系。他没有意识到自己是如此依赖于他的仆人们，以至于给他们造成了被主人高看一等的错误印象，也未能预见到这么做会让他们变得多么不安分守己。

＊

一行人通过杭州后，王雇了艘货船载着福钧离开了这座城市，朝着物产丰富的长江流域进发，直奔安徽的产茶区。福钧的铺位被安排在船尾，紧挨着一个侏儒的铺位；他得到一张草席作为床铺（仆人们直接睡在甲板上），另有一盆热水用于每天早晨的洗漱（19 世纪的中国人是天天洗浴的，这点可不像欧洲人）。他旅途中需要花钱的地方包括每天两顿稀饭和一顿大米干饭。福钧卧铺的席子底下枕着两口棺材——大概已经装着尸体了。中国人对祖先和祖坟的崇敬就体现在这里：来自外省的商人们若不幸在沿海城市身故，又远离其家族所在地时，他们的灵柩一般会被遣送回他们的故乡。人们确信如果不这样做，当亡者回魂要赐福于自己的亲人时，会因迷途而不知所措，随后他们的怨气就会越来越重，并会为了寻找埋于他乡的自己而大肆害人。福钧对这一风俗根本不屑一顾，他把这些容器仅仅当作床铺，在上面睡得还很安稳。

茶叶大盗

　　杭州周边分布着一些诡异而破败的河边小镇，它们的城墙崩塌、野草满地、荆棘丛生。这些小型定居点现在成了盘踞在此的强盗和伺机冲出中国海域去搜寻新发现的财宝的海盗的窝点。福钧的水手们用当地的可怕传说和关于盗匪活动的种种传闻狠狠刺激了他一番，这些可怕的传说"几乎让我深信自己身处一个极其危险的境地之中"。他回忆道。福钧吩咐苦力每天晚上一刻不停地守在他的舱室边，并增派了负责守夜的人手。"我不能告诉警卫们巡夜时到底要坚持多久，但当我醒来时——有时在黎明破晓前——我发现他们正在呼呼大睡，这片危险之地除了可能在他们的梦中出现外，看起来已经被完全遗忘了……看来在我们睡觉时没人来伤害我们。"

　　不论水手们是如何沉浸在编织恐怖童话这一恶作剧之中而乐此不疲，对于三名乘客而言，他们还是得努力维持与全体船员的良好关系，因为这是他们不可或缺的生命保障。水手们靠着自己的感觉就能安然通过河道，这对他们来说已是轻车熟路。而中国的航道之中经常会有对他们怀有敌意的势力——无论是武装鸦片贩子，还是叛乱者，或是宗教叛乱武装——的船只出没。在这种情况下，最需要考虑的自然是如何令水手感到满意，以免他们把这艘非法载人的货船给出卖了。假如水手们并不清楚福钧真正的秘密身份，他们可能就会认为他不过是众多在中国走四方的人中的普通一员而已。

这艘河船停靠在杭州，在离开之前，他们必须等着将全船乘客登记造册，这期间王与船老大之间达成了几桩不可告人的交易。他可能策划着一场阴谋，从而将这次旅费开销的绝大部分弄到自己的口袋里——当然，这里面少不了水手们的那一份。他可能会设法伪造一张"收据"，作为购买船票的凭根，这样福钧就永远搞不清楚全程船钱到底是多少。抑或王可能在下游发现了一些运到上游可以卖个好价钱的货物，为此他在船上预订了一点载货空间，相关费用却算在福钧的账单上。不管这场游戏是如何进行的，最后的结局总是王欠了船主一大笔钱。

王用银圆还债。晚上，大家都待在岸上，船主喝酒、赌钱，或者通过别的方式在这漫漫行程重启前尽情享乐，末了他掏出王付给他的银圆来结账。客栈老板仔细检验了它们的成色后，告诉他这些银圆是伪造的，拒绝接受。墨西哥银圆尽管作为国际贸易结算货币——事实上，它是第一种全世界流通的货币（墨西哥 1821 年就从西班牙的殖民统治中独立出来，但整个 19 世纪期间，这种银币依旧作为对华贸易的"主要流通货币"）——早已被沿海地区接受，然而在内地它们依然十分罕见。鸦片战争之后，外国资本进入中国，这种银圆开始在中国大量流通使用，以至于一个最普通的水手都知道这种银币的购买力比本地货币要高得多，特别是当中国铜币在这一过程（指鸦片战争后中国市场遭遇外国资本冲击的过程。——译者注）中彻底贬值后。然而，由于墨西哥银圆在内地相对稀缺，这位船主根本不可能知道如何分辨它的真伪。

用中式铜钱结清了自己在赌桌上欠下的债务后，那位船老大当即回到船上找王算账，而王却坚决拒绝收回那些银圆。"一个子儿就是一个子儿！"他坚持道。船老大的语气也相当强硬："退赔！"当时已是深夜，王喝醉了，而那两个人还在继续争执。该如何赔偿船老大？王如何确定这些银圆就是今早从他手上交出去的那些？争执不可避免地带来了火气，船老大最后威胁说他要向福钧揭发：他的仆人竟然携带假银圆。

最后，王同意改用中国货币了结此事，"这种银圆的成色够好了。"他一边低声抱怨，一边丢下数目相当的几串沉甸甸的铜币——当地交易时使用的一般等价物。

船老大本来对这次清账很满意，但当他点了点他的收益后，发现还是有所短少。王企图从他那占点便宜。

王这下可爆发了："我付给你银圆，你说成色不好。我现在改付给你铜钱，你又退回来了。拜托，你到底想怎样？"

现在，福钧和别的乘客都已经忍着夜晚的寒气围拢过来了，他们都是被越来越响亮的争吵声惊起的。这出闹剧终于以船老大紧紧抓着那些他依旧觉得太轻的铜钱愤愤离去而收场。尽管福钧无法理解这两个人为什么突然愤怒地吵起来，但他开始意识到可能有人——比如王——在行程中欠了别人的钱，这只会令他的疑心开始增长。

＊

在内地旅行时，福钧的注意力完全为中国农村那片美丽富饶的景象所吸引。阶梯状的田地染上了一层收获时节所特有的黄褐色。桃子和李子已经堆成了小山，但苹果依旧沉甸甸地挂在枝头上，此时橘子正在成熟。福钧被迷住了，这个农民的儿子仿佛又回到了记忆中的田园时代。然而与此同时，埋藏在心中那个拓荒者的梦想也在驱动着他，促使他踏上了这片未被探索的处女地。沿途他一面保持着与船只的安全距离，一面为中国农民们的成就赞叹不已。每一片错落有致地排列着的谷类作物中——小麦、大米、玉米——都夹杂着一片绿油油的茶叶。每个农场或每座农家都拥有一片属于自己的、形状如邮票般四四方方的茶叶种植园。每看到一处场景都意味着福钧正一步步接近预期中的目的地。

除了王和船老大之间依旧明显紧张的关系外，这次河流之旅对于福钧来说是段愉快的经历。当他们更加深入内地时，福钧发现了他迄今为止所见过的原生态环境保持得最为完好的地区。再也没有比发现一片纯净无瑕的自然风光更能让一个自然主义者满足的事了，当福钧的船只在蜿蜒曲折的河道行进的时候，这片自然美景就像一册书卷一样在他面前缓缓展开。福钧所看到的隐现于小山之中的、临时搭盖的宝塔或庙宇预示着他们正在朝一座城镇推进。但他的视线主要还是集中在崎岖的山峦、瀑布，以及为苍翠繁茂的竹林所覆盖的富有远东特色的风景上。

每当遇上急流或者浅滩的时候，船只就得紧挨着河岸前进，而此时河岸上就会出现一支约15人的苦力纤夫队，他们光着脚，全身近乎赤裸，肩膀上挂着一头系着船只的绳子，货船就这样依靠他们的力量被拖曳着前行。在河流的其他地段，水手们撑起竹篙，小心翼翼地从河流中那些危险的礁石旁边绕过。每当遇上这种情况，每前进一步都要折腾上几个小时。这个时候，其他乘客会选择打个盹儿或者拿出麻将牌来，当天晚上的聚赌就开始了，直到开饭时间，持续了一天的无聊而沉闷才算被打断。福钧却借着行程放缓之机，漫步于附近的山坡之上，采集植物标本。每天一大早福钧和他的两个仆人就起身，攀上附近的山头，对前方河流段的弯道进行观测。如果这天船只的速度稍微加快了一点，福钧就会留在岸上，直到傍晚时分再赶回船上。一个人只要看到王和苦力所背负的福钧那套不知何用的全套工具就会惊叹不已：镐、铲子、吸水纸、笔记本、放大镜、标本瓶、沃德箱，还有柳条筐。这是他们第一次与福钧的嗜好——记笔记、挖掘标本、漫游——亲密接触。这些行为显然都只有一个目的：采集不明种类的植物和灌木，而这件差事注定被证明是件赔本买卖。对于这些在荒郊野外上演的插曲，福钧显然乐在其中。"天气很好，令人心情愉悦，当地人性格平和、毫无敌意。这里的风景美得就像一幅无可挑剔的油画一般……我的中国伙计和我时常走得双腿酸痛、疲惫不堪，那时我们往往在山顶上歇歇脚，顺带俯瞰一下四周的美景，一饱眼福。这条河流宏伟壮观、清澈闪亮，在群山环抱间蜿蜒闪现。这一段，河面平滑如镜、深不可测、寂静无声；而另一段浅水区，河流迅速从岩石河床上奔腾而过。"那么这段既不花钱也捞不到油水的日子对王来说，是否过得还算开心？再说说苦力，一大包金属器具一直压在他背上，沉重的玻璃箱一直挂在他肩上，他就在这种情况下艰难行进，他又觉得惬意吗？

山腰间的游览也许为福钧揭示了前进的意义，因而在很大程度上鼓舞了福钧的斗志。就在他离开杭州后的最初几天，他发现了棕榈树，即福特尼棕榈（Trachycarpus fortunei），他一回到上海就将这一发现托运至克佑区皇家植物园，这种植物挨过在英国度过的第一个寒冬——1850年冬——后活了下来。在另一次早期探险中，他又发现了一座偏僻的私人园林，在那里，他偶然发现了一种外观如同一幅悲泣画面的植物——垂枝柏（Chinese weeping），

也叫垂丝柏（funeral cypress）或福特尼垂枝丝杉（Cypressus funebris）

"您的这棵树实在太吸引人了，"他对站在不远处的园丁说，"我们这些来自沿海地区的人从未见过。看在上帝的分上，请赐予我们一些它的种子。"（尽管这种柏树最后还是在英国生根发芽了，但它是一种柔弱的树，再加上运到克佑区植物园时也不是很完好，因而在拍卖行一直难觅其踪。）

在极大地丰富了英国花园的奇花异草方面，中国所具有的价值早已得到证明，这一价值在很大程度上是福钧凭借一己之力发掘的。中国拥有全世界最大的温带植物群储备，今天我们所欣赏到的湖光山色中的不少元素，追根溯源，都来自这个国度。来自中国的观赏植物经过衍生，点缀着我们的一年四季：引人注目的黄色连翘和色彩斑斓的杜鹃、映山红、山茶花为春季增色不少；玫瑰、牡丹、栀子、铁线莲、杏子、桃子装点着我们的夏天；秋日，菊花盛开；柑橘橙、葡萄柚和柠檬则属于寒冬。

为了填充自己的植物标本箱，福钧也收集了一长列经过压制的植物标本，他对这些植物都进行了脱水处理并予以妥善保存，以便造福于他的植物学家同行。在这些工序上，他小心翼翼地训练他的仆人：频繁更换一张张吸水纸，随时留心将腐殖土、昆虫或者别的可能对标本造成污染的物质剔除出去。"一个聪明的土著居民是可能担得起更换一定数量的吸水纸这份活计的，"一个从事在华植物狩猎活动的专家写道，"但如果这个人是第一次整理植物标本并进行压制处理的话，那他既可能保证植物标本的美丽，也可能对标本的外观造成损害。"福钧同时也将搜集来的植物标本放进沃德箱中，他小心翼翼地摇落标本根部的泥土，将样本置于箱中的泥土里，给它们浇水，随后将玻璃箱紧紧密封，他希望这些被连根挖起、移植到新环境中的柔嫩植物能够经受住前往上海及其后的英国之旅的颠簸。

除了终日奔波忙碌于发掘、压制、移植植物样本并将它们装船运回国内之外，出于他对历史的责任感，福钧还抽出时间异常认真地写下了详细的考察记录。他那有无限研究价值的中国回忆录里所记录的大量翔实的植物学细节，充分再现了他作为一名植物采集者的高超技巧与一名商人的精明。福钧采集了如此之多的观赏性作物样本——从中国采集到的植物样本约有 15000 份，其中近半数为地区性作物，并加以编目，以至于观赏性植物猎人的研究空间被压缩到几乎一点儿不剩的地步。那些福钧的同行只得一路西进云南，翻山越岭进入喜马拉雅山，去探索属于他们的未知领域。

*

船只继续溯流而上，而其他乘客对福钧的态度开始

起了微妙的变化。同行的乘客不再用福钧的中国名字
"Sing Wa"来称呼福钧。事实上，福钧注意到他们根
本已经不再搭理自己。与之相反的是，同船水手们却
时不时偷偷扫他一眼，在他听不到的地方小声嘀咕着
什么，平时则经常有意躲着他。福钧似乎成了大家普
遍关注的焦点，在这方面他甚至超过了那个侏儒。

　　就在福钧开始沉浸在伪装中国人的乐趣之中时，却一
下成为众矢之的，这让他措手不及。福钧已经渐渐相信自
己身上的外国特征正在消失：他已经可以像换衣服一样褪
去自己的英国形象。他已经确信，他的外国人人格并非天
生的。虽然他还不能完全自如地在中国乘客警觉的目光注
视下使用筷子，但他已经越来越频繁地这样做了。吃饭
时，其他就餐者有的叼着长烟管坐着吞云吐雾，有的畅饮
白酒，干杯声越来越响，众人间的火气也越来越大，这时
福钧则刻意与他们保持一定距离。他注意到自己已经能听
懂其他人含糊不清的醉话了，将那些外国音节融汇到一
起，就构成了一个个词，一个个词又汇聚成了有意义的句
子。大家日常闲聊时，福钧并不加入，但他的耳朵正变得
越来越适应当地语言。但是，现在看上去其他乘客已经看
穿了他的伪装。

　　百思不得其解，最后他把王叫到一边，询问到底是什
么原因导致了同船船员对他的态度大变。

王解释说，由于苦力一再被福钧的行李折腾得喘不过气来，在由此而生的一股愤恨情绪的支配下，也出于给自己"长长脸"的目的，他揭发了主人的真面目。

"这个苦力简直愚不可及，他对别人说你并不是这个国家的人。你最好把他赶走，如果你不想惹来太多麻烦事的话。"他在给你制造麻烦，王用混杂行话坚持着他的看法，他把你推入险境，让他滚蛋吧。

福钧依然对"面子"这一中国文化的深层内涵一无所知，所以他也无法理解为什么苦力背叛了主人，就能在这艘船上赢得大家的尊重——这是他迫切渴望从主人那得到而无法实现的。但结果是苦力并未因出卖了福钧的秘密而得到哪怕一点儿好处，船员们现在似乎认为苦力这种背信弃义的做法给了他们惩罚他的口实。福钧也对他的仆人怒不可遏，可怜的苦力就此一天天变得更加阴沉、更加痛苦。

*

一到入夜时分，船只停泊下来后，木制的船体在水面上轻轻摆动，发出嘎吱嘎吱的声响，这时船上通常会派出一名守卫负责巡逻。"我被水手们告知这片地方是这个国家的贼窝和匪窟，因此到了晚上他们不能全部就寝，否则天亮前船上就可能发生失窃事件。"福钧回忆道，然而就在王和船老大发生不愉快意外的那个潮湿而没有月亮的夜晚之后，再也没有人守夜了。

"醒醒！"王低声耳语道，把福钧摇醒了。"起床！"
当乘客们在甲板上睡下时，水手们全都离开去了镇上。王
坚信一个针对福钧的阴谋正在悄悄进行。那个守夜人已经
失踪了。王从其他乘客那里或是船上成员们的窃窃私语间
打听到一个未经证实的阴谋：船员们正在计划把福钧一行
全部杀掉。

"他们现在已经去镇上找几个朋友来帮他们了，"王
的语气很坚决，"他们只是在等待，直到他们觉得我们已
经睡熟了再动手。"

福钧从他的草席上跳了起来，透过舷窗朝岸上望去，
他看到远处有一串灯笼似乎正朝他们这个方向移动。如果
他的外国人身份真的被确认了的话，那么他远离法定通商
口岸几百英里这一行为已经违反了《南京条约》里对于
外国人人身限制的规定，当地官府是绝对不会保护他的人
身安全的。

"起来！起来！快，快！"王催促着，"快！快！"

当那串灯笼离得越来越近，已经可以清晰地认出来正
是那群船员们时，福钧仍然待在船舱内，"尽可能地让自
己的情绪镇静下来"。他在自己靠近舱门的铺位上坐起
来，做好了最坏的打算。在他的记述里，他并未提及当时
他的枪放到哪去了——或者他那晚是否持枪。

"我的两个中国仆人看起来惊恐万分，他们一直尽可能地与我紧紧挨在一起。"他回忆道。

那伙人中打头的一个走进舱室，发现福钧和仆人们正等候着他。这个船员看起来非常局促不安，仿佛他根本没有预料到他的目标居然是醒着的。

那个闯入者进来后，谄媚地咧嘴一笑，随后耸了耸肩，什么也没说，转过身背对着福钧离去。他毫无所求。

其他乘客现在也被惊醒了，然而福钧还是搞不清楚到底发生了什么事。

"现在你看到了？"王还在坚持着，"当我告诉你他们打算把我们活活淹死的时候，你根本不信我，但是如果我们不是醒着而且准备充分的话，那我们就全完了。"

事实上，福钧根本不清楚王的警告究竟严重到了什么程度，或者说，他甚至还没搞懂他究竟是否真的处于危险中。到底发生了什么事？一个人打开了舱门后很快就走开了。如果他当时仍在睡梦中，那么后果是否就不一样了？

那艘船的船主当晚晚些时候回来了，表现得仿佛什么事也没发生过一样。

也许真的是"世上本无事，庸人自扰之"吧。船上到处吵吵嚷嚷一阵后，福钧发现自己睡不着了。"又冷又困。"他倾听着附近的水车为河边的简陋磨坊供应动力而

转动时发出的叮当声和嘎吱声。这个对自己的观察力引以
为豪的人却始终没明白到底发生了什么，或无法确定他是
否真的面临着可怕的威胁，因而觉得身心俱疲。福钧渐渐
意识到，他的同伴对他而言到底有多重要。他无法信任他
们，但他已经别无选择。

6

1848 年 10 月，长江，
绿茶加工厂

福钧身着那套官服，走进了一家绿茶工厂的大门，王在他身前五步，通报他们的到来。

王开始磕头作揖苦苦哀求。这家绿茶工厂的厂主会准许一位来客，一位来自远方省份、博学而饱受尊敬的官员视察他的工厂，来参观这种享誉世界的茶叶是如何制成的吗？

工厂主管很有礼貌地点点头，领着他们走进了一栋墙上灰泥正在剥落的巨大建筑，穿过庭院、开放式的工作区和库房。这里的环境温暖、干燥，到处都是工人在处理上个季节刚采下来的茶叶，空气中弥漫着绿茶那股带着木头味的香气。这座工厂遵循既定销售流程，所出产的茶叶准备通过广州的巨型茶叶商号和飞速发展的上海茶叶贸易行业销往海外。

虽然茶叶喝起来很简单，朝干茶叶里倒进温水就成，但它的制作流程可完全不是光靠直觉就能猜出来的。茶叶是一种高度加工产品。直到福钧拜访这家工厂之时，制茶法依旧沿袭两千多年流传下来的工艺程序，而此时欧洲人也已经嗜茶成瘾至少两百年了。但茶叶在变成可以投入茶壶的成品之前，应该经历哪几道加工流程？与这个问题相关的第一手资料，甚至第二手资料在大不列颠帝国统治范围内都难觅其踪。福钧同时代的伦敦园艺家和东印度公司的主管们都相信只要把茶叶放在光天化日之下，由西方的科技手段仔细研究分析一番，它的秘密就会大白于天下。在福钧的来华任务中，学到制茶工艺程序无疑与为印度的茶叶种植园搞来一批质地出色的茶叶苗木一样重要。茶叶从摘下到成为可冲泡成品，要经历一个复杂烦琐的生产流程：晒青、炒青、揉捻，如果要加工成红茶的话，还得经历一道发酵程序。东印度公司明确指示福钧必须尽其所能搞清每一道程序："除了从最好的产茶区搜集一批茶树树苗和茶种运往印度外，你还必须充分利用每一个机会，掌握中国人手上有关茶叶作物种植与茶叶制作的信息，以及那些在印度被委任主管茶园的人应该被（培训）掌握的技巧。"然而，制茶的配方在这个戒备森严的国家可是机密。

在这家绿茶工厂入口处的墙上，挂着一幅用毛笔写就、鼓舞人心的颂词，颂词摘自中国伟大的茶艺师陆羽的杰作——著名的《茶经》。

> 茶有千万状，卤莽而言，如胡人靴者，蹙缩然，
> 犎牛臆者，廉襜然；
> 浮云出山者，轮囷然；轻飙拂水也。
> 又如新治地者，遇暴雨流潦之所经；此皆茶之
> 精腴。

走进另一个空荡荡的院子，福钧发现新鲜茶叶被置于一个个硕大如餐桌一般的藤制盘状物（指簸箕。——译者注）内。阳光猛烈地照射着这些簸箕，"烹煮"着茶叶。没人走过去摸一摸或者动一动这些正在晾晒的柔嫩茶叶。福钧就此明白，制作绿茶需将茶叶置于阳光下暴晒一到两个小时。

晒干的茶叶随即被送进一个炉子里，抛入一口巨大的平底锅——这口锅的体积相当于一口巨型铁镬。人们站在一排煤炭炉之前忙碌着将平底锅中所盛物倒进一个平炉内。干脆的茶叶被猛烈地搅拌着，被一刻不停翻动着，在高温作用下，叶片中的汁液朝表面渗透，茶叶因而变得润湿起来。这种炒茶法将使茶叶中的细胞壁分解，正如蔬菜在高温烘烤下会软化一般。

炒过的茶叶被尽数倾倒在一张桌子上，四五名工人围

着桌子，用手中的竹筒在一堆堆茶叶上来回碾压着。随着竹筒不断滚动，茶叶叶片中所蕴含的精油被挤向表面，旋即茶叶就这样被绞干。桌面上留下了一摊摊绿色的茶液。"对于这番作业我无法想出比一个面包师揉捏面团更符合的比较了。"福钧回忆道。

因揉捻工序而变得紧紧卷曲在一起的茶叶现在与刚采摘下来时相比，只剩下四分之一的分量了。一个采茶工一天的采摘量可能有一磅，经过一道道流程工序后，分量不断减少，最后到了这样的地步：满满一背篓的茶叶，一个采茶工整整一天的劳动成果，变得只剩下一把了——只相当于区区数磅泡茶原料或只能泡上很少几杯茶。揉捻之后，茶叶被送回先前干炒时所用的平底锅里，开始第二轮的烘烤，每当茶叶接触到那口铁镬烧热的一端时，就会流失更多的分量。

当茶叶被采下、晒青、炒青、揉捻、再次揉捻之后，留下的将全部被送去归类为各种不同品质的成品茶叶。工人们围坐在一张长条桌旁，从毫无价值的最末等茶叶中挑出品质稍次的——它们通常被加工为工夫茶，再从后者中挑出质量最佳、卷曲得最紧的茶叶——这些通常被加工为最高级的花白毫茶。

茶叶质量的评估，某种程度上是由其中混杂的叶梗和粗糙低劣叶片的数量多少决定的。茶中之王——可能是中国的龙井，或是印度的 FTGFOP1（特级毛尖花香金色白毫茶），均由茶树枝丫最顶端的两片叶子和最末端的芽制成。茶树枝丫顶端的嫩芽口感甘美宜人，只稍带涩味，因而制成茶叶后其爽口提神的效果也是最佳的。

茶叶的独特优势源于在浸泡时将风味和咖啡因溶入热水中的精油。这些化合物并非茶叶作物的细胞维持其基本生存时所必需的物质，它们被称为次生化合物。次生化合物在许多不同的方面对植物大有裨益，例如助其抵御病虫害、传染病、霉菌的侵袭，并能在植物奋力生存与繁殖之时助其一臂之力。茶叶与其他绿色植物一样，拥有几种用于抵御外界侵害的机制，例如咖啡因，它是一种天然杀虫剂。除了枝丫顶端的嫩芽外，几乎所有茶树上的叶片都是厚厚的蜡质叶，味道苦涩，如皮革般坚韧，因而将它们咬穿是件很困难的事。茶树生有坚硬的纤维状根茎，可以抵御野兽的侵害。动作笨拙的采茶工会将那些根部以下的叶片甚至一些根部本身都采摘下来，从而对茶叶的品质造成损害；要知道这些叶片和根部味道苦涩，并会产生大量鞣酸物质，在中国，这种茶叶会被冠以一些暗示性的名称以表明其品质粗劣，如"土茶"之类。

工人们围坐在长条形的低矮方桌旁，仔细挑拣着茶叶叶片，并将每一根根茎从叶片中拣出来。他们也仔细检查是否有昆虫或工厂厂房里的小石子或细沙混在其中，这些虫子、石子和沙子的存在可能导致整整一批茶叶都被污染。即便有这样的质量检测手段，从任何意义上看，茶叶也仍然不算是一种干净的产品。这就是中国的茶客们养成了把从任何一把茶壶里沏出来的第一杯茶倒掉的习惯的原因之一。品茶行家中流传着一句格言："第一杯茶是你健康的大敌。"

＊

研究饮食文化的史学家们完全不清楚是谁第一个把茶叶投入水中的。但人类知识体系无法解释的问题，人类的想象力却可以在上面自由发挥。许多中国人相信茶叶是神话人物——中国医药和农业的创造者神农氏发现的。传说有一天，神农氏斜躺在一片山茶树的树荫之下，一片闪亮有光泽的叶子掉进了他那个盛着开水的杯子里。那片薄而柔软的叶子立刻激起了一阵阵浅绿色的涟漪。神农氏熟悉具有治愈功能的植物，他远足一天就能辨认出多达 70 种有毒植物。他确信这种药茶汤对人体是无害的，于是呷了一小口，发现它的味道爽口宜人：芳香、微苦，具有提神和滋补的作用。

将发现茶叶的功劳归于一位受人尊崇的古代领袖人物是典型的儒家思想做派。他们将现实生活与古代神话联系起来，以此将权力置于祖先的掌控之下。然而中国的佛教徒则创作了属于他们的茶叶发现传说，这一传说的主角是乔达摩·悉达多（佛祖释迦牟尼）。这个神话告诉我们，作为一名到处修行的苦行者，年轻的修士悉达多为了功德圆满，漫游到了一座大山中，一刻不停地祷告着。这位苦修者最后疲惫不堪，坐在一棵树下冥想，思忖着自我救赎和解脱，很快就睡着了。当醒来时，他变得狂怒不已，因为他的肉体已经觉醒了；他的身体背叛了他，他的眼皮沉重得抬不起来，浓浓的睡意成了他追求涅槃的障碍。

盛怒之下，睡意消失得无影无踪，悉达多可以肯定再也没有什么东西能阻挡他对真理和启示的领悟，他把自己的睫毛狠狠扯了下来，抛撒在风中，它们随风上下飘扬，撒遍四方，化为一种芬芳的开花灌木：茶树。事实上，极品茶叶叶片背面那纤细的银色绒毛确实酷似纤细的人类睫毛。大慈大悲的佛祖释迦牟尼留给信徒们这一伟大遗产，让他们在虔诚的修行中能保持灵台清明、精力充沛，从而专心致志地研习佛法。

在福钧之前，植物学家们已经尝试着破译茶叶配方的密码，但以失败告终。福钧于 1843 年奉皇家园林协会之命第一次来华执行采集任务，那次他进入了茶叶种植区的边缘地带，这是整个采集任务中的一部分。那次行动为他带来了一个重大发现：绿茶和红茶其实都来源于一种植物。

关于这个问题，林奈学会的观点迄今为止仍十分明确：绿茶和红茶的血缘关系十分接近，类似于亲兄弟或堂兄弟，但无论如何不可能是双胞胎。伟大的林奈在一个世纪之前，对早期探险者从中国带回来的这两种植物的脱水标本进行一番研究后，得出结论：他们分别属于陕西青茶和武夷山茶两个不同的单元。陕西青茶，又名绿茶，按林奈的描述，是一种拥有交替生长的棕色枝条和互生叶——卵形叶片，浅绿色，叶柄很短，叶片外凸，边缘呈锯齿状，叶片两侧色泽光亮，表面为绒毛所覆盖，带有一个花冠或一个拥有 5~9 片大小各异的花瓣的花朵。武夷山茶，也称红茶，按林奈的描述，它的外形与绿茶十分接近——除了叶片规格更小一点，颜色更深一点之外。

第一次中国冒险时，福钧希望能从那些以产红茶而闻名的园林里找到可供识别的红茶作物的踪影。然而，他在那里发现的茶叶作物外观上与在绿茶植物园里生长的绿茶作物一模一样。他对在中国的第一个三年之旅中所得到的几份茶叶标本进行一番彻底研究之后得出结论：绿茶和红茶那特殊的加工工艺是导致它们之间所有差异的缘由。他的那些植物学同行要过很长时间才能接受这种观点，并要求提供更多的证据。

红茶是发酵过的，绿茶不是。出于制作红茶的需要，必须让茶叶置于阳光之下晒上一整天，促使其所含的茶多酚发生氧化反应，叶片萎凋——实际上是让茶叶略微腐败。经过头 12 个小时的闷热炙烤后，红茶茶叶变得紧卷起来，渗出汁液，将汁液搅拌均匀，所得混合物留作接下来 12 小时的加工工序之用。漫长的加工工序促使茶叶内部不断分泌出单宁酸，味道变得苦涩异常，叶片颜色开始加深。尽管红茶的这道制作工序被命名为"发酵"，然而从技术层面上来说这一命名是个错误。就化学意义而言，根本就没有生成任何酵母菌。整道工序中并未产生微生物，并将茶叶中的糖分分解为酒精和瓦斯。更确切地说，红茶是被氧化或催熟的。但由于造酒业的专业词语影响了所有饮料行业的专业词语，因而红茶也自然而然地被贴上了"发酵"的标签（如果茶叶真的被发酵处理，造成真菌繁殖的话，那无疑将生成致癌物质）。

考虑到先前并无欧洲植物学家亲眼见过茶叶的成长，或认真研究过活体茶叶样本。林奈学会在茶叶纲目上所做出的混乱结论是可以理解的。福钧的报告作为证据最终推翻了林奈对茶叶的分类法。茶叶很快就以"Thea sinensis"，即"来自中国的真正意义上的茶叶"而闻名于世（在这之后，茶叶依旧被重新归于山茶科一类，山茶树）。

✻

当福钧正在绿茶工厂内部穿行时，他注意到制茶工人们的手上有一些古怪而异常惊人的东西。福钧这次所发现的物事，一旦被汇报上去，将大大刺激印度的茶叶销售，有助于其在市场竞争上打败中国茶叶，这对正迅速发展的印度茶叶种植试验不啻是个无价的恩赐。当福钧正死死盯着为最后一道加工工序而忙碌的制茶工人的时候，他发现，工人们的手指变得"很蓝很蓝"。

在伦敦拍卖行的混茶人和品茶人中流行着一个猜想：中国人为了牟利使着各色各样的奸诈手段：他们把树枝和锯末掺进茶叶之中，好让松松垮垮的茶叶堆的分量变得更重。有人说中国人拥有他们特有的早茶制作法：把湿漉漉的茶叶放在太阳底下晒干，这样他们就可以把回收的茶叶当作新鲜茶叶转售给那些容易愚弄的"洋鬼子"。茶叶贸易中彼此间的信任感荡然无存，没人相信中国茶商的信誉。

然而，沾在中国工人手指上的蓝色物质在福钧看来才是真正应当关心的东西。这样做的目的到底是什么？他和别人一样，早就怀疑这些中国人将经过化学染色的茶叶投放到外国市场上以此牟利。现在到了该由他亲手证实或推翻这一指责的时候了。

他全神贯注地观察着这道工序的每个环节，什么也没说，只是不停地做着笔记，时不时吩咐王朝主管或工人问上一句。在工厂的一端，监工站在一个白色的瓷研钵旁边，用捣锤将钵内盛着的深蓝色粉末研磨得越来越细。监工实际上是在制备亚铁氰化铁，这种物质的另一个更广为人知的名字叫普鲁士蓝，是一种应用于油画中的颜料。这种氰化物一旦被人吞下，会与细胞内的铁质结合在一起，抑制酶的活性，同时对细胞制造能量的功能造成损害。氰化物会对心肺这些最需要有氧呼吸的器官造成影响。

人如果吸收了高剂量的氰化物，人体将发生痉挛、昏迷，随后心脏骤停、猝死。低剂量的氰化物则将导致身体虚弱，出现晕眩、意识模糊、头晕眼花的现象。在很长一段时间内接触微量的氰化物，可能导致终身瘫痪。对于英国的饮茶者而言，幸运的是，普鲁士蓝是一种复合分子，因此它几乎无法释放出氰根离子，有毒物质将无害地通过人体后被排出。

然而在工厂的别处，在用炭火烘焙茶叶的地方，福钧发现有个人正在烧火，好让一种明黄色的粉末溶入一团糨糊中。这里散发出的气味如同变质鸡蛋一般极其难闻。这种黄色物质是石膏，或是脱水硫酸钙——一种常见的石膏组成成分。石膏分解时会产生硫化氢气体。当这种气体由人体自然产生的时候，它的含量很低。硫化氢的剂量一高，就成了一种被广泛应用的毒药。它可以对人体内的多个组织同时造成影响，尤其是神经组织。低浓度的石膏具有刺激性，可使眼睛发红、喉咙发炎，从而导致恶心反胃、呼吸短促、肺部水肿。长期使用石膏可能令身体产生疲劳感，导致记忆力减退、头痛、暴躁易怒、头昏眼花之类的后果。它甚至会导致妇女流产，令婴儿、孩童无法茁壮成长。

据福钧估计，每制备出的 100 磅茶叶中就混杂有超过半磅的石膏粉和普鲁士蓝。据信，每个伦敦人平均每年要消耗掉大约一磅茶叶，这意味着中国茶叶在实实在在地毒害着英国茶叶消费者。尽管中国人朝茶叶中掺入添加剂的行为并非出自恶意，他们只是单纯地认为外国人想要的是"看上去"翠绿翠绿的绿茶。

"怪不得中国人将西方人视为野蛮人一类的人。"福钧评论道。

"但中国人为什么要把绿茶加工得翠绿异常?"他问道，"不上色的绿茶比起那些加了有毒添加剂的绿茶看起来好看得多，而且中国人自己也从未喜欢过这种被染色的茶叶泡出来的茶啊!"

"外国人看起来很喜欢掺了普鲁士蓝和石膏粉的茶叶，这些茶叶看上去整齐漂亮，而且这些东西可是够便宜的。中国人（可）不反对（供应）这种茶叶，况且这种茶叶总能卖个……好价钱!"

福钧偷偷从这座工厂里拿走了一些有毒染料，他把它们装进自己用蜡浸过的布袋内，捆好袋口后藏在自己那件褶皱重重的官服内。作为一名科学家，他需要少许样本进行化学成分分析，但最重要的是，他必须把其他部分寄回英国去。

这些东西将在 1851 年伦敦世博会上被隆重展出。在那座闪闪发光的水晶宫内，大不列颠帝国在工业、科技、经济上的全部实力，连同这些绿茶染料一起将向全世界亮相。这次公共展览会意味着这一刻的到来：笼罩在关于茶叶——英国国饮——的神话传说之上的阴影和谜团将被暴露在西方的科技之光下，彻底消散、解除。福钧将揭示那些中国人在无意之中犯下的罪行。这将为英国自行种植、加工茶叶提供无可辩驳的依据。

7

1848 年 11 月，
安徽省，王宅

　　尽管天色已经逐渐地暗淡下去，福钧还是能够透过一片云海，望见那些点缀着下方山丘的轮廓鲜明、蜿蜒而生的松树。眼前壮丽的景色仿佛是为山水画师笔下游动的笔触所设。福钧心想：无怪乎中国对茶的钟情反映在文艺、绘画、陶瓷、诗歌各领域，又有谁不想去再现、回味，乃至永久保存如此强烈的美感呢？

　　王宅离松萝山那陡峭的山脚仅两英里远，老家毗邻如此著名的茶叶产地，这可以解释为什么福钧一直让王担任他的首席向导。尽管此人贪财成性，但他来自茶叶之乡，在那里种茶已成为本地世代相传的技艺。从沿海地带回到茶山故里这一习俗从王的祖辈起，已经延续了一个世纪之久。

　　王抢在福钧前头，大步跨进了自己童年时的家。他进门时没带任何行李——这座王宫的王子开开心心地回到家，要迫不及待地宣布一位高贵的外国官员的到来。绝非巧合的是，王自己近来交上了阵阵好运。由于这一带地处偏远、经济贫困，公共旅馆自然相当稀缺，福钧因而同意在王宅留驻。

王的双亲欣喜地与儿子相拥。王的母亲出于对儿子的疼爱，不住地问他在路上吃过饭没，王的父亲脸上则堆满了自豪的笑容。对他们的孩子所侍奉的这位官员那出众的身高以及身上所展示出的那股不同凡响的气质，王的双亲也表示出恰如其分的惊奇，并对此留下了深刻印象。二老真挚地表示，这么高贵的人物能留下来真是他们家承受不起的殊荣。环顾四周，福钧只好予以默许。

那扇他刚刚跨越而入的大门，在外观上显得极其粗糙而陈旧，随便哪个英国铁匠都会耻于被委托给这扇门打造门闩或枢纽。一张褪色的红纸毫无生气地悬挂在门楣顶端，它的作用是给这个家庭带来福音，保佑这栋住宅免受灾祸的侵袭。

朝屋里瞥了第一眼，福钧发现王宅几乎毫无舒适感可言。房屋本身摇摇欲坠，几乎违背了物理常识：这座坐落于悬崖峭壁之上的居所，无疑是一座反映将其建于此地的工匠们不屈不挠精神的纪念碑。福钧沿途已经见过许许多多这样的灰褐色房屋，但他至今没有勇气踏入其中任何一户。锤打而成的刷着白漆的厚实土墙，与用发黑的木材制成的屋顶形成了鲜明对比。屋檐装饰繁富，镶嵌着华丽的雕刻：用黏土制成的双角上翘的瓦片印着的兽类轮廓起着驱鬼辟邪的效果——这里的人们相信妖魔是无处不在的。房子上开着的小小窗户上密布着粗糙的窗棂——这种木制的屏障可以阻挡飞鸟进入室内，但挡不住虫豸（尤其是苍蝇）。

王宅实在太小了，小到再也腾不出一间专供男性和女性起居的房间。福钧一定期盼着自己那座花园里能拥有这么一间为访客准备的居室——那座花园贮藏着这个伟大英雄上一次前往中国所带回的一些上等植物标本。王宅的房子大约有 1000 平方英尺那么大，内中按照性别划分了各自的居室，仿佛他们其实是分居的一般。公共空间，一座角落里堆放着一袋袋大米，偶尔有只鸡会从这里跑过的宽敞房间为男人们所占用。这里挑不出几件家具来——一个盛着嫁妆的箱子、一个藤编的橱柜、一把弯木质的椅子——这是往昔美好时光的象征。除此之外，那些小一些的房间分别是女人们的起居室、育婴室、厨房和织布间。

迄今为止，福钧一直追求在日常礼节上不居于人后，几乎立刻就如同置身于老友们中间一般。王的父亲是个农民，与当时的许多中国人一样，他在这个国家政权的压迫下过得越来越痛苦，兴衰循环的农业经济正背负着人口爆炸的沉重包袱。只有因饥荒和经济萧条造成人口锐减，才造就了王的父亲记忆中的农业经济繁荣时代。王老汉不顾自家困难，慷慨地招待了福钧这个外国人。很快，这个家庭用所能拿出的最好东西准备了一顿丰盛的大餐——一块块油光发亮的猪肉。吃炖肉时，第一筷子是留给这位尊贵的客人的。晚饭后，他们回到那间狭窄的房间内歇息，福钧打算明天起个大早，前往松萝山进行植物种子采集活动。

天有不测风云，第二天一早，暴雨伴着狂风倾盆而下。情况是明摆着的，他们只能留在屋里了。就在这时，福钧敏锐地察觉到在他所处的这座房子里住着的不是一家人，而是四个独立的家庭——这个越来越人丁兴旺的宗族的各个支系。每个家庭都有各自的小孩、厨房、火炉。当这户人家开始动手煮饭的时候，福钧显得格外痛苦。此时四个厨房同时开始火光熊熊，屋子里却连一个排烟的通道都没有。屋内笼罩在呛人的浓烟和烧煮肥猪肉的气味之中，浓烟和异味飘进了这栋房子的每个角落、每个缝隙，所有干干净净的东西都被熏得脏乎乎的。福钧的眼睛被浓烟熏得泪流不止，但令他惊讶的是，王宅的其他住户对这些不便之处显得习以为常。他们只是不知道还有别的生活方式吧，他这样猜想着。

尽管是个农民，而且还是个贫农，王老汉却能读能写。中国一直拥有高水平的农村教育体系——中国活字印刷术的问世比古登堡（德国印刷工人，传说活字印刷术为其发明。——译者注）印出第一本《圣经》要早了近400年（毕昇于11世纪发明活字印刷术，古登堡的印刷术则发明于15世纪，原文此处 thousand 应为 hundred 之误。——译者注）。王老汉与这一带的许多年轻人一样，尽管家境贫寒，却曾被训练着成为一名学者、一名诗人。当附近一带有人家靠做生意发了家后，他们就在本地出资办学或在自家的村子里建起儒家学堂，他们的儿子们得以接受教育，以便在国家公务员考试中（指乡试和会试，分别为清代省级和国家级公务员考试。——译者注）能争得一席之地，进而参加殿试——在最高政府机关皇宫中举办的考试——成为金榜题名的进士或学富五车的学者。松萝山就是闻名遐迩的进士之乡，16世纪有种说法，松萝山三个商人中就有一个是诗人。

晚饭后，天已经黑下来了，再加上瓢泼大雨还在下个不停，屋里一直挤得满满的。当大家聚拢在一起相互取暖的时候，王老汉继承先辈的方式——给这个大家族的成员们讲述中国典故。这在福钧看来简直是一幅其乐融融的画面。他专心致志地关注着这一幕，觉得这是他的仆人的农舍之中少数不让他郁结的事之一。

王宅呈现着浓厚的文化氛围，例如挂在墙上的纸片上题着的书法诗。在中国，书法被视为一门艺术而广受名士学者推崇。由于汉字为象形文字，本身就是美化视觉艺术的合适材料。被称为学者的文房四宝的笔、墨、纸、砚，全部取材于当地的森林。书法中，一笔一画都被认为折射出了作者的性格、情绪，以及他在认真思考作品之时的心理活动轨迹。要做一名优秀的书法家，需要经过刻苦训练，并对传统文化怀有敬意。因此，书法这门艺术对于王家那种森严的家规和尊重传统的家庭价值观而言是一种良好的助力。

在这个田园之家里，福钧也看到了一些很眼熟的事物，他将眼前所见与自己那卑微的过去做了一番对比。他记载道："分布于茶山之中的中国农舍在外形上是那么的粗糙简陋，而其中的一座让我回想起了往年在苏格兰时看到的场景，牛和猪也是被圈养在这种农舍中的。不过即便在那个时候，苏格兰农舍的供应也比现在看到的中国农舍要好一些，住起来也更舒适一些。"在苏格兰有威士忌，而休宁县（松萝山所在地，今安徽黄山休宁。——译者注）的宝藏则是茶叶。与苏格兰一样，种茶为业导致了别的庄稼难以丰收。而一如苏格兰最好的大麦产地，在这些简陋农舍中拥有名字稀奇古怪却无疑是最上等的好茶。

茶与柴、米、油、盐、酱油、醋被列为中国人日常生活层次结构中的七种必需品。对于王的家族而言，从事这种日常生活必需品的制造业是一种荣誉；他们将自己视为大千世界供求需要的供应者。尽管茶叶属于必需品，但仍被认为是一种很奢侈的物品。有钱又有空闲时间的人才能享受品茶之乐——如果你自己不种茶的话。坐下品茶题诗是官员阶层最大的乐趣。王家和别的数百万家族一样，努力让这种文明享乐变为可能。

松萝山那险峻的山腰因得天独厚的自然条件——浓厚的雾气、土壤不渍水、阳光漫射而成为种茶的理想之地。而在同样的环境下种别的作物对人来说就是份苦差事了。"此地万山环绕，土地贫瘠而不平整，土壤坚硬而未开化……尽管勤劳的当地人竭尽所能，庄稼收成还是仅够养活一半（人口）。"当地官员1815年编成的一份县志这么写道。"此地耕地不足，当地七成到八成人口以种茶为生。茶叶收成则使众人衣食无忧、地租徭役无不完纳。"官方对当地状况的记录这样评论。王氏家族平日里侍弄的土地既有自家的也有集体的。他们在国家用地上劳作以履行徭役职责、缴纳贡赋，同时也得照料自家的小块份地以养活自家亲友。将职责如此划分体现了彻头彻尾的儒家思想：以家庭为基础的单位朝外面广阔的世界拓展；男人求学，女人养家，官员——中国集政治家与学者于一身的阶层——则以皇帝的名义征收赋税。

松萝山那陡峭的山坡被分割成一连串阶梯状的农田，被种上了诸如大米、小麦那样的谷物；豆子、芝麻、南瓜、茄子、白萝卜、洋葱、竹笋、生姜、大蒜之类的蔬菜；桃子、西瓜、木瓜、核桃和花生之类的水果和坚果。这片山坡上的梯田是一个人工奇迹，是中国大量劳动者经过数代人的时间完成的杰作。尽管如此，这个地区的许多人还是选择了弃农从商。"由于当地农业解决不了这个县的居民的吃饭问题，大多数当地人将商业作为他们的终身事业……他们奔赴天南地北。有些人当了小贩，有的则开起了店铺。哪些商品已经泛滥了，哪些商品又短缺，这些都在他们深思熟虑的范围内。他们买进或卖出的选择完全按照供求关系而定。"3 个世纪前编成的地方志记载道。王在少时就和这一带的许多年轻人一样，为家乡的贫困所迫，只能离开茶山前往沿海城市，在那里寻觅着改变自身命运的机会。"吃得苦中苦，方为人上人。"一首当地民歌这样唱道。

王的故事在 19 世纪的中国大地上随处可见。到了 1850 年，这个国家的人口已达 4 亿之多，比起 1650 年，人口增加了两倍。人口激增的结果是：农村与城镇之间的联系变得越来越紧密，耕地面积变得越来越小，林地被大量砍伐并被转化为耕地。随着人口的增长，土地资源的压力越来越大。灌溉技术、肥料以及新大陆农作物如玉米等被引入中国，并被应用于拓展旧有耕地面积，当地生态环境随之被破坏；饥荒、泥石流、洪水等灾害变得越来越频繁。基本人力资源的竞争变得激烈起来，虽然劳动力极其充裕，工资却还是那么低。

人口爆炸，再加上溺杀女婴的恶行在中国流毒甚广，导致适婚妇女变得稀缺起来。在中国，姑娘结婚后就离开了自己的家，还会带走一笔嫁妆，因此她们被视为赔钱货。一个家庭如果添了个男孩，那这个男婴给家族带来的荣耀不亚于操持家务、生孩子以延续家族香火的媳妇们。然而，由于本地适婚妇女短缺，劳动力又过剩，使得汉子们再也不愿意在家乡待下去了。他们随之朝城市迁移，在那里他们加入了各种帮会组织，做了船夫或轿夫。王的家乡尤以盛产当铺老板而闻名于世。随着人口增长新浪潮的到来，旧有的社会秩序改变了：男人们开始移民，与此同时，妇女们则用各种办法试着改善家庭经济状况，如纺纱织布或者像松萝山的人们那样，自己制茶、出售。

王氏家族向来笃行儒家思想中关于职业高低贵贱之分的教条：学者、诗人的地位最高，他们维护、主持世界的美好秩序；农民次之，作为国家机器的齿轮，他们提供诸如粮食、布匹之类令中国这样结构复杂的国度得以正常运作的物资；商人则位于社会阶层的最底端，他们为谋求利润压榨其他人辛勤劳动的成果，自己却从不从事重要生活资料的生产。在当时，做一个农夫是莫大的荣耀，农民知识分子尤甚，而养不活自己的孩子则是件极其丢脸的事——倘若把他们送到遥远的城里谋生，那在松萝山的人家看来就是件恶行了。

*

在第一个雨夜，人高马大的苦力和热心肠的侏儒这对外表奇特的家伙步福钧后尘，离开了那艘船，背着行李赶到了王宅。他们把沉重的箱子和篮子放在入口处那用石头铺就的地面上，扬起了一小阵灰尘。苦力焦虑不安地述说着先前他惨遭王姓船老大虐待的经历——他几乎死在船老大手里。不得已之下，他只好趁着夜色逃到庙里，那是他能找到的唯一避难所。苦力打着稀奇古怪的连王都觉得没必要翻译的手势，还原他被追赶时的情景。福钧乐呵呵地看着，觉得如果苦力真的能在保证行李安全和完整无缺的前提下成功逃走，那么事态肯定没有他说的那么糟糕。

尽管随员们全回来了，福钧除了等天气放晴外仍别无选择。山里的恶劣天气一连持续了四天，这种情况下，王家人早早上床，却很迟才睡着，他们宁可窝在暖烘烘的被窝里，也不愿下地被早上的阴冷空气折磨。雨天对于平日里辛勤劳作的农民而言，是个忙里偷闲的机会，因而当漫长的夏天及茶叶收成的忙碌时节过后，雨季备受欢迎。王家的众多小孩都闷得发慌，他们开始对那个陌生人圆圆的眼睛、长长的鼻子、高高的个儿以及那些充满异国情调的随身物品越来越感兴趣。和王家的小孩们一起待在室内的时间如此之长，是福钧与自家孩子也少有的经历。

雨终于停了下来，天也放晴了。福钧从王家庭院向外眺望，登时为周围的景色所震惊。按照中国风水学原理，房屋应坐落于背面临山、正面视野开阔之地——在群山连绵的松萝村要找到这样的所在是很方便的——这样的位置是最吉利的。绝大多数中国式住宅在修建时都和王家老屋一样，遵循一般的建筑风水学原理，关于房屋结构的物理学定律则是基于促进"气"的流通或聚拢能量的基本原则的。房屋和房间都应朝南。中国式住宅的历史可以追溯到公元前12世纪，考古研究发现，那个时代的建筑就已经沿着南北中轴线排列了，正门是向南开的。建筑结构必须对称，但所带隔间得是奇数的。中国人推崇对称结构是因为这种布局可以容得下堂屋——房屋中心的象征及祖先灵位的摆放场所。屋子南望被认为可以聚拢大量"阳气"，因而王家宅子不仅吸收了大量阳光，变得暖洋洋的，也为自家人丁带来了许多吉兆——人们毕生追求的能量。房间数量为奇数也被认为是阳气的象征，反之，如果所带房间为偶数，那屋内就会招来太多的"阴气"。

如果不把那些依山顶而生的茶树算在内，松萝山简直就是片不毛之地。尽管它作为绿茶的诞生之地及上等茶叶的种植地而声名远扬，这片土地还是没能得到广泛的开发利用。福钧来到这里的时候，当地出产的茶叶主要是供种茶人家自用及分布于险峻山腰的庙宇里的和尚消费。

福钧很快就做好了动身前往松萝山山坡并正式着手进行茶种采集活动的准备。尽管那些山坡在前头老远的地方，福钧的鼻子和眼睛却可以很好地指引他前行。据说在这一带，"你甚至无须看到（群山），就可以在一英里外嗅到茶叶的香气"。茶叶是一种香味浓郁的植物，它那无机草本植物的芬芳在空中弥漫。无怪乎人们觉得必须把茶香释放出来，以释放出它那强有力的活力和精神。茶在中国诗篇中被誉为"大山的精华"，这一比喻形容松萝山山茶尤为贴切，松萝山的每一盎司物质，从沃土到石灰岩的养分全都凝聚在茶树体内了。

和往常一样，福钧发现松萝山山坡正欢迎着他的到来。他的箱子在 11 月的寒风中被填满了。他俯身采下翠绿色、外观如同覆盖着坚韧表皮的小小针垫、果实内裹的荚果。这种灌木正处于休眠期，在疾驰而过的夏天就停止生长，并开始吐出新的茶叶嫩芽。但现在正是采摘种子的大好时机。

王老汉每天早上都陪着福钧，妨碍着他漫步时的冥思。无论福钧有多么渴望在最为清净的环境下采集树种、挖掘树苗，他还是躲不开这位老人。这种友谊并不是福钧想要的，但王老汉还是自觉履行着福钧的影子这一职责。

　　一个星期过去了，福钧那艰辛的日常任务时不时因欣赏山间美景、植物样本上的新发现以及与王家人似乎永无休止的关于经济方面的非正式谈判需求而中断，对此他已习以为常。他每天都要起个大早，带着王和苦力前往松萝山山脊采集他们所能找到的所有茶树树种。身处这一幕幕壮丽的湖光山色之中，干起活来也是兴奋多于疲惫，至少对福钧来说是这样。夜幕降临时他们就回到王宅，重启那艰难的经济问题协商进程，双方在谈判时看起来是全神贯注的。讨价还价多半是这些松萝山居民们的兴趣所在。

　　如今苦力已经可以肯定王在与船老大发生不愉快的那段旅程中恶毒地诽谤了他，称他为懦夫，这个绰号在福钧看来非常合理。苦力因而坚定地要求王应该因这一侮辱而赔偿他 4 个银圆。王现在已经回到了自家地盘，有恃无恐，断然予以拒绝。苦力随之暗示他会带上几个老乡用强硬手段迫使王拿出这笔钱，王对这一威胁一笑了之。当苦力孤身一人回来后，福钧把他拉到一边，用坚决的语气告诉他这件事该结束了，如果苦力还想得寸进尺的话，福钧就会停发他的工资。这一警告，再加上给苦力提供的一小笔福钧从不指望偿还的贷款，似乎终于给这次风波画上了句号。

　　福钧本人也发现，与王家人来几次协商还是有好处的。大约一周前的松萝山之行中，他遇到了一株伏牛花（小檗属植物），一种拥有硕大、平滑、多刺叶片的木本灌木。福钧还从未见过这样的叶片，而外表那层明艳的秋色令叶片看上去格外漂亮，这似乎是一株极佳的观赏性植物，并且一般来说非常适合送往欧洲的植物园。令人惋惜的是，福钧发现的那株样本实在太大了，无法搬运，而附近显然并无其后裔生存。所以福钧摘走了它的一片叶子，并对它的方位做了标记。起初他吩咐王在自家附近搜寻一株这样的灌木。王却对这个任务显得兴趣索然，此时福钧脑海中闪过一个念头：也许可以在庞大的王氏家族中征募几个人来代替他。

他召集王家亲属举行了一场小小的集会。他展示了那片作为样本的叶子，许诺无论是谁，只要能给他带来这样一株搬得动的植物，他就会出钱买下。令他非常高兴的是，短短几分钟时间内，就有一名与会者背着一整根树枝回来了。福钧把这根树枝与叶片样本做了对比，确定真是伏牛花的枝条。随后，他要求那个人把整棵树都带回来给自己。这下在王家人之间引发了一场热烈的交流。随后他们解释道：这种植物具有药用价值，所以发现者不愿出让，不管什么价格都不行。"把这棵卖给我吧，我付给你足以买到一打这样的植物的钱。"福钧恳求道。

但那位发现者异常固执："我叔叔的花圃里正种有这种植物，根本不用花钱买，他已经够有钱了。但每当他的健康出现问题的时候，他就需要一点伏牛花，因而他是绝对不会出让的。"福钧本能地想试着把价钱再抬高，但他战术一变，他只要求他们让他看一看伏牛花，他保证连碰都不碰它一下。随后，他想试着直接和那位发现者单独谈判。然而这一想法也成了奢望。一双双手朝上摊开，无数个嗓门粗声大气地抗议着，场面一片混乱，直到王本人插手此事，他当着与会众堂兄弟们的面为福钧做了担保。

人们终于领着福钧找到了那株伏牛花，并给他与那位发现者的叔叔一对一协商的机会，然而并没有什么效果。那个人还是坚称这种植物弥足珍贵，它的浆果对于腹泻、热病、食欲不振、胃部不适、霉菌感染、尿道感染以及一大堆内科疾病有非常显著的疗效。他不仅断然拒绝出售伏牛花，连福钧提出要一根新鲜枝条用于繁殖的请求都不肯答应。福钧弄不懂这是不是这位叔叔战略计划的一部分，抑或这株伏牛花在这个老头心目中的价值真如他所宣称的那么高。如果这位叔叔所描述的关于伏牛花的药用功效全都是真的话，那么只会令这位植物猎人对其样本更感兴趣。这一拒绝真的只是这位老江湖的诡计吗？当王的另一位亲属在翌日偷偷找到福钧并表示他可以以同样的酬劳替福钧找来另外一株同类灌木时，先前的问题已经变得无关紧要了。福钧接受了这一条件，那个年轻人很快给他带回三株完好而健康的样本来。看来伏牛花在松萝山是随处可见的。福钧将这种植物装船运往英国，在那个国度的树篱和园林之中，它们将成为宠儿。

在王宅的秘密角落里，一笔笔金钱交易在继续进行着——福钧的钱；虽然这些交易根本没有经过福钧的同意，更不是他主动发起的，恰恰相反，福钧本人对所发生的一切往往知之甚少。苦力依旧对王未能妥善处理与船老大的关系一事感到愤恨，总想着从这个年轻的翻译身上勒索点钱。王老汉的人生信条是天下没有白吃的午餐，他认为福钧应该从自己的经费中拨出些现金来充当食宿费。而小王则正忙于安排福钧返回沿海的行程，最终以超过正常价格 20 倍的报价敲定下来。种种讹诈行径在一天天持续着。"中国人的天性就是如此。"福钧不无讽刺地评论道。

不过，福钧仍试图通过协商以最为合适的价格弄到松萝山最宝贵的资源。他的仆人们和东道主们可能会制造小小的麻烦，但福钧一旦离开中国，他将带着世界上最好的绿茶作物跨越大洋，把它变成这个世界上唯一超级大国的无价之宝。

福钧的到来，标志着著名绿茶产地与西方世界在历史上第一次有了直接联系。短短几年时间内，出自内行人士之手的关于松萝山优质茶叶的评论报告就令它成功地打入了欧美的出口市场。它被打上了"Green Tun"的商标，成了上流社会无可匹敌的宠儿。尽管松萝山一带饱受经济发展困难、饥馑、贫穷等种种灾难的折磨，宗教狂热分子领导的暴动也即将爆发（指太平天国起义。——译者注），然而福钧的出现成为这个地区民众命运的转折点。那个年轻翻译把福钧带到松萝山的同时，也引领着自己的家乡省份走向未来。

8

1849 年 1 月，春节，上海

　　为了继续进行茶种采集工作，福钧又拜访了另外三处著名的绿茶产地，在一段相对平静的旅程结束后，他于1849 年春节前夕（新年是按阴历来算的）来到了上海。这年为鸡年，根据中国十二生肖学的观点，这是个浮华的年度。春节是中国人一年中最重要的假期，是欢庆的时节，是烟花弥漫的时节，是派发红包以及祭祖的时节。华侨们期盼着春节的烟花和欢宴，就和他们期盼着有机会谈几场生意一样。与此同时，中国人会为了清偿旧债而争先恐后地在年关筹钱，这同样是中国新年的习俗。

　　上海那喜气洋洋的新春庆典活动宛如光束一般跃过了厚厚的古城墙，又宛如旋风一般席卷了外国租界。这里的英国人很少，都是些茶商、丝商以及外交人员，怀着好奇与不解的兴致，他们很快就对当地新春庆典中的舞龙和扫墓活动产生了一睹为快的想法。古老的街道上挤满了小贩、走江湖卖艺的和表演马戏的。一身脓疮的小乞儿们使劲拉扯着每一位来客的袖子和脚踝，向他们道着新春祝词——在过年的时候慷慨施舍可是能交上好运的。

福钧当前的第一要务就是向东印度公司和正在等待的印度植物园汇报成功的喜讯。"敝人很高兴地通知您，我已经得到了大量的种子和茶树幼苗，我保证将它们安全地送达印度。这些树种和树苗来自这个国度的不同地区，有些可是采自著名的茶场……"很快，他就开始着手准备将自己的战利品装船运往印度。

福钧的住所被安排在外国住宅区，他又住进了远东豪门之一的颠地洋行总部。公司可敬的大股东托马斯·贝尔——"商界王子和鸦片大王"，在中国经商已有五十载，从未回过英国。他在中国赚过几次，也赔过几次。同时期的人记载道："他本人是守旧派的一员，守旧派的特点在他身上体现得很明显：人很严肃、相当刻板，举手投足间都透着一股高贵气息。"福钧最关键的几次中国之行均由贝尔向托马斯·丹特及其公司穿针引线。颠地洋行在大不列颠地区，在喧嚣的旧上海北部，在散发着恶臭、内中开辟有一条纤道以供纤夫将船只拉至黄浦江的苏州河以南，都拥有带围墙的住宅群。这种住宅群的特色是新建了一座巨大而空旷的工厂，面积之大足以容得下一座够大的花园，以供福钧的宝藏和居住在颠地洋行地盘上的英国侨民园艺师的安置业余项目之用。

经久不衰的中国园艺学热是颠地洋行留给国际社会的遗产。为了满足自己的嗜好，贝尔在澳门拥有一座植物园，园内种植有"最上等、最稀有"的康乃馨、菊花、罂粟花以及各种各样的中国观赏性植物。除此之外，园内还生活着一小群孔雀和猴子。颠地洋行在上海当地建造的植物园作为植物狩猎活动之用，那里还从未有白人涉足过——这家公司是很乐意与其他定居于远东的欧洲植物学发烧友分享它的珍稀植物植株。

除了驻香港和上海的领事外，别人是很难弄清福钧从事任务的本质的，但若是颠地洋行对福钧所负责运输的茶种和茶树稍加留意的话，就会发现此人身上所担负的使命与东印度公司的茶叶作物研究及民辛巷的茶叶经销商们的利益息息相关，舍此之外别无其他。颠地洋行所关注的头等大事自然是保证自己在远东商业运作的成功。但一旦制茶产业转移到印度的话，中国茶商就丧失了他们在日用品市场上的最大利润空间。因而颠地洋行对福钧的协助，等于无意中搬起了那块最终砸在自己脚背上的石头——毁掉公司的对华贸易。

福钧充分利用了颠地洋行在上海的厂房地皮，他将自己的茶种和茶树树苗移植到那里，精心照料。这块空地坐落在开垦自扬子江支流——黄浦江——的肥沃淤积河岸上，周围散布着几座仓库。植物园内部并非布置成适于悠闲漫步及冥思的中国风格，而是实用型的欧式风格。园内种植着一排排整齐的树苗和移植而来的奇花异草，有了这些植物，颠地洋行就等于手头贮存了一批药品，英国商人则可以享用着无害食品了。

福钧也拜访了颠地洋行雇用的中国园丁，他是个学识渊博的人，对自己在园艺工作方面的任何决定总拥有各种各样的理论和说辞。贝尔曾告诉一名访问者，"要让一个中国园丁高兴起来，唯一的办法就是让他放手去干他喜欢的事"，特别是当他们用深深引以为傲的技术施工时。贝尔知道，在中国园丁干活的时候对他的工作指手画脚是会让他觉得很丢面子的。尽管如此，福钧在植物园里还是持有一块属于自己的工作区——一直延伸到远处的一大片茶树林——全是按英式栽培技术种下的。

靠着颠地洋行的鼎力协助，福钧采集来的植物从野外移植到新家后成功地活了下来，然而它们的下一段迁居之旅是最危险的。可以肯定地说，迄今为止尚未有一株植物样本在经历了福钧所制定的行程——从上海出发，走海路到达香港，再从那里前往加尔各答和喜马拉雅山的种植园——的一路颠簸后还能存活。要知道它们一路上不仅要抵御酷暑、海浪以及含盐的海上空气的侵袭，还得忍受渡河过江、翻山越岭时的种种折腾，以及南亚季风的炙烤。

福钧最为担忧的事是中国冬季那刺骨的严寒将导致植

物生存环境的恶化。颠地洋行的植物园是个典型的慢节奏之地，那里的工人们干起活来都不大卖力，年关将近的时候更是如此。但福钧坚决要求园丁们在茶树装船运输的准备工作这一关键环节上不得有丝毫延误。他自己每天一大早就戴上帽子和手套来到植物园，辛勤地将自己种下的插枝及已长成的作物起出，并把贴有标签的种子和树苗打包好。他马不停蹄地将大约 13000 株植物幼苗和 10000 颗茶种通过海路运往喜马拉雅山，这些幼苗和种子总计大约为 5 加仑重，无论从体积或是重量上看都算不上一个很大的数目，却是他在王家那充满湿气的茶园进行的艰辛野外考察工作的见证。为了以防万一，他将自己的采集所得分为几份，每份单独包为一包，分别托运于 4 艘货轮，这样即便有一艘货轮不幸遇难，其他几包种子和树苗照样能按计划到达目的地。

福钧清楚，此时他所肩负的使命离稳操胜券阶段还很遥远。移植到上海的树苗，无论品质多么优良，都禁不起严冬加漂洋过海之旅的双重折磨，即使有沃德箱的保护。此外，冬季的来临对于树种和植株而言是个严峻的考验。此时，对待进入休眠期的植株必须万分小心地呵护。一个优秀的园艺师可以靠着对夜风中所夹杂的气流的判断而嗅出霜冻降临的味道，进而告知植物是否面临着威胁，或是要求用米袋子和布片将植株严密包裹起来，直到阳光将冰霜融化。

福钧吩咐一名中国玻璃匠和一名中国工人打造了 8 个玻璃箱用于容纳他那几千株树苗。这些树苗可能仅有一岁，其中许多根部虚弱、发育不全的植株更为年幼、脆弱。但福钧觉得这一根据之前通过海路运送植物的经验而总结出来的办法是可以信赖的。他初次来华时就是靠着这种玻璃箱来装运植物，在他看来，这些玻璃箱在保存植物方面的效果是毋庸置疑的。

茶种的运输是目前面临的另一个问题。东印度公司先前花了十几年时间试图把茶种从中国成功运往印度，结果都失败了，这事已闹得沸沸扬扬。东印度公司早先的一次尝试是在沃德箱被广泛应用之前进行的，结果在广州采集来的茶种抵达喜马拉雅山之时已全部死亡，导致种植茶叶的计划进度整整被推迟了一个季度，造成的损失是巨大的。喜马拉雅山的茶叶种植园现在规模还是太小，再加上缺乏可用的优质茶种而无法产生巨大的经济效益，这一局面可不是单靠植物样本就能扭转的。从播种到茶树长成需要花费六年的工夫。倘若福钧在 1849 年的努力归于失败的话，那整项计划将再次被耽搁一年。

尽管如此，茶叶收成的时机对福钧而言是不利的。一般而言，中国人在秋季采摘茶种，用成筐的沙子将它们贮存整整一个冬季，直到春季来临，他们就可以播种茶种了。按照这种进度安排，福钧必须再等上一两个月才能收获茶种，然而可以很合理地假设，到那时茶种依旧是可供采集的。不管怎么说，它们被运抵印度之时，适于播种的春季已过。它们抵达喜马拉雅山脉之时，正值季风季节，此时由暴雨引发的山洪将把园丁们竭尽全力所得的劳动成果冲刷得荡然无存。因此，到秋季之前还是不能播种的，要到秋天才能播下茶种，即在接下来的一年多时间内都必须保证种子新鲜，而茶种是经不起长时间存放的。

怎样才是运送茶种的最好办法？这个问题福钧尚不得其解。标准航运程序是要把种子用纸张或布袋包裹起来的。最初，他采纳了年轻的喜马拉雅种植试验园主管威廉·詹姆森博士所建议的两种办法。福钧对詹姆森博士的建议执行得十分彻底：他将从四个不同地方收集来的种子用两种各异的方式保存并装船运输。第一种贮存方法是将种子以 4 个纸袋包装，然后全部装进一条粗糙的口袋之中，第二个贮存方法则是将每个地方收集来的种子全部混杂在一起，埋进一个盛着泥土的箱子中。每一类种子都会留下一部分在上海播种、成长，一等它们长成健康的树苗，就立刻被运往印度。福钧很清楚，这些茶种十分柔弱易损。最轻微的大气变化都将导致它们要么变得湿透而无法使用，要么活活干死。他应该已注意到，他早先收集来并移植到颠地洋行临时启用的温室之中的许多种子并未发芽。看来将这些极其优良的茶种运往印度乃是上策，即便其中大多无法成活，用剩下的茶种在印度新开辟出一片茶叶种植区还是绰绰有余的。

福钧想把中国园艺师们用智慧凝结而成的贮存、运输种子的最佳技术手段学到手。一名在华欧洲人向一名当地人请教技艺是大胆之举，特别是中国人惯常将种子用沸水煮过或干脆给茶种下毒，以免"中华的美艳之花被人伺机运往其他国度"，此事在当时流传很广。但福钧是一个永远为科学献身的人，他鼓起勇气接近一名年长的茶种贩子，一个名字叫阿钦的著名商人。

"你把什么东西放进这些种子里了？"福钧问道。

福钧打量着在茶种周围堆着的一种白色的灰一样的混合物质，很多欧洲人会觉得它可能是骨灰。

"虱子灰。"那个老园丁答道。

"把什么东西烧成灰的？"福钧笑道。

阿钦用他那口半生不熟的混杂行话重复了一遍，这次的语气如法官般庄重而不可置疑："虱子灰"。

"我若是不把种子和这些玩意儿混在一块，虫子就把它们当蜜钱了。"

这种灰可以阻止蛆虫的滋生，中国南方的潮湿性气候使得这些袋装种子格外容易受病虫害的侵扰及发生腐烂。福钧觉得这个老园丁说的是实话，而他在利用烧焦的虱子的灰烬作为袋装绿茶茶种的防腐剂方面的丰富经验更是无可置疑的。

∗

日子一天天过去，福钧昼夜不停地为他的绿茶茶种和树苗奋战着，直到周遭昏暗到什么也看不清，连发掘工作也难以进行，而他的手指也因气温骤降冻到麻木才罢手。当他在泥土中挥汗如雨的时候，失败的恐惧感笼罩在他心头，挥之不去，不过他是个一丝不苟的人，每天的艰辛劳作又让他镇静了下来。他列了份清单，将每一株树苗和种子的信息都记了进去：它们采集自何处，航运时盛在哪个箱子里。他要求其他人必须和他一样勤勉刻苦。"假如（种子和树苗）能被小心翼翼地接收，并转送到目的地，那将意义非凡。"福钧在给次大陆的园艺师们的信中写道："而当那些种子和树苗抵达印度时，起草一份关于它们近况的报告同样意义重大，这份送至我手中的报告可以指引我确定茶种和茶树的必要采集量。"

福钧打算一路护送这批茶种直到香港，以确保它们在中国能得到悉心照料。"我们没有从本地（上海）直达加尔各答的船，而它们在香港停留时，任何时间上的耽误或程序上的疏忽都可能对这批植物造成致命伤害。我觉得还是不要冒险将它们（茶种）托付给任何一个对这些东西没有充分认知的保管员。"码头装卸工出于无知的粗心操作可能会与天气和移植过程中的任何变故一样，轻而易举地毁掉福钧的心血。

运载茶种和茶树的船只要花上整整一个季度的时间才能抵达印度，等植物学家告知货物是否成功运抵的信件送到福钧手中，几个月又过去了。他无法预知收到这封重要信件之时自己正身处何地——可能是在他接下来的红茶产地之行的途中。如果他的绿茶事业彻底失败了会怎样？倘若首批茶种和茶树全部死亡或原茶叶种植计划发生了什么变动，他在回到上海之前甚至对此将一无所知。他可能不得不从头再来一次绿茶采集历险。

在夹杂于他的首批航运物资之中的一封信内，福钧恭恭敬敬地添加了这么几句："若阁下觉得有必要给本人做出什么指示的话，请在信中写明，本人将不胜感激……来信请交予丹特先生保管，他会将信转交于我。"

自打上次收到印度植物园主管的关于应收集茶种种类的指示，九个月的时光已悄然而过。这段时间福钧与女皇陛下驻上海和香港的领事频频接触，他们的指令对他来说不无裨益。但现在再也没有东印度公司伦敦总部的有关新闻了，次大陆方面也从未传来有关下一步指令的信息。没有行动指示，没有建议和指点，也没有哪怕一星半点对他为完成任务所做努力的感谢之词。

9

1849 年 3 月，加尔
各答植物园

每年 3 月，在英国忙着清除在冬天枯死的矮树丛的园丁随处可见，他们为即将栽下的块茎植物和多年生植物腾出空间；与之相反的是，3 月的印度完全处于酷热的统治之下。琳琅满目的加尔各答植物园内完全见不到一丝与英国瑟瑟缩缩的春天相似的影子。季节气候从炎热变为湿热，再从湿热变回炎热，循环往复。3 月依旧被认为属于"寒冬腊月"。然而一位旅行者这样写道："在印度，'寒冬腊月'只不过是个约定俗成的习惯用语罢了，时常在某些必要情况下被用于区分两种天气：一种是能把门上的黄铜把手融化，另一种则只是阴郁的阴天。"在印度，一到洒红节，盗匪团伙的年轻人的庆祝方式是往抓来的陌生人头上浇冷水，而这正标志着今年将进入酷热的盛夏。

1849 年 3 月，休·法尔康纳踱着步子，顶着日头穿过加尔各答植物园，他的脸变得通红起来。他仔细审视着一排排茶树树苗，自己手下的印度籍园丁正忙于这些树苗的移植、修剪工作。法尔康纳是这座植物园的主管，他是个粗壮、胸肌发达的苏格兰人，他负责的这座植物园实际上是这个国家的农业部门。法尔康纳的全部精力都放在建立园艺学家的人际关系网及制定政策上，他全力"改善"着印度的农业经济。印度拥有肥沃的土地，但生产出来的农产品质量却很差，法尔康纳也致力于改善这两者之间"不可调和的矛盾"。具备经济价值的作物，如柚木、烟草、咖啡和木蓝，从帝国各地运往殖民地时期的印度首府加尔各答，进而运往全印度各地。法尔康纳受雇于东印度公司，就职业生涯而言，他正处盛年，然而加尔各答那严酷的气候环境令他过早地显老了。尽管他只有41岁，却已有过因病返英疗养的记录。此时，天气还不像未来几个月那么热，季风虽能在一定程度上缓解酷暑，却也带来了负面作用：持续不断的洪水将城市的街道淹没，把排水沟变成江河乃至海洋。这一切已经足以令像法尔康纳这样的人怀疑他当初是否挑了份好差事。

但他还是得待在加尔各答，等待载着中国茶树和茶种——这是东印度公司的续命金丹——的货轮抵达。目前，由印度籍园丁种植在加尔各答植物园的茶叶与那些随时可能到达的茶种和茶树相比，简直是毫无意义的。加尔各答的茶叶作为深埋种植及授粉实验的实验品是合格的，但作为饮品却是不合格的。这种茶叶来自阿萨姆当地的库存，口感很差，根本不适合种植于公司设在喜马拉雅山上的高海拔茶园。

福钧的茶种运抵后，将交由法尔康纳照管。法尔康纳这个人与大多数大不列颠博物学者一样，万事不求人，做起事来很有条理，他习惯独立工作，而且一贯觉得自己是对的，这几点和福钧非常像。作为一名外科医生，他全心全意为东印度公司效劳，心甘情愿地竭尽全力照料好福钧采集来的茶种。法尔康纳坚信这批茶种和茶树对于东印度公司的未来命运至关重要，坚信加尔各答植物园将是整个印度茶叶种植计划中最关键的一环，坚信他是靠着这一计划的成功才得以继承植物园主管一职。福钧和法尔康纳这两位园艺学家，在关于必须从中国窃取茶叶技术这一点的看法上是一致的。

加尔各答植物园在外观上宏伟壮观。"尼泊尔和海岬、巴西和槟榔屿、爪哇和苏门答腊，这些地区最为稀有的树木汇聚在这片土地上。由高塔般的红木和古巴棕榈树构成的林荫道，颇有某些壮丽大教堂侧廊的风格。外形高贵的杧果树和罗望子点缀着翠绿的草坪；高大巍峨的木麻黄树根部周围是修剪得很好的攀附植物。这里有来自马来群岛、外形硕大美丽的大蕉树，有从南美来的巨型攀爬植物。深红色的扶桑花和猩红色的西番莲令人眼花缭乱。微风吹来，散发着香气的黄兰和不计其数的茉莉花轻轻摇曳着。"一名访客如是说。

这座植物园位于胡格利河西岸，坐落在威廉堡对面，从古堡里引出来的一条河流的河湾紧挨着它。这座高壁深垒的建筑是东印度公司在印度的统治中心所在地。这是一座几乎与公园无异的实验室，野营午餐之旅的绝佳选择，一片始终远离拥挤、混乱的加尔各答的文明之地。一名访问者称赞道："在这里，你每走一步都会发出由衷的惊叹。"另一名访客则如此评论："如果要为弥尔顿笔下的伊甸园找个现实中的模板的话，这座植物园无疑是最佳选择，只要用山峦代替诗中的平原就行了。"东印度公司的这座植物园占地 300 英亩，只比一座城市略小，它与印度其他具有重要意义的殖民地一样，以"每一个角落都秩序井然、整洁干净，那些从全球的每一片地区搜集来的为数众多的植物珍藏品同样如此"而闻名。吉卜林（Kipling，英国作家。——译者注）给加尔各答起了个绰号，即"被上帝遗忘的城市"，似乎并不适用于这座城市的这一部分。

这座植物园的历史可以追溯到植物帝国主义时代早期。大约 1786 年的时候，一名痴迷于园艺学的步兵向政府建议，将此地作为印度植物种群研究专用场所，这一建议可能被证明对于东印度公司的股东是有用的，当然也是有利可图的。起初，英国人径直将肉豆蔻树、桂皮、丁

香、胡椒和面包果引入这片次大陆，然而，随后印度的园
艺家发现加尔各答缺乏赤道物种，更不适合作为高商业价
值作物的种植地。

尽管热带作物种植计划在这里未获成功，但作为一个
实验室，这座植物园倒也并非彻底失败。可以肯定的是，
这座植物园是全球植物贸易计划的核心所在，也是东印度
公司的商贸中心。这座植物园"一直幸运地备受印度各
个地方政府的宠爱，为了维持植物园秩序井然和效率最优
的形象，在日常开销方面时常花钱如流水。为了让游客和
其他人觉得这里是个服务机构，植物园尽其所能地帮助他
们，植物园主管随时准备着满足人们可能提出的供应种子
和根的要求"。东印度公司的高级植物学家、最先雇用福
钧前往中国执行茶叶采集任务的罗伊尔博士写道。在胡格
利河的河岸上，外国植物样本杂交繁衍，它们被编了目，
统计了数量，做了历史记录，以及被深思熟虑地确定如何
投入市场。法尔康纳和加尔各答植物园掌管着与分布在印
度各个省份规模相对较小的植物园利害相关的信息，控制
着它们的植物贸易行为。在这里，种子和树苗被共享，
印度本土植物被运往世界各地，新计划被呈报并加以讨
论。以科学研究的角度来看，印度是学术气氛极其浓厚
的地方。

加尔各答植物园更远大的目标是与大英帝国自然科学

界的骄傲——英国克佑区植物园联手。克佑区是全世界植物学研究的中心；所有来自帝国边远地区的种子、灌木、标本、植物标本集都将转运到克佑区植物园的园艺学家——园艺学的最高仲裁者手中。然而，实事求是地说，克佑区在植物学界的中心地位在某些领域的植物学家心目中并不重要。这类植物学家终日忙于在世界各地进行他们的即兴表演，对每一样活体植物进行编目并加以描述，致力于新型植物物种的生长实验。在外国国土上发展植物型工业是东印度公司植物学家的明确目标，他们以无与伦比的技巧熟练地完成着这一任务。加尔各答植物园利用木材贸易引进了柚木和红木，以耐寒谷物为配给品养活了饥肠辘辘的印度农民，利用南美金鸡纳树树皮制成的奎宁攻克了疟疾这种可怕的疾病。

法尔康纳此时已当上了这座植物园的管理人，成为公司高级植物学家约翰·福布斯·罗伊尔的继任者。罗伊尔起初委任初出茅庐的法尔康纳作为他的代理人前往喜马拉雅山脉从事探险活动，不到两年，在他的提名下，法尔康纳升任位于东喜马拉雅的萨哈兰普尔植物园的主管。

法尔康纳是个业务娴熟、博学多才的植物学家，也是个干劲十足的古生物学业余爱好者。他是第一个系统阐述了"间断平衡"这一进化理论的人，这一理论根据大部分有性繁殖生物的化石记录进行研究，提出有性繁殖生物在一个漫长的时期内保持进化停滞状态，然而进化进程一旦启动，则将呈现爆发性和突然性。在喜马拉雅山脉工作的时候，法尔康纳发现了一具猿猴头盖骨化石，这是世界上最早发现的同类化石之一，此事为查理·达尔文的《物种起源》一书所载。在印度事业中期的那次因病返英之旅中，他通过海路向大英博物馆送去了一批内含岩石骨架的骨化石——这批骨化石的重量达到令人难以置信的5 吨。

法尔康纳和罗伊尔都在大步流星地追随着伟大的东印度公司博物学者纳撒尼尔·瓦里奇的脚步。纳撒尼尔·瓦里奇，或许用印度茶叶发现者来称呼他比较合适，这个丹麦人在30 多年的时光里一直代表着次大陆植物学界的权威水准，也担任着加尔各答植物园的监管工作。此人"年纪轻轻就离开了自己的祖国，将一生奉献给东方的自然科学史及植物学事业。他的性格和谈吐通常更招人喜爱；他的全部性格就是率真、友善，以火一般的激情投入到对科学事业的服务中去；他的言谈充满海量的新奇见闻，令人受益良多"，他的一个熟人这样写道。瓦里奇或许是第一批亲口品尝印度土产茶叶的欧洲人之一，尽管当时他对印度茶叶尚不了解。

印度是否有野生茶叶作物生存？如果有，它又是什么样子？19 世纪前半叶，植物学界就这一论题展开了持续性的论战。瓦里奇 1817 年加入东印度公司，起初他对这一论题的可能性持怀疑态度，进而干脆否认印度野生茶叶的存在。自从他成为印度首席植物学家后，这一观点极为明确，因此，他差点就将印度茶叶种植事业的希望扼杀在摇篮之中。

当东印度公司于 1824 年侵占了毗邻缅甸和其他英属印度殖民地的阿萨姆省的时候，罗伯特·布鲁斯和 C. A. 布鲁斯两兄弟——前军中小贩和茶商——为寻找商机而分别来到这片大不列颠帝国的新版图。在此地旷野的山腰，他们发现了确信为茶叶作物的植物。他们在与当地人的交谈中得知，当地人将这种树木的叶子泡成饮料或直接咀嚼，以起到舒缓神经的作用。布鲁斯兄弟将一批茶树树苗运往一座私人植物园，并抽样送往瓦里奇处。

瓦里奇把一些干燥的茶叶泡进水里，尝了尝那金黄色的饮料，他又看了看同一株茶树树枝上所生的整片整片的树叶样本，随即放弃了对它的进一步研究，而把这种植物当作另一种毫无特色的常青灌木。这种东西怎么会是茶呢？瓦里奇心想。这些茶叶生长在与海平面持平的地区，当时谁都知道来自中国的茶叶只能种在海拔更高的地方，而且是多山地带。7 年后，一名印度陆军中尉送来另一批阿萨姆茶叶样本，这引起了瓦里奇的注意；尽管如此，他依旧再度拒绝承认印度土生茶叶的存在。

然而，东印度公司在东方的地位显得愈发不稳，公司不得不着手在别处寻觅茶叶种植的新天地。1834 年，随着东印度公司对华垄断贸易的历史接近尾声，印度总督在加尔各答组织了一个委员会，以进一步讨论在英属印度殖民地版图上发展茶叶种植业的可能性。瓦里奇是个思想保守的人，他是个智者，但几乎也是他人思想的追随者，思想很容易受公众情绪的影响。东印度公司要求瓦里奇找到可行的办法，让茶叶种植业在印度实现投产。在这种政治压力下，瓦里奇终于鼓起勇气，承认那些交到他手中的树叶就是真正的茶叶——也就是说，印度确实拥有土生茶叶。在东印度公司的重重压力和门生所持态度的鼓励下，法尔康纳、瓦里奇最终冒险对与印度产茶叶相关的科学研究表示支持。

瓦里奇原本对印度土生茶叶的存在持激烈的怀疑态度，现在他已经成了印度确有原产茶叶论最坚定的拥护者之一。他与法尔康纳一起组织了一次勘探性远足，在东印度公司从印度手里夺占了作为锡金王公"献礼"的大吉岭后，他们又绘制了大吉岭的地图。瓦里奇所关心的问题还是加尔各答植物园里几乎没有能用于种植茶树树苗的土地。通过公司所雇用的遍布印度各偏远地区的庞大的外科医生关系网集齐了这些地区的土地信息后，瓦里奇完全相信在次大陆发展茶叶经济在未来具备潜在收益性，这一经济效益还将具有持续性。他在那批负责研究哪些地区最适合建立茶叶不动产的外科医生中做了一次问卷调查，最后敲定他从前的门生法尔康纳所负责照管的植物园——位于喜马拉雅山脉高海拔地区的萨哈兰普尔植物园，将作为进行茶叶种植实验的场所。

当时还是个毛头小伙子的法尔康纳作为茶叶种植计划的一名狂热支持者，将成为世界上第一个在喜马拉雅山撒下茶种的人。试验所用茶种是从中国广州走私而来的，质量非常糟糕，甚至连广州的贫苦农民都厌恶用这种茶泡出来的劣质饮品。法尔康纳坚持了下来，最后所收获的茶叶在他看来无论从外观还是口感上都与中国原种不相上下。即便如此，问题依旧存在：印度产茶叶能否在英国流行开来呢？

＊

根据 1839 年 1 月的新闻报道，印度的阿萨姆茶叶运抵伦敦，这一消息如火般点燃了英国人的想象力。茶叶行家觉得印度产茶叶至少是个新鲜玩意儿，不过它也可能会被证明是个伟大的珍品。伦敦所有的大茶商和著名记者都出席了位于民辛巷拍卖行的展示会。这一事件反映出当时英国社会存在着普遍的担忧情绪，甚至可以说是低级的恐慌情绪，中英第一次鸦片战争爆发前夕所引发的关于帝国可能将在东方陷入困境的不安、恐慌情绪。

在拍卖行举行展示会的前夜，印度茶叶被送到茶叶检验员面前，这些人用他们的嗅觉和味觉决定着茶叶混杂物的成分，决定着英国饮茶人的口感。他们通过评估发现印度茶叶颜色发暗、叶质坚韧，泡出来的茶水味道很苦、香气很重。尽管如此，印度茶叶依旧被宣布"质量合格"，即使上述特质表明实际情形恰恰相反。

首先被摆上拍卖台的是"几个牌子"（几种）质量上乘的茶叶。在阵阵热烈的报价声中，第一轮竞拍就拍出了创纪录的成交价。拍卖会的气氛激动人心，随着一批批茶叶不断被拍出，茶价也在参与竞拍人群如疯似狂的报价中直线上升。

终于，随着拍卖槌的落下，最后一份印度茶叶也被人竞得，这袋茶叶质量可谓惨不忍睹，袋内填充物已损坏，嫩枝也是折断的，叶片残缺不全。但就是这最后一份次等茶叶竟拍出了比最早摆上交易台的上等茶叶还高的价格，达到令人难以置信的每磅 34 先令（约折合 168 美元）。

拍卖大厅里的那些人所认可的这桩交易的实质是这样的：一场茶叶引发的集体癫狂。对从未见过的印度产茶叶的新鲜感，以及第一次鸦片战争爆发前夕因中国方面公开的敌对行为所引发的隐约危机感，彻底点燃了对印度茶叶的渴求欲。后一种感觉始终挥之不去，尽管鸦片战争的负面影响要到 20 年后才会真正到来。

✳

1847 年，纳撒尼尔·瓦里奇已经 61 岁，他决定在当年退休。开发加尔各答植物园的重任就交给了下一任主管，就这一职务而言，没有比法尔康纳更合适的人选了。法尔康纳于 1845 年成为英国皇家园林协会会员，从伦敦地质协会那里又赢得了一枚奖章。东印度公司也为法尔康纳的荣誉成就锦上添花，任命其为加尔各答医学院的植物学教授。尽管东印度公司的主管们觉得瓦里奇——此人已为东印度公司服务达近 30 年之久——的贡献根本对不起他所拿的薪水，可敬的东印度公司董事会还是决定让法尔康纳继承那份名不副实的高薪。无他，对于印度的事业而言，园艺师的作用实在太重要了。

让我们再回到 1849 年 3 月的那一天，法尔康纳在从加尔各答实验基地返回他位于植物园内的主管宿舍的路上，可能一直惦念着喜马拉雅山的茶叶种植实验。心事重重的他走过了盛开的土生兰花；走过了他的导师为特别展示从喜马拉雅山区采集来的几株林木而急匆匆堆成的土山；走过了体形庞大、近 200 岁高龄、单支柱根延伸面积就近一英亩的古代孟加拉榕树；法尔康纳穿过宁静的观赏湖，走向尸横遍野的胡格利河岸那边。微风中，污水的恶臭一如既往地弥漫着。

他知道由于植物园依旧缺乏可用的足以产生真正经济效益的种子，这一季的茶叶种植计划很可能再次以令人失望的结局收场。法尔康纳私下里一定在疑惑，福钧是不是在白费力气？哪怕是对业务最为娴熟的植物学家而言，这种把茶种从中国最偏远的省份偷运出来的任务都超出了他们的能力范围。然而，福钧所执行的任务的命运现在已不仅仅是法尔康纳的烦心事，喜马拉雅山上的全体员工对此也忧心忡忡。

除此之外，法尔康纳对自己在萨哈兰普尔植物园主管一职的继任者，那个名字叫威廉姆·詹姆森的年轻植物学家也一直心存疑虑。即使喜马拉雅山种植园得到了足够的茶种和茶树树苗，即使中国制茶从业者来到这里将制茶技术和茶叶包装工艺倾囊相授，在法尔康纳看来，詹姆森也越来越不像是个可以担当得起茶叶种植工程重任的合适人选。

10

1849 年 6 月，印度西北部省份，萨哈兰普尔

加尔各答，英属印度殖民地的首府，与印度偏远地区相比，这座城市显得秩序井然。加尔各答植物园在植物种植和修剪方面都做得很好，总的来说也比较文明，与之形成鲜明对比的是，喜马拉雅山的萨哈兰普尔植物园内的植物枝繁叶茂，原始氛围十足，在里面还可以找到昔日的老罗希拉植物园旧址（罗希拉人是指来自阿富汗的普什图族入侵者，他们曾一度统治了印度北部，并在山上修建了不少供自己寻欢作乐用的奢华宫殿）。

这片区域地处温带、多山、降雨丰沛，每一种生物似乎都在喜马拉雅山脉的沃土滋养下茁壮成长着。虎、豹、猞猁如同童话故事中的生物一般漫步在杜鹃花丛中。著名的拉吉普特武士就生活在萨哈兰普尔附近的群山中，他们身着红色丝织品，蓄着八字须，饲养着世界上最好的马匹。由于萨哈兰普尔位于波斯与亚洲园艺地带边界处，这两个地带的植物同时在这里盛开着。尽管这里是园艺植物

的天堂，但一个白人想要在这里开荒造园不会总是一帆风顺的。"'A mens sana in corpore sano'（西班牙语：一个身心健康的人）来到这里，与可怕的气候做斗争将是他的必修功课：工作很艰苦，阳光是可怕的敌人。这里没有多少舒适感可言，几乎没有任何文明社会存在，如果一个人想保持良好的健康状况，那他在个人日常习惯方面就得做出很大程度的自我牺牲，而且还必须处处小心谨慎。"一名种茶者记载道。对于一心想在这里修建制茶工厂的英国人而言，萨哈兰普尔太偏僻了，气候炎热难忍，生活环境也很原始。"这里的种种不适还要再加上一条——干渴，尽管这种感觉一直挥之不去，然而在挥汗如雨大干一番后，想要喝水的欲望会变得特别强烈……简直到了痛苦的程度。永远无法缓解的干渴是这里的气候赠予我们最可怕的诅咒，很多好人因此永远长眠于'matti'之下（地下之意）。"尽管遭遇了种种艰难困苦，宽阔的土地资源和多雨的气候条件还是令萨哈兰普尔成为第一批远道而来的中国茶叶的理想家园。

然而，那批茶树树苗要到达这里，首先得面对许多考验，比如海运途中的恶劣环境。拜这些困难所赐，无论是树苗还是茶种都无法一帆风顺地来到萨哈兰普尔。

亲自护送这批树种和树苗到香港后，福钧将它们送上了货轮。然而，运气并不站在他一边，虽然按计划船只是

驶向加尔各答的，但由于某些原因，航线转向了锡兰。福
钧托运的货物并未享受到重要货物的待遇：仅 5 加仑的空
间内塞满了 10000 颗茶种，它们被分装在各个沙袋之中
时，仅占用了 5 个板条箱。13000 株茶树树苗是被装在玻
璃箱中的。然而，少数植物样本的命运可能根本不被船长
放在心上。对他而言，还有更重要的事要考虑。恶劣的天
气或为了卸载高价货物而来一次额外的停靠，都完全可能
导致航程延期。在货轮扬帆远洋的光辉岁月中，商人们会
经常让船只很无厘头地停下来，原因很多——修船需要、
合同的重新谈判、来一次以货易货的买卖，或是一次错误
的计划安排。

在锡兰的全部生意都结束了以后，货船再次掉头向东
驶向加尔各答港。一旦福钧的货物运抵，承担或受托照管
这批茶种和茶树的责任将立刻落到法尔康纳的肩上，随后
他还必须负责将它们运往位于喜马拉雅山脉的最终目的
地。当法尔康纳接收了货物并在提货单上签下自己的大名
时，已是 3 月 23 日了，距这批植物从上海起航已经足足
过了两个月（一艘满帆的运茶快船如果从香港出发驶向
伦敦的话，在两个月的时间内可以绕过非洲之角，走完一
半的路）。尽管被这些未曾预料的情况耽搁了，沃德箱内
储存的植物的存活和健康仍可保证，只要沃德箱能一直晒
到阳光，箱体密封完好，含盐的海浪无法侵蚀到里面就

行了。

一收到托运的货物，法尔康纳就小心翼翼地对待它们，他什么也不动，以免对箱中植物造成影响，尽管他应该很想打开其中的一个，仔细观察下里面的植物。他盯着那些玻璃容器，细细看了一番聊以自慰。据法尔康纳事后所述，所有的茶种和树苗看上去均状况良好。这些植物可以自行通过光合作用来维持生命。他把这些箱子留在户外，遮挡起来以免暴露在最毒辣的阳光下。

在它们到达加尔各答后的几天时间内，法尔康纳下令将这些玻璃箱搬到汽船上去，接下来它们将经恒河直达阿拉哈巴德，此内陆城市位于加尔各答到印度西北部省份的半路之间。4 月 12 日，据说就在那里，一名当地政府的高级官员——名字打那时起就被遗忘了——干了件蠢事，这件事在他所能做的事中是最糟糕的：他打开了那些玻璃箱。这种冲动自然是可以理解的。在一心想着弄清这些珍贵货物的状况这一想法的驱动下，这位官员或他的一名属下，破坏了封条。他甚至还向上级报告说，里面的植物一切完好。

在阿拉哈巴德将货物转船所花的时间比预期要长。当年爆发了一场旱灾，因此恒河的水位很低，这意味着无法利用汽船走水路将这些树苗运到位于喜马拉雅山脉的东印度公司植物园，直到降雨随着夏季季风而来——还得等上六个星期。即便如此，据报告，这些茶叶作物在园丁的照料下，依旧状况良好。

这段漫长旅程的最后一段是将箱子运到位于山上的萨哈兰普尔茶叶实验园。路程的前半段可以搭乘汽船，接下来就要靠牛车来运了。在喜马拉雅山上，福钧的茶种和茶树将交到东印度公司边区植物园的主管威廉姆·詹姆森手中。

在喜马拉雅山的高处，刚刚运抵的茶叶被接收，并加以检查。结果惨不忍睹：13000株树苗中仅有1000株还活着，侥幸活下来的植株上也长满了真菌和霉菌。玻璃箱内弥漫着腐败植物的臭气，福钧送来的首批茶树存活率只有可怜的7%。詹姆森竭尽所能地抢救这些植物，他把那些已死的树苗挑出来丢掉，小心翼翼地看护着没剩多少的幸存树苗，他命令萨哈兰普尔植物园的印度籍园丁将少得可怜的健康树苗移植到肥沃的土壤之中。然而，即便采取了这一系列亡羊补牢的措施，这批茶树还是又死了不少，最后只有3%的植株成功活了下来。

茶种的命运更令人沮丧。"实验以彻底失败告终，没有一颗种子能发出芽来。我最近把一些茶种从温床里挖出来，想了解下它们的状况，结果无一例外地发现它们已经烂掉了。"詹姆森写道。

虽然制订计划、采集茶种、打包装船、期待成功这一系列步骤花去了福钧整整一年的工夫，但无论从哪个角度来看，就协助印度成功实现茶叶种植计划这个目标而言，福钧可以说是一无所成。他没能向喜马拉雅茶叶实验基地成功地贡献哪怕一株茶树或一粒茶种。这本应是一次成功，福钧在茶叶狩猎之旅的头一年本就该达到其事业的巅峰，结果得到的却只有一场吃力不讨好的惨败，以及一堆毫无价值的茶种储备。

＊

在东印度公司那如绅士般彬彬有礼的表面气氛之下，总是隐藏着一次次的钩心斗角，酝酿着一波波的剑拔弩张；就职于东印度公司的园艺师，围绕茶叶种植计划这一主题时常发生摩擦。什么是次大陆"规模较小"的植物园？评估标准只是相对而言的：按植物园的占地面积来算，喜马拉雅山实验性茶叶种植园的地皮大于划给加尔各答植物园的地皮。但加尔各答植物园拥有殖民当局的官方许可证，而东印度公司的高级管理层对当局一直是毕恭毕敬的。作为加尔各答植物园的主管，法尔康纳一发号施令，外省籍的园艺师就愿唯其马首是瞻。萨哈兰普尔植物园的主管威廉姆·詹姆森就是这批园艺师中的一员。

法尔康纳和詹姆森都是苏格兰人，都是外科医师和博物学者，都曾拜师于苏格兰最优秀的科学家门下，也都为东印度公司次大陆分部工作；对于茶叶种植试验的命运，两人都报以敏锐的近乎对待自身权益般的关注。然而，他们的相似之处到此为止。

年轻的詹姆森在专业技艺上远不如法尔康纳精湛，他可以说有点笨手笨脚。当医疗队里的其他自然科学家忙着绘制未知地区的地图，忙着解开自然科学史上的未解之谜时，詹姆森自己却无意中因非法进入白沙瓦而坐了牢。他升到如此重要的职位并非依靠自己那广博的学识和丰富的想象力，而是通过在殖民政府官场内积极钻营，或者更可能的是，由于他在上流社会中的裙带关系。詹姆森的叔叔罗伯特·詹姆森是著名地质学教授，也是印度问题专家。他是瓦里奇和法尔康纳的同辈人，也是查理·达尔文的老师。威廉姆·詹姆森靠着他在政治上的极度精明，对其叔叔幸附骥尾、亦步亦趋。

詹姆森有这么一种倾向：永无休止地回复每一个官员的来信。他在信中附上一个个由他精心设计的方案，对一些事件加以详细描述，先前还从未有人如此细致入微地关心这些事。尽管这种能力令其在官场上步步高升，却几乎无法为植物学研究助力。詹姆森在其所写的小册子中滔滔不绝地阐述着园林设计方面的理论知识、这个国家的气候情况、中国的政治格局（他可从没去过那里），以及关于每棵植物的种植、呵护每株成长中的样本的首选方法。尽管他的建议是那么面面俱到，顶头上司却极少予以采纳，甚至常常连看都不看一眼。

詹姆森把喜马拉雅山的茶叶种植园当作一座绿茶加工厂来经营，他本人最为关心的问题是人员和资源方面的管理。他致殖民政府的信，就内容而言，完全就是一份典型的当代商业计划书，充斥着关于种植园面积及规模规划的种种细节；他还在信中声称只要获得人力和物力资源，每英亩的利润就能达到他许诺的数字。

殖民政府最后不得不把詹姆森训斥了一通，要他再好好掂量一下自己的计划方案："显而易见，可敬的东印度公司董事会希望茶叶种植试验能以尽量大的规模实施，副总督将很乐意在你关于植物园的扩建方案上签署同意字样，让这一计划最终得以实现。不过尽管如此，还要再过一段时间，你才能充分利用你计划中的那么大一块地皮。你现在给我注意点，别再擅自扩建你的植物园，除非你可以充分利用它的生财潜力。"

尽管詹姆森在经营管理和商业规划方面的才华对于殖民政府而言都是很有价值的，他们还是觉得应该让他把精力放到植物学研究方面。植物园里的作物在他的照管下，长势很糟糕。他对茶叶种植项目的巨大热情，也由于他在植物学知识方面的贫乏，根本搞不懂哪怕一个现有问题的原因，而被不断地削弱。由于詹姆森一心只想阐明他的一切设想并得到顶头上司的认可，所以在科学研究方面就难免出岔子。他被视为一名首席园艺师，然而他却将自己的精力奉献于动物学和地质学方面的研究。詹姆森那枯燥冗长的关于茶叶成分分解的著述读起来有点儿像一个教区的风琴手在独奏贝多芬的音乐——音符都恰到好处，却配了支牛头不对马嘴的曲子。自然之美在詹姆森的长文中是找不到的。

詹姆森在科学研究方面经常犯错，并因此付出了高昂的代价，而他所犯下的错误却是很容易避免的。比如说，茶叶作物有两个不同品种的说法被他视若圣经，尽管这一观点的相关研究是一些从未到过茶叶原产地的人在伦敦实验室内闭门造车得出的结论，而且与此同时，福钧也在自己的出版著作中驳斥了这一结论。尽管詹姆森自己的喜马拉雅山种植园就是茶叶种植试验的基地，他却听信那些过期的传闻，而且只是被动地接受，自己从不做进一步的研究。围绕着一个一厢情愿的、轻而易举便能纠正的错误想法，他设计出了那个东印度公司所属的巨型植物园。

詹姆森可不只是老犯错而已，即使把不言而喻的真理摆在他面前，他还是会顽固地坚持相反的看法。虽然在他的植物园里工作的中国工人已经告诉过他，绿茶和红茶都是同一种茶树上长出来的，他却毫不理会这些在制茶方面知识更丰富的人的话。更糟糕的是，他竟然把那些茶树都害死了。他用喜马拉雅山种植园内的平地来种茶，还用大量的水进行灌溉——这套种植系统他已经用了多年，而罔顾生长在沼泽地区的植物因吸水过多而长期病恹恹的事实。如果詹姆森用心观察一下的话，他肯定能得出结论：事实上，茶树在崎岖、倾斜的地形中可以长得更好。要保护山茶的根部，需要良好的排水系统；否则这些灌木会因为吸水过量而被霉菌感染，长不出健康的嫩芽来。福钧在结束了第一次中国之旅后，已将自己所了解的中国种茶技术的相关知识结集出版，可是詹姆森似乎对他那个时代的所有科学研究成果都毫不理会。

最可悲的是，詹姆森根本不了解沃德箱的基本工作原理，他在给自己顶头上司的信中写道："这批茶树从阿拉哈巴德而来，一路上都能得到水分补充；若非如此，那就不可能有这么多的植株活下来。"而如东印度公司所有人都知道的那样，他的这一评论是会传到法尔康纳耳朵里的，可以想象到，后者将何等大光其火（所有通信都是公开的，除非是明确的非正式通信，不过即便如此，税务厅对于信息收集工作仍然毫不关心，这种不关心的程度已经到了恶名昭彰的地步）。

公正地说，被委托照管的茶种和茶树成批死亡并非完全由詹姆森——或那些执行他的指示的人——的愚行所致。"那些箱子上的很多玻璃板也都坏了。"他记录道。这位始终尽职尽责的东印度公司员工自然要就此事发布一份重要指示。

从今往后，每当有玻璃箱从中国运到，大家必须遵照以下指示：

茶叶大盗

　　一个小心谨慎的花匠应该寸步不离地陪着玻璃箱（从加尔各答起），在离开植物园之前，应该给他提供一把螺丝起子，并教他怎么把螺丝从箱体上起出来，这样他每隔一天就可以偶尔为箱中植物浇浇水，然后再把螺丝拧紧……

　　运抵阿拉哈巴德的沃德箱应立刻送往Saharamfore，运输时应使用政府提供的适于运送货物的四轮马车，途中应将箱体妥善覆盖以保护箱中植物不受阳光的炙烤，箱子应由稳重谨慎之人负责照管。

如果有人执行了詹姆森关于照管沃德箱的指令的话，那么所有植物肯定没法活着抵达目的地。

针对日后对海运而来的种子的照管程序，他同样起草了一些新奇而古怪的指示：

　　至于种子。在加尔各答接收到的种子包裹或箱子应立刻运往植物园，植物园主管应按照指令打开包裹或箱子进行检查。其中一半必须打包，然后以邮件形式寄往Saharamfore，剩下的一半则应种于植物园的花盆或玻璃箱中，直到它们开始发芽。开始生长的植株必须旋即用汽船运往阿拉哈巴德，途中必须由一名谨慎稳重之人负责照管。

1849 年 6 月，印度西北部省份，萨哈兰普尔

詹姆森的指示是有历史先例可循的。在印度，还有别的中国茶树生存，那批仅存的茶树是广州的树种在早先的一次运输中萌发的，并以同样的方式来到南亚次大陆。

那批种子是戈登博士从中国发来，瓦里奇博士接收的，他负责在（喜马拉雅山）种植园种出第一批茶树来。靠着这些茶树和它们的产出，这个种植园现在已经发展得很繁荣。如果按这一计划执行的话，那就有两次机会通往成功的终点：即使这些种子因离开土壤太久，没能在这片植物园破土发芽，还可以在加尔各答再来一次。

看来福钧的种子被运抵印度之日起，就将不可避免地惨遭厄运，詹姆森的建议无论怎么看都是没有意义的。在加尔各答一接收种子就将它们种下，根据以往的经验来看，在理论上是个合理的挽救措施，但这种做法可能是错误的。戈登的上一批航运而来的茶种采集自广州，就那次情况而言，从收获茶种到装船航运的这段时间是可以忽略不计的——最多也就几个星期或者小几个月而已。可福钧的种子却是采集自休宁县王氏家族聚居区，单走长江水路以及搭乘运河船只抵达上海就花去了几个月时间；将种子和树苗重新打包又要花去几个星期的工夫；运往香港并在

· 179 ·

那里卸载，再重新装船运往印度；途中又转向锡兰，从那里方才前往加尔各答——上述整个过程起码耗费了半年的光阴。如果要让种子在印度健康成长的话，福钧就得在航运时找到更好的保存法，而不是简单地把它们包在装沙的袋子里，然后一厢情愿地期待好的结局。从今往后，必须以更为科学的手段应对种子的保存工作。

詹姆森自信自己很了解哪个地方出了岔子，为此他设计了这套系统化的指令，将种植计划失败的责任全部推到别人身上。事实很清楚，在种子到达加尔各答的时候，法尔康纳既没有进行检查，也没有提供充分条件让它们安全地运到阿拉哈巴德。按照詹姆森的说法："我要在这里说的是，如果按照阿拉哈巴德专员的安排接收到达的箱子的话，那么就完全可以成功地将这批植物状况良好地运抵目的地。"

法尔康纳的回击很简单，他将一篇关于沃德箱及其工作原理的科学论文转发给了詹姆森。他还复印了几份，一份寄给身在印度西北部省份的詹姆森的上司，一份寄给加尔各答的印度税务部门，一份寄给了在伦敦东印度大厦的罗伊尔。就连福钧也收到了一份转寄来的关于詹姆森和法尔康纳之间通信内容的复印件，尤其是公司领导阶层的每一名成员都见证了这两名在印度相互竞争的园艺学家之间的唇枪舌剑。

11

1849年5月和6月，伟大的
茶叶之路，从宁波到武夷山

　　时间已经进入 5 月份，在中国的河畔边，又一波新生
命正生长得如火如荼。树干上吐出的一只只新芽——苹
果、樱桃、山楂花——已然成熟，预示着自然世界在阳光
的照耀下正在苏醒。紧跟着春天来临的步伐，福钧手中一
个意义非凡的新计划也进入了启动阶段。他又雇了一艘小
型帆船，从一个叫宁波的沿海城市——也是个小型通商口
岸——驶出，朝种着红茶的福建山区驶去。现在，他正一
步步接近他的最终目标。

　　福钧立于船头，看着苦力在码头区那暖暖的、带有咸
味的微风中忙碌着。此时，他已身在再度深入中国内地的
途中。他将从扬子江口朝西南而行，朝着传说中的武夷
山、极品红茶的原产地进发。尽管正如他已确认的那样，
红茶和绿茶的源出系同一种植物，但这两种茶叶永远不会
种在同一片地带。福钧现在只想着如何从这片声名显著的
产茶区弄到他日思夜想的红茶茶种。

他现在担心的事是：他得选择一条合理的路线，这样才能及时赶上第二波茶叶采摘旺季。问题是他手头根本没有可靠的资料以指点迷津。"我的情绪相当低落；我无法掩盖这样一个想法：我正行进的路线更遥远，而且可能充满各种危险。对沿途穿过的各个村庄我几乎一无所知……但木已成舟，我只能把自己的命运托付给神明。我决定以良好的心态去迎接沿途所遭遇的艰难和危险。"他记载道。

那批托运的绿茶的未来命运如何，这个问题在恼人的冬日里一直困扰着他，现在已经离他而去。但他尚未得到与那批沃德箱有关的哪怕一星半点的消息，这让他至少在下个季度结束前什么事也没做。据他所知，他的那批绿茶植株已经平安运抵喜马拉雅山脉，一切情况良好。

赶赴种植红茶的山区是福钧迄今为止最大胆的举动。他正在一步步深入中国那些从未有任何西方人涉足过的地区，就他所知，他现在所行走的地段危机四伏。按照他的行程安排，连乘舟带坐轿加步行要走上三个月——全程超过 200 英里，大部分为陆路，全部为尚未在地图上标明的未知地区，而且几乎全是上坡路。在红茶之山（也叫武夷山）上，他要搜寻最适合英国人口味的茶叶——颜色最黑、口感最为柔和的乌龙茶（英国对红茶的需求量日益增长，与本国市场上充斥着来自西印度群岛和加勒比诸岛的蔗糖关系不小。冲泡红茶时是要加糖的，绿茶就不用。而当福钧发现从中国进口的绿茶掺杂了染料后，英国人就更加偏爱红茶了）。

迄今为止，印度只有绿茶种植园，没有红茶种植园。那里没有人真正了解红茶的制作工艺，而移居的中国园艺师们是无论如何也无法接近囤积红茶的场所的。如果福钧没能将来自极品红茶种植区的红茶茶树引入欧洲，就这样空着手回去的话，那么他就不能算是完成了东印度公司交付的全部任务。

这一次王和苦力是不会跟着他们的雇主一道上路了。当时，席卷中国农村地区的起义风暴把福钧吓到了，他对穿越那些地图上未标明的中国乡村一度感到恐惧。起初，他有过这样的想法：只要把这两个仆人送去武夷山执行任务就行了，他自己不去。福钧相信他们是可以代自己完成任务的；王和苦力在植物采集方面都受过相当不错的训练，当福钧开始着手进行勘探工作时，他们也能明白主人正在找些什么。但上一次冒险之旅已经把他拖到了山穷水尽的边缘，两个仆人频频串通，层出不穷的阴谋诡计弄得他财力枯竭。他既不能自行放弃采集计划，对这两个仆人也觉得无法完全信任了。他根本没法搞清楚他的仆人们是否真的会一路马不停蹄地前往武夷山执行采集任务，还是会在一个低级红茶种植园短暂停留。他也设想过这样一个情况：王和苦力并未为采集植物样本而忙碌，他们可能尽情地将一把把的时间——这意味着东印度公司的一笔笔开销——挥霍在内地的度假享乐上。福钧，这个永远积极进取的旅者，决定孤身一人上路。"可能也是萦绕在内心深处的那个挥之不去的愿望促使我踏上翻越红茶之山、叩响声名远扬的武夷山的大门的道路吧。"他写道。

不过话又说回来，福钧还是有用得着王的地方。他依旧认为那趟松萝山、王氏家族聚居区之行是一次十足的成功。尽管如此，出于有备无患及额外保险的需要，他还是决定收集第二批绿茶茶种，既能留作第二年播种之用，也可以消除自己心底的那最后一丝不安情绪。至于相应开销倒是件微不足道的小事，毕竟要花钱的地方只有王的月薪和差旅支出而已。因此，他打发那名翻译动身返乡，再干一场。

当下，福钧在漫漫长路中需要一名新仆人陪伴。因而他雇用了一名经颠地洋行的买办慎重考察过的、学识渊博的贴身仆人，他的名字叫胡兴，是个身材粗壮的人。胡兴自命不凡，举止间透着一股高贵之气。他"孔武有力、精神饱满"，曾在北京侍奉过拥有皇族血统的高级满人贵族。他那高贵的身份在他笔直的肩膀和骄傲伸长的脖子上显露无遗。胡是带着他前任职务的相关证明来的，那是一面三角形的小旗，象征着朝廷的权威。他宣称这面小旗是他的旧主送给他的礼物，相当于一种全国通用的万能证件。对于任何一名有义务向皇帝效忠的人而言，这面小旗标志着拥有它的旅者处于朝廷的保护之下。"说真的，我很怀疑这面小旗是否真有那么神。但对他的做法，我还是听之任之。"福钧回忆道。这位仆人走到哪里都带着这面小旗，平时卷起来，随时准备拿出来用。

胡兴的家乡位于福建省武夷山一带，这意味着他会说福建当地的方言——闽南话。尽管在中国有标准的官话，然而每个省份还是各有各的方言，在外来人听起来，这些方言几乎不亚于外星语言。福钧那口半生不熟的中国话很可能属于洋泾浜式上海话——上海地区的正式用语，也很可能是从他在上海所雇的那个仆人（指的是王。——译者注）那里学到的。福钧和很多英国商人及派驻中国的政府官员一样，还会说一点点粤语，也就是广东话，但大多数时候他与人交流时都说的是洋泾浜话。在福建这种偏僻的多山地带，可以说他将如同丧失了语言能力一般绝望。这样，胡兴就成了福钧的新传声筒了。

之前，福钧一直担心他的外国人身份会暴露，在这次行程中这种恐惧感已然平息。在早先的绿茶采集之行中，那些令人担忧的冲突的大部分是由他的仆人引发的。他的中国话依然不够熟练，但现在还算可以了；他已经能娴熟地使用筷子了；他的衣着表明他是一个中国人。福钧现在更加自信了，他觉得完全不可能有人能洞察他的伪装——他已经远离沿海地区，这一带的人们不曾见过哪怕一张西方面孔。

并不是说这一路上就毫无风险了。除了传闻中的农民起义外，福钧迄今为止对胡兴尚不信任："我身边的这位向导对我而言并不完全可靠。"但比起王和苦力那些彻头彻尾的流氓行径，福钧身边至少有了些可喜的变化。如果真如传闻所言，在福建山区官员们被成批地屠杀，穷人们为自己曾遭受过的苦难而四处寻求报复的话，福钧那身丝绸服装——这摆明了此人属于达官贵人一列——就完全无法保护自己了。而通晓当地方言的胡兴和他身上那面象征朝廷权威的三角形小旗则可以有效地提供福钧所需的一切帮助。

在傲慢地命令帆船上的人们妥善安置好自己主人的行李后，胡兴告诉福钧，启程的时刻到了。福钧得打扮成一个与众不同的"外乡人"，穿着打扮都必须是十足的中国式的。福钧的辫子依然垂在背上。他脱去了自己的西式服饰——他的硬底鞋和系扣式夹克，披上了宽大而下垂的中国官服。

"我怀疑我最亲密的朋友都无法认出我来，"他写道，"我自己都快认不出自己来了。"

"你会伪装得很出色。"胡兴对他说。

1849 年 5 月和 6 月，伟大的茶叶之路，从宁波到武夷山

✳

福钧、胡兴以及他们的全部行李物品都随着帆船慢吞吞地漂向上游，水手们互相招呼时就用撑杆敲打附近船只侧部的木板。他们漂过了一座座用围墙围起的城市，这些城市的城墙可以追溯到几千年以前，欧洲尚为瘟疫和愚昧所折磨的中世纪时代（同一时代的中国则被视为一个先进文明，社会组织、历史成就高度崛起的国度）。他们沿着一片古老的河网前进，这片河网如同蜘蛛网一般遍及整个中国，将广大中原地区与其他重要地区连接起来。

仅几天时间，这批人就在运河河道内遇上了一次交通堵塞。一段位于交叉点的狭窄河道内，50 艘帆船一艘接一艘无奈地并排漂浮在一起。福钧所乘坐的船得排队等着，直到一台绞盘机开动，把它吊起来，吊到一面通往位于更高处的一道运河的斜坡上。沿岸的装卸工人正忙着把连接绞盘机的绳索固定在每艘船的船艄位置，而后将它们一英寸一英寸地高高吊起。行程为此要耽搁一个小时左右。如果按照中国一般情况下的排队时间来算的话，这不算太长。所有的船夫都待在河里，他们从不急着开船，而是利用这段时间晒着太阳，分散活动，玩着麻将牌，享受着消磨时间的乐趣和春日阳光的沐浴。

四下里皆是如此，只有一处例外，即一条排在长队末端的船。船夫怒气冲冲、骂骂咧咧，随着时间推移他变得

愈发焦躁起来。这个暴怒的家伙掉转船头朝福钧的坐船方向冲来，一边用手中的撑杆敲打着其他船的船帮，一边吼叫着、威胁着每一艘没有为他让路的船只的船老大。大多数船夫不和他计较，任由这个鲁莽的插队者一路横冲直撞过去，但当这艘船撞到福钧所乘小船的船边时，小船船老大叫嚷起来："你不能插到这艘船的前头去。"他这样做更可能是为了安抚福钧而非存心挑起一场争斗。船老大突然用己船船首紧紧倚住了运河边墙，这下就把通道堵住了，而那愤怒的船夫也就没法"超车"了。

胡兴现在也参与到这场冲突中来了，他绝不能让任何人骑到他主人头上去。

"可老子就是要过去！"那个桀骜不驯的船老大粗暴地固执己见。

"搞清楚点，"胡兴吼了回去，"你知道这是一位尊贵的大人坐的船吗？你最好还是当心点，回头就要你好看！"

"我才不管什么大人不大人，"怒冲冲的船老大恶狠狠地吼出了许多人心中所想但鲜有人敢说出口的话，"老子就是要过去。"

"哦，很好，"胡兴淡然地答道，"我们走着瞧吧。"这位仆人走下船头，钻进了船舱，从行李中拿出了他的护身符，将那面黄色的三角形旗子展开。他再度走到了船头，迎着耀眼的阳光，挂着会心的微笑，将那面旗帜升上了船只的桅杆。

"看看那里，"胡兴的语气中带着奚落，"现在你还要赶到我们前头去吗？"

那位船主立时下令把船退了回去，还不住地赔礼道歉，所有人立时变得和绵羊一样温顺了。这一刻，福钧瞠目结舌。打那以后，他就啥也不做，只是静静地坐在船尾，双目低垂，等着自己的坐船和运河里的其他船只一样轮流通过。

福钧终于露出了笑容；也许他发现这片乡村地带终归是很安全的。或许前方是一条比他想象中更为幸运的坦途。胡兴的小旗让他被众人视作一位达官贵人，一位老爷，一位"大人"。

＊

福钧在中国内地走得越来越远，他的坐船驶过浙江的一个个小镇，接下来的旅程就是通往福建省的山间小道了，得坐轿而行。每当他经过那些荒废的村庄时，乞丐们就向他伸出手来，他们举着一只只骨瘦如柴的手，乞要区区几个铜板或任何可以用来交易的实物。福钧为这些苦苦哀求的可怜人的贫困所打动，然而他们那粗糙的面庞和残缺的四肢令他觉得骇然。福钧的目光没有遗漏那些中国农民，他注意到他们正一次又一次遭受着命运的折磨，一个季节又一个季节。他们的神要么是报复心重，要么是对信徒们漠不关心，才在人间制造出如此之多的惨痛经历。

通往红茶之乡的山路攀爬起来十分缓慢，走完这段路要花上近三个月时间。时值一年之中自然美景尽情展现的季节："现在我们正行走在更加宽广的低地之中——群山已经被我们抛到了身后，一座美丽多彩、物产丰富的山谷暴露在视野范围内。我们注意到一些松树散布在这座村庄的四周，这标志着这一带是死者们最后的安息之地。这样的点缀令这片风景显得赏心悦目、秀丽动人。"中国人经常在坟地周遭种植林木以表示对故去先人的敬重。当长江流域那片富饶的、连绵不断的群山消失不见，目之所及之处为中国沿海的山区风光所取代时，福钧将在自己的使命的引领下，来到一个把一行人惊骇得几乎失魂落魄的地方。

乍一看，这里景色优美，一只只燕子宛如一个个小黑点在风中闪现。然而，当你细致入微地观察一番后，你会发现展现在眼前的是一幅冷酷无情的中国式风景画。密密麻麻的植被爬满了古旧的房屋表面，一座小屋就这样被生生压垮。这里的气候能让玫瑰在初夏时节突然盛开，同样能无情地摧毁这些人工建筑。每一座农家茅舍看上去都是那么弱不禁风，毫无生气地趴在地上，仿佛大地无时无刻不在准备着将这块土地重新收回。这一地区遭受着狂风的无情鞭笞和当年暴发的大洪水的猛烈冲击。它曾一度是中国最富有的地区，现在已经被一连串的自然灾害摧毁了。饥荒的爆发迫使这里的人们举族逃离家乡。极端气候成了耕地面积增长的紧箍咒，进而导致中华民族人口增长受阻。然而，清王朝的统治环境相对和平稳定，这使得之前的中国人口规模得以成倍增长。到了 1849 年，这里的人口越来越多，耕地却越来越少，而当时接连不断的暴雨和旱灾只能令农民们的心血一点一点地化为乌有。

从轿子上向外张望，福钧看见一队挑着扁担的采茶工，装茶叶的板条箱用绳子系在扁担两头。采茶工们排成一列，顺着山间小道齐步下山，就像一个正在移动的蚁群一般。这支采茶工队伍看上去和这一带随处可见的乞丐们没有任何关系，目前那些乞丐们一齐聚拢到这里正是因为贩茶之路和传说的著名丝绸之路一样，是帝制时代的中国最为有利可图的贸易途径之一。当时，茶叶贸易的利润达到每年近 2600 万美元（几乎相当于今天的 6.5 亿美元）。

这一带至今人迹罕至，因此这段旅程令人心神不宁。现在，内陆地区已经感受到了第一次鸦片战争给中国人带来的沉重打击。这个国家耻辱地被西方世界制服，导致了通货膨胀的爆发：穷困的农民以货币形式支付的税金因本国须偿还战争债务而彻底贬值。在外国列强们的强迫之下签订的优惠贸易条款严重削弱了忙碌的中国农民阶层曾经拥有的、在商品和劳动力上的一切竞争优势，茶叶方面所遭受的损失尤其惨重。中华大地上民怨沸腾，人们将愤怒的矛头直指腐化堕落的、对正在遭受苦难的农业地区仅予以象征性接济的官员们，以及由外来满族所组成的北京政府。由于无法还债，福钧的一名船工就把船帆收了起来，这意味着船只无法再继续向上游行进，还得亏本处理所有的乘客和全部货物。这名船工在绝望之中，威胁说要投河自杀。

倘若此时外国入侵中国的时机已经成熟，植物探子们也纷纷将中国当作一座富饶的狩猎场的话，那么与之相应，这个国家的内部危机也到了即将爆发的时候了。福钧不知道的是，有人正在他的行程沿线策划一场暴动。一位富于领袖魅力的起义领导者——洪秀全——已经掌握了中国贫困潦倒、濒临破产的农民阶级的想法。当他还是一名身在广州的年轻乡下人时，洪曾试着接受旨在为清帝国服务的相关训练，以求进入高级官僚知识分子的行列（我们所说的寒窗苦读以求金榜题名。——译者注），但与许许多多中国乡下人一样，他未能通过科举考试。他那贫困交加的家庭可谓牺牲一切来供其读书，他本人则先后三次努力尝试跻身于那个可以给予他身披学者长袍的社会特权及享受终身国家津贴的阶层。洪是个客家人，一个外来民族的成员，客家人是中国数百个少数民族之一，这个民族在完全由汉族当家的中国生活得并不如意（客家人并非少数民族，乃属于汉族。——译者注）。客家人都是农民，客家妇女们并未按照当时被认可的习俗缠足。几个世纪之后，他们定居在中国南部，依旧为当地人视为本地的客人。富有魅力的洪将因科举失利而生的所有失望和愤怒情绪连同自己那卑微的出身，一股脑儿地转化为编造一个取自《圣经》素材的创世神话。

当洪第三次考试以失败告终后，他病倒了，体弱加上高烧，他陷入了极度的癫狂状态，看到了一幕幕黑暗而惊人的场景。如梦似幻中，他看到了一条龙、一只雄鸡、一只老虎。在中国，它们分别是权力、好斗和吉祥的象征。他还看到了恶魔和地狱之王。

在地狱里，一个妇人出来迎接他，称他为"儿子"。她给他洗了个澡，安抚他的情绪，擦了擦他的额头，把他抱在胸口。一位满头金发、身着黑色龙袍的长胡子老人，自称是洪的父亲，要求这位青年秀才去改造这个世界。他交给洪一把剑和一枚金印，命他驱妖除魔，斩尽妖邪。

在幻境中，洪看到了另一个人，更为年轻，全身发光，他得知这是他的长兄。当洪表示很乐意与自己的家人待在一起时，他的长兄显得非常恼怒：洪应该回到自己的那个世界中去。要是没有他的帮助，如何能点化尘世中的俗人？

"不要害怕，勇敢地行动起来，"梦中的父亲说，"无论他们从哪里攻击你，当你陷入困境之时，我都会出来保护你。你还有什么好怕的呢？"

洪醒后，像变了一个人一样，尽管对于梦中经历他还是茫然不知所措，直到他得到并阅读了由传教士散发的中文版圣经，他才真正理解了梦境中的一幕幕：那是基督上帝在和他说话。梦中的"长兄"不是别人，正是基督耶稣，这意味着：他，洪秀全，一个中国贫农，不由自主地做了基督的弟弟，并且和耶稣一样，当上唯一真神的儿子了。

洪将自己发现的真相说给他的邻居听，并开始四处宣扬基督教《旧约全书》中记载的火与硫黄的故事（指耶和华降下火与硫黄毁灭罪恶之城的故事。——译者注）。他为皈依者施洗，倡议在信仰上帝与天父的基础上建立一个基督教社会。他要求摧毁这个封建礼教之国，捣毁宗庙。他禁止在家中摆放神像，下令消灭祖先崇拜现象，在自己的追随者中大力呼吁戒鸦片、戒酒、禁缠足及禁卖淫。

洪旋即自封为太平天国的天王，组建了一支规模庞大的太平天国军队，一支在上帝的协助下、与清王朝的官吏们为敌的、由志士组成的军队。他的追随者们变卖了自家的财产和土地，将他们的所有财富全部集中到天国的国库之中，从而在资金上支持着那位至高无上的神之子统一中国的事业。太平天国掀开了中国宗教史全新的一页，它与道教的消极主义、儒教的保守主义以及理想世界式的佛教哲学相比，均有很大的不同。太平天国其实是一个在革命激进派号召下建立的武装组织。在南方，一些秘密社团与太平军联合起来，意图推翻清朝贵族的统治。作为对清朝剃发令的蔑视，太平天国人士统统蓄着长发。他们的军队逐渐扩张到 1 万人，最终规模达到 3 万余人。这支军队统治了中国南方的大片土地。太平天国革命在 3 年间横扫 16 省，摧毁了 600 多个城市，造成 2000 多万中国人丧生。福钧正在一步步陷入危险境地，他自己却一无所知，他成功越过了山区，踏上了那条将与太平军迎头相撞的路。

尽管时下政局动荡不安，沿途的那些小镇在福钧看来依旧美不胜收，用他的话来说，都是些"我见过的最漂亮的中国小镇，强于一般的中国小镇，和英国小镇一样美"。他笔下的一幕幕场景变得明显有些华丽到非同寻常的地步。山谷风光"更加美丽……为群山所环绕，四周散布着一簇簇松树、柏树、樟树，一条蜿蜒盘旋、分支丛生的河流横跨而过，土壤肥沃异常……整个山谷看上去宛如一座巨大、华美的花园，被四周那清晰可见的群山包围着"。

坐在轿子上，福钧被高高抬起，在狭窄的用砾石铺成的山间小道上绕行，一道道"之"字形山路在裸露的岩石和天空之间晃荡着，离他越来越远。修筑这么一条山道，一道在山丘表面用手工雕刻而出的楼梯，几乎是件超

出人类能力范围的任务。轿夫抬着他，在高耸的喀斯特地
貌中径直向上爬升。在这条山间小径上似乎完全找不到下
坡路，找不到缓坡，找不到歇脚的地方。这与福钧所知的
所有其他地势迥然不同。"有些地段地势高得离谱，我们
朝下看时都觉得头晕目眩。"这个山谷为一片灰蒙蒙的薄
雾所笼罩。每隔四分之一英里，这队旅行者就会遇上一家
茶馆。为了让抬轿工人们歇息一阵，他经常在此停留，取
一些茶馆老板所出售的茶叶作为样品，享用一杯"本地
山区原产的纯正红茶"，恍然间觉得自己更像一个中国
人了。

　　我们发现茶叶从严格意义上说是日常生活必需品
之一，一个中国人从不喝他所厌恶的冷水，他认为这
样是不健康的。茶是他从早到晚都极其喜爱的饮料；
这里的茶并非我们所说的那种掺了牛奶和糖的茶，而
是在纯净水中释放出的药草精华。这个习惯已经成为
这个民族的嗜好，很难想象中华帝国一旦没有了茶叶
作物，将如何存在下去。我敢肯定，这种被广泛饮用
的饮料不仅对健康不无裨益，也能给人类那伟大的身
体以舒适之感。

当福钧醉心于中国的饮茶之道时，他却得很不情愿地

去适应那些没有多少舒适性可言的中国式路边客栈，那是他的夜间住所。这些客栈黑暗、狭小，充其量就是个住人的牲口棚罢了；它们的墙壁被厨房生火做饭时产生的油烟熏得乌漆墨黑。行程迄今为止对福钧来说还算愉快，现在他已经深深陶醉于中国的湖光山色之中，对这种简陋的住宿条件也能报以幽默："我可从未指望过能找到一条奢华的金光大道。"他嘲讽地评论道。

不过，在过去，福钧的宏伟计划往往被个人目标和求助计划弄得一团复杂。尽管胡兴拥有相当显赫的背景，但他同样拥有善于捕捉商机的眼光。福钧有意试着一路只携带最少量的行李——几件必需的衣物和一条睡觉用的草席——这样可以为茶树和茶种腾出尽可能多的空间；另外，这也是因为胡兴有个"收集非必需品的古怪爱好"。

"这些好货色都是来自南车（Nanche）的。"他在不断购入大堆草席子时说道。这种家用日常必需品是用来铺在农舍那肮脏的地板上的。在内地，它的售价比沿海地区要便宜几个铜板。这给胡带来了一次意外的暴利商机。这可激怒了福钧，要知道他得出钱雇人来搬运这些东西。

"您瞧，"当不得不雇一个苦力来搬运他们的行李时，胡兴辩解道，"我们的行李已经少到这个地步了，他所背的还不到标准负载量的一半。现在再把这些布加进去也不会多花一个子，而这个家伙的负担也刚好够数了。"

福钧依然不为所动。

"在我们国家，一个携带数量可观的行李的旅者通常被认为比那些只带了一点点随身物品的旅者更体面。"胡兴继续用可信的理由说服福钧。

胡兴为了自己的那点小算盘，各种花招层出不穷，这让福钧觉得自己被人利用了。他很看不惯中国人这种老是谋求一己之利的习惯。这与他"君子爱财，取之有道"的理念是背道而驰的。

轿子在山道上行进的时候，福钧经常跳下轿子向前跑去，或是采摘新鲜的树苗，或是对表层土壤进行取样，或是精确测量出峡谷的高度，这让轿夫们感到非常开心。

武夷山山体表面林木丛生，橡树、翠竹、蓟、松树，可以说是植物学家们真正梦寐以求的探险之地。当福钧漫步于这里时，胡兴身背沃德箱，手持泥刀紧紧跟随，他挖出每一株从未见过的植物物种样本和不计其数的已为世人所熟知的植株新品种。福钧那空着的轿子上很快就堆满了刚从山腰上剪下来的花花草草和割下的植物枝条，但先前轿子上堆的是草席，现在变成了这些重得多的东西，因而轿夫们开始变得不乐意起来。他们搞不懂为什么用这些"被他们视为垃圾杂草一样的东西"来不断加重他们肩上的担子。一名苦力一次又一次地用行动表示反感：丢下他背上的东西，怒气冲冲地嚷着让他背负着的那些杂草有多么沉重，带着毫无价值的废物是多么不明智云云。

这些人大发牢骚，福钧对他们哪怕有一丝同情，也被对采集植物样本的狂热之情冲淡了。他向这些力工施以声声可怕的恫吓，同时也许以种种诱人的诺言。他既讨好他们，也胁迫他们，糖果与鞭子并用，他付给苦力们一笔奖金，作为沃德箱重量不断加码的补偿。他是个意志坚强的人，这批植物样本和标本集伴随着他爬遍了整个武夷山区，再回到上海，再被送往伦敦克佑区。只有靠着"百折不挠的决心和毅力"，福钧才能载着这批植物样本在深山之中辗转数百英里，而后将它们完好无缺地带出来。欧洲就此迎来了有史以来首批来自中国武夷山的植物客人。

经过几周的攀登，他们接近了武夷山脉的顶峰。这条高耸的山脉横跨浙、闽两省，将浙江省内陆地区和福建省沿海地区一分为二。"在我的一生之中，还从未见过这样一幅宏伟雄奇、庄严无比的景象，高大的山脉在我右侧和左侧同时巍然屹立。"为了征服这座大山，福钧一口气爬到了高入云霄、竹林丛生的山隘之上。小河从山腰流淌下来，瀑布溅起的水花一直打到一行人身上。瀑布形成的河流向下奔流着，闽江——海盗盘踞的福州沿海的一条支流——就此汇聚而成。

福钧一行已经叩响了武夷山的"大门"，一根根石灰岩柱屹立于隘口的两侧。这些喀斯特地貌出自大自然的鬼斧神工，经历流水超过数千年的冲刷，现在已经被彻底磨平。福钧立于这个茶叶天国的入口处，凝视着这幅他有生以来见过的"最为宏伟壮丽的画面之一"，任由自己在这一片美不胜收的景色中沉思了片刻。

·

　　走了一阵子，我已置身于崇山峻岭之中，然而现在那驰名中外的武夷山脉已经以它最庄严的气势横卧在我面前了，一座座山头如利剑般径直刺入云海底部，看上去有种俯视云端的感觉。忽隐忽现中，它们似乎被分解为数千块，有些山峰的轮廓极为不同寻常，引人注目。

　　福钧是最早试着在笔下展现武夷山脉的庄严雄伟的外国人之一。几个世纪以来，博学的儒家学者以这条山脉为题创作了一页又一页诗篇，作为茶叶这一上天力量和大自然魔力的结晶的见证。武夷山拥有极佳的风水，"远远望去，它们仿佛是由一些巨手挤压出来的"。福钧相信这些地形最初在一些多孔岩石"渗透"出的水流冲刷之下，形成了天然的石雕，随后的岁月里，又经过"皇帝和其他几个伟人"（指尧帝及传说中开辟武夷山的彭武、彭夷。——译者注）的扩建，成了今天的样子。

　　他们现在身处红茶之乡的中心地带，一片片茶田如道道条纹般在每个山腰处延伸纵横。天气很好，尽管是大冷天，闪闪发亮的阳光还是朝喀斯特地貌的东面直射下来，为大地表面铺上了一层金色。与此同时，笼罩在阴影中的另一侧显得"很阴郁，令人不快"。福钧的思绪开始游荡起来。"形如巨人雕塑或各种动物的怪石，突兀地出现在山巅。"

"看，那是武夷山！"胡兴喊道。

回想起那些山峦出现在自己视野范围内的情景，福钧满心敬畏："我可以乐意在这里待多久就待多久，直到黑夜之手把这里的风景从我的视线之中抹去。"

12

1849 年 7 月，武夷山

当筋疲力尽的轿夫顺着盘旋而上的山道进入山中的时候，天色已经放亮，天气变得炎热起来。后面的狭窄山道变得陡峭起来，笔直地指向天空的尽头。

"没法再往上爬了！"轿夫们说什么也不干了，福钧只好从轿椅上跳下来，自己朝前走去，就这么独自攀登了几个小时。

"看！"他们喊了起来，肩上沉重的担子和脚下崎岖的山路全被抛到九霄云外了，山中的美景令他们一时间欣喜若狂，"你的国家可有什么名胜能和这相比的吗？"

的确，福钧无言以对了。不管这里有多热、多么不舒服、离他的祖国有多远，抑或眼前的山路如何望不到尽头，英伦三岛的任何一座高山或一座峡谷，都无法与武夷山那摄人心魄的魅力、庄严雄伟的气势相比。由于武夷山山茶开花时，花朵是紫红色的。茶叶成熟时，茶花则呈红色，因而武夷山茶在当地方言中被称为"BO

HE"，意为红茶，当它被英语吸收的时候，就变成了"bohea"。

当福钧接近这片茶叶种植区的中心地带时，他观察到这里的种植园看上去就像是"一小片常青灌木丛。每当一个旅者穿行在这片岩石林立的风景之中时……他会不断遇上这类茶园。它们星星点点地分布于这里每一座山峰的两侧。茶园中的茶叶叶片呈鲜艳的深绿色，与周遭随处可见的陌生而司空见惯的荒凉场景形成了令人愉悦的鲜明对比"。

每一片山坡之上，都可以看到采茶工人们在忙碌着采集那些新鲜的嫩芽。"这群人看起来快乐而满足，欢声笑语随处可闻，有些人如同老树上的鸟儿那样欢快地唱着山歌。"采茶工大多为女性，戴着宽大的草帽以避免面庞被阳光晒伤，背上斜斜地挂着个硕大的草筐——甚至可能会在胸前挂个孩子。由旦至暮，采茶工都要在茶园中忙碌，每年 4 月到 10 月，每隔 10 天她们就要把每一株灌木都采摘一遍。一位于 1870 年重走了福钧的采茶之路的女观光客写道：

> 我们遇上的采茶工中有如此之多的女孩子，压在她们肩头的竹竿上系着沉甸甸的负载，令我感到深深的震撼。每个女孩都要扛上两袋这样的重物，每袋

茶叶有半担重，超过 60 磅。这群欢快、美丽的女孩子要挑着如此沉重的物事走上超过 12 英里，她们一路走还一路聊着，唱着……这些茶叶种植园散布于这一带的群山之上，形成了一片片规模很小的、种植得齐齐整整的茶叶灌木丛。这里的年轻姑娘和妇人都在忙着挑拣鲜嫩的绿茶叶片，她们将采集来的叶片集中到一个个硕大的用篾片编织而成的茶场专用簸箩内。

采茶女在许多歌曲和故事中被塑造为迷人、高贵、令男性心仪的形象。在中国，官员们身兼诗人已有悠久的历史，他们深信历朝历代均有一些描写这些女子的美丽与她们恶劣的工作环境的正规作品。一个流行的类比认为，采茶女与她们采摘的茶叶一样清纯而高尚，这种美丽之中凝聚的是辛劳。用纯洁的采茶女作比，茶叶那清纯的特质就被拟人化了。采茶女的勤劳在茶山的宏伟庄严中显露无遗，更衬托出采茶工作的枯燥单调。

但是，让中国农村妇女从事采茶工作有几个好处：可以有限地把她们从单一的家务劳动环境中解放出来，引领她们走向外面的广阔世界。如果一个在山腰上劳作的采茶女在家时总是处于大家严厉的监视之下，那么她的精神就很容易出现问题。让她去采摘茶叶也算是在一定程度上对她的自由的承认。和别的妇女一起在山腰上漫步时，她也算是暂时逃离了婆婆的专制魔爪和家中高墙的禁锢。这种季节性的解放——因为与儒家思想中关于家庭权利与品德的教条是相互抵触的——不仅引发了学者们的关注，也变成了被一首首情歌青睐的素材。《春季茶园采茶谣》唱道：

> 一片茶叶，一份辛劳，但我从未逃避，
>
> 我那少女的鬓发完全歪斜了，我那珍珠般的手指彻底麻木了。
>
> 但我只希望我们的茶叶是最精致的。
>
> 赛过他们的"龙珠"，赛过他的"雀舌"。
>
> 整整一个月过去了，我可曾忙里偷闲过哪怕一天？
>
> 晨光初吐我就开始忙了，直到黄昏降临仍未休息。
>
> 夜幕深沉，但见我仍立于炒锅之前——
>
> 不是忙成这样，我珠玉般白皙的面庞会变得现在这样惨不忍睹吗？

今天，茶树的高度被人为限制在齐腰处，每株灌木都要经过"提片"——一道让茶树看上去整个上半部分被剪去的工序。这样茶树会变得又宽又矮，采摘起来较为省力，茶叶灌木丛必须始终排成整齐有序、引人注目的一行行。但在福钧那个时代，山腰上的茶叶几乎是长荒了一般。当福钧看到茶叶采摘工作完全由人力来完成时，他目瞪口呆。这份工作的艰辛之处不在于得弯着腰干活或天气炎热或是工作地点在高海拔处，而在于其实际工作内容。如果把一棵茶树比作一株圣诞树的话，采茶工人只能采摘最顶端那些镶嵌着星星的枝条——可能只有区区几根挂着装饰物的树枝上——的叶子，由于只有每根树枝顶端所生的两片最为柔嫩的、能释放出柔和醇香气味的叶片才能用于制茶，因而从每株茶树上采下来的叶子只有区区一把而已。根茎以下的陈叶味道则苦涩难闻。如果把所有采下的嫩芽进行检查以免有根茎叶柄混杂其中的时间都算进去的话，一名灵巧的采茶工每天可以采下 13000 只嫩芽。约 3200 只嫩芽堆起来可达 1 磅重，如此算来，一名娴熟的采茶工人每天应该可以采下 10 磅左右的绿叶。对照 5 磅茶叶经过晒干后仅余 1 磅这个标准来看，货架上每摆上一磅茶叶，就要依靠人力摘下 5 磅新鲜茶叶。

　　"当地人完全清楚茶叶采摘工作对茶树的健康是很不利的，因而他们在正式开始采摘之前一直尽心尽力地照料茶树，让它们长得健康茁壮。"福钧记载道。

采茶工序的安排对茶树造成了极大的压力。一株灌木自今年 4 月起，每隔 10 天就被采摘一次——一旦遇上雨天就得停止，采茶工作要一直持续到 10 月，那时雨季也开始了。茶树的成长就这样一次又一次地受到损害，树木本身一次又一次地被摧残。但持续不断的采摘也使得茶叶质量达到最佳。茶树被种下后，会逐渐长出深入地下、网络般的主根，这会抵消持续不断的枝条修剪所带来的伤害。根须会沿着树干向上输送营养丰富、具有治愈效果的树液，树叶经过树液的充分滋润后，将散发特殊的味道。采摘者将茶树移植到别的山上时，也会将茶树上的果实和花朵清理干净。所有的果实和花朵都会影响茶树的自我修复，例如一旦结出了果实，那势必要将树干中的养分分走一部分用于滋养果实所带的种子，而这些养分本是用于采摘过程中受损茶树树干的自愈的，这样它就可以长出更多的新芽来。

对极品茶叶进行研究，对于福钧而言，并非只是出于简单的学术兴趣而已。茶叶的价格能够反映出采茶工在采摘成熟茶叶时，是何等的小心翼翼。对所采叶片的区分一旦出现失误，必将对茶农造成经济损失。如果东印度公司的计划是生产出高质量的茶叶来，那么他们也必须遵守上述规律。

沿着石灰岩丛生的山路行进时，福钧叫住了一位老农，向他打听当地寺庙的方向，他的随员晚上可以在那里投宿。

这一请求让那个老农觉得好笑。"武夷山上有近千座寺庙呢。"他答道。

福钧朝山脚下的一座高大的寺庙走去。寺庙的外墙气势宏伟不凡，内侧则是个架有一座拱桥并有一条带屏风长廊的荷花池。这座庙宇的内部规划设计可谓完美：宽阔的庭院四角与罗盘的四个方向一致，站在庭院中能轻松地欣赏到下方的湖泊和河流、上方的树梢和山峰。

福钧走进了这座佛寺，佛教是一个推崇大自然、自然万物的生命力、所有生灵的灵性的宗教。佛祖与孔子是同一时代的人，他生活在印度。他宣扬世间万物都要被迫通过永无休止的转世轮回，历经一次次的重生，以来世的善行来洗刷其一生的罪孽。他言道，在任何红尘俗世的作业，就是受业报的祸根，这样我们只能一直不停地轮回下去。佛陀通过一系列灵魂上的修炼来结束他在这个世界上的所有活动，这样他就能存于一世而不用继续轮回下一世。他又言道，经过这种种的修炼，我们就可以摆脱自己肉身的囚笼，不再受轮回重生之苦，飞升涅槃的极乐世界。

按照佛祖的观点，一树一草都是上天的一份光荣赠礼，须带着敬重之心去小心照顾它们。持着这一信念，和尚们满怀爱心地耕种着佛寺的土地，树木全都经过修剪，而后小心翼翼地种成一排。这种美学变得制度化了。寺庙周围的自然环境被精心整修了一番。不出所料的是，在这里，到处都可以看到茶树，因为茶叶是大自然恩赐中最引人深思的。寺院的院墙后面是一片完全未与外界接触过的森林，那里的老树直指天际。"就这一点来说，这些僧侣倒很像那些开明的修道士与古代修道院的院长，多亏了他们惯常精心护理林木，我们在欧洲才得以欣赏到一些最为富丽堂皇的森林风光。"福钧记载道。

一个六七岁、刚刚得到缦衣的小沙弥正坐在寺院的门廊下面，此时他瞥见那个高个子官员正走进来。注意到那个陌生人出现的同时，他可能一并注意到了那个陌生人身上所背的那些奇怪物品，这个小男孩跑过庭院，钻进了一座较小的房子内。

冒着炎热的天气，走了一早上的山路，福钧觉得很疲倦，他的丝织长袍因吸收了不少汗水，变得沉重起来。他漫步走进了长长的接待大厅，大厅两侧排列着一把把雕花椅子和几扇带格子的屏风，以供来客遮阴、歇息，等待寺院的正式迎接。

胡兴傲然走进大厅，与住持商量着住宿事宜。福钧的投宿要求很好商量：像他这样的大人物自然应该得到接纳。一直有陌生人在此留宿。这位官员是个有身份的人物，当然要给最好的房间，僧人们还得供应烟、饭和茶。方丈随后派那位小沙弥去照管，他吩咐那个孩子务必让他们尊贵的客人住得舒舒服服。

小沙弥回来的时候，随身带着一小铁壶茶。这是一壶成熟的乌龙茶，散发着兰花和桃核的香气。只比顶针稍大一点的茶杯攥在那个孩子手中，他把茶杯捧给福钧的时候深深鞠了一躬。

"现在我享用着这芬芳、纯净、未添加任何杂质的本地产药草泡成的饮料。我以前从未怀过哪怕有目前一半程度的感激之情，或是说我从未像目前这样需要这杯茶，因为我现在又渴又累。"

和尚们准备了一份丰盛的午餐来招待这位高贵的客人。按照中国从古至今的习俗，主人用一桌饕餮盛宴待客，对客人而言是个莫大的荣耀。和尚们拿出的菜肴丰富而奢华，用的食材是这座山夏季最好的收获物：莲藕、蘑菇、泡菜、卷心菜，还有豆子。他们开怀畅饮着，尽管福钧一向不喜欢中国的酒精饮料（他对中国酒的评价是"剧毒"）；只有这一次，他发现这种酒喝起来"令人惬意"，很像"低度数的法国葡萄酒"。

寺院全体僧众出席了这次酒宴。一个和尚长着一张被天花彻底毁了的脸，这让福钧提不起胃口来。其他和尚性格温顺，祈祷也很虔诚，因而脸上洋溢着幸福，这让身处遥远武夷山的福钧觉得很高兴。虽然福钧能勉强听懂这些和尚的话，但他还是觉得不在这座寺院开口说话比较明智。至于胡兴，福钧尖刻地写道："他完全可以在我们之间左右逢源。"不过，尽管自己和那些和尚并非一个世界的人，但他还是觉得受到了热烈欢迎、盛情款待。他觉得自己和在家一样："我们彼此间是最好的朋友。"

胡兴也从这群低眉顺眼的僧侣中享受到了高高在上的感觉，这是因为他是个游历甚广的旅行者。他见过中国的皇家奇观。他可以绘声绘色地描述皇帝那身黄色龙袍的样子、北京紫禁城内的种种乐事、京杭大运河的神奇，以及长城的所有壮丽之处。和尚们听得津津有味，胡兴的描述让他们不禁对外面广阔的世界浮想联翩，尽管他们身处这偏远的武夷山。

毫无疑问，当福钧看到只有稀稀落落的几个和尚在祷告，而他们的日常任务又极其繁重时，他吃了一惊。在他看来，他的东道主们"花在种茶上的精力比花在他们独特的宗教信仰仪式上的精力要多得多"。

茶是僧众日常生活中真正的重中之重。一天中的任何时间，包括一日三餐在内，和尚们都在服侍着这些茶树。在这座寺庙的每一个角落都可以见到茶树的影子：树篱笆里种着茶树，大门口种着茶树，茶树简直是这里的一道美景。福钧来到这里的时候，恰好赶上第二波采茶旺季。茶

茶叶大盗

树海洋中，竹制的茶筐如繁星般洒落其中，采茶工在离开茶场去吃饭休息时，就把它们随意丢在地上。在每个庭院里都有一种宽大的、用干燥的竹篾片编成的簸箩，里头装满了早上采下的茶叶，在太阳底下暴晒着。茶叶是这些和尚的宗教信仰，是他们的神圣使命，照管茶叶则是坐禅的一种形式。

武夷山的和尚们也勤快地记录着茶叶的生长情况，就像勃艮第修道院的僧侣们关注着几个世纪以来生长在山坡上的葡萄藤的健康状况，并忠实记录着葡萄的收成。福钧同样做了大量的野外工作笔记——茶场的经度、纬度、降雨量，以及土壤的颜色和一致性：岩石丛生，排水性能良好。

福钧确信，这个民族的命运与他的研究几乎息息相关，他在武夷山的工作同样影响着未来所制备的每一壶茶的质量。从泡早茶的工厂工人到喝晚茶的家庭主妇，英国的每个男人和女人对如何泡出一壶最上乘的茶都有自己的看法。而在西方世界，福钧将成为这方面真正的首席专家，将来他的工作就是告诉人们决定性的答案，无论他们的选择是否正确。

考虑到最为复杂的"安静的味觉"一般被认为是品尝茶叶精妙之处的最佳方式，乍一看，福钧试图利用科学方法来解决如何制备茶叶的问题似乎有些值得商榷。茶叶不是那种非要倒上满满一杯才可以的东西，就此方法而言，并不适用于硬性规定和精密测试。迄今为止，福钧一直是一位勤勉的、挽起袖子就干的科学家，他做着笔记，每准备完一杯茶叶后，他都要对那些看似简单的步骤进行一番解析：

> 烧水。
>
> 准备茶杯。
>
> 加入干燥的茶叶。
>
> 饮用。

烧水

一杯茶的首要成分——毫无疑问，近乎全部成分——是水。茶叶行家认为水质情况是茶水质量的重中之重：水的确切温度、倒进壶里后要多久才能煮沸、水源是否鲜活。和他把注意力放到茶叶的分类上一样，福钧也记录下了泡茶用水在预备过程中的变化情况。

"水不光要烧热，"他记录道，"还必须烧开。"但水不能烧开太久，否则水中悬浮的气泡就会逸出，一杯茶如果是用煮过火的水泡出来的，那喝起来就和白开水一样了，正如没泡沫的香槟酒喝起来与白葡萄酒一样淡而无味。不过，由于绿茶本身就具有扑鼻的香气，因而泡绿茶用的水倒也不必完全烧开。

那如何才能恰到好处地掌握水温情况呢？福钧在自己的报告中提供了一份中国式的测量标准："烧水切忌太匆匆，起先，水中冒泡如蟹眼；其后，冒泡如鱼目；最后，当无数珍珠般的气泡在水中旋转起伏之时，就代表水已经烧开了。"

准备茶杯

欧洲人与中国人一样，普遍喜欢预热过的茶杯。时至今日，中国人饮茶时所倒的第一杯茶依旧是将茶杯杯体烘上一烘才用的。整个杯子被斟得满满的，然后那杯茶就被随意地倒掉。这样做是因为茶叶和葡萄或苹果那样的农产品一样，在取用的时候要先清洗一番，而任何一道茶叶加工工序中都不包含这道程序。事实上，极品茶叶的加工工序的特点就是出奇地不讲卫生。当时，它们被随随便便地丢在地上，在尘土飞扬的环境中进行晾晒，啮齿类动物和昆虫可以随意地爬进茶叶堆里，随后茶叶被装进一个敞口的麻袋中，贮存在工厂的底层。因此，第一杯茶被人们视如妖孽般可怕或"你的健康大敌"。把第一杯茶倒掉也是实实在在地加热了茶杯本身。在英国，人们通常会将热水倒进空茶壶里，以加热一下茶壶壶体，如果不这样做的话，那泡出来的茶水会很快冷掉。

据说，这一习惯是从底层劳动人民中发展而来的，这些人每次喝完茶后可没有仆人替他们恰到好处地清洗茶壶。虽然根据阶级地位可以做出很不客气的假设——底层社会的人是不讲究卫生的——加热过的茶杯或茶壶可以起到让茶水长期保鲜的效果。按中国人的说法，凉下来的茶水是最完美的。但用冷水泡茶却是个可悲的错误。

加入干燥的茶叶

要泡出一杯最完美的茶，得用多少茶叶？在福钧那个时代，出口到英国的茶叶掺假问题很严重，为了虚增重量，茶叶里往往混杂了大量树枝和树根，这导致预测一壶茶水的浓度成了一件近乎不可能的任务。按照过去和现在的普遍标准来看，茶水浓度的最大值为约一杯茶放一汤匙茶叶。

福钧的研究证明了上等茶叶在这方面的表现更佳：用更少量的茶叶可以泡出更多的好茶来。他的结论也反映了一种合理节约的主张：如果上等茶叶只有次等茶叶一半的量，但泡出来的茶水浓度却是后者所泡茶水的一倍，那我们不妨优先购买上等茶叶，享受更优质的体验。

在中国旅行的时候，福钧发现不同地区出产的茶叶之间存在许多区别：叶片的外观、气味、茶汁的颜色、味道。茶和酒一样，是具有"风味"的，即一种反映了产地土壤特点的特殊味道。现代的品茶师们很喜欢这种味道上的特殊性，他们将各种茶叶一一对比，尽情体验各种风味。在某些地区，一些茶树由于面向阳光，叶片生得又宽又平。有些地区则只能种出小叶片型的茶叶来。可以说，世界上既不存在完美的茶叶样品，也不存在绝对标准的泡茶配方。宽大型的叶片必须浸泡很久，短小型的叶片则只要泡上一小会儿：决定差异的对比标准是叶片的表面积和冲泡用水情况。世界上最细的茶叶，也就是所谓的茶叶粉，是今天全世界绝大多数茶叶包里的成分，冲泡起来也是最快的。

喝茶

茶叶是一种兴奋剂，尽管只是比较温和的一类，但它的这种功效成就了它世界第二受欢迎饮料——仅次于水——的地位。茶叶可以提高精神警觉性、兴奋感，令人的感知更为敏锐。"茶叶是一种阴性物质，"福钧在报告中写道，"因而，如果毫无节制地饮茶的话，人会变得精神疲倦、无精打采……这是一种应用价值非常高的植物；如果你种茶，你就会获利丰厚；你喝茶，你就会生机勃勃、神采飞扬。最高统治者们、公爵们和贵族们都推崇这种饮料；下层民众，如穷人和乞丐也不缺茶喝。所有人天天都在喝茶，也喜欢茶……保持喝茶的习惯往往可以起到清理体内垃圾、驱散睡意、消除或避免受头痛症状困扰的效果，所以这种饮料得到人们的普遍敬重。"

茶叶的味道很有特色——微酸、稍含盐分、带涩——它是几种化学物质的混合物。茶叶中含有一种叫茶多酚的植物蛋白酶，茶叶变为褐色或叶片受到损伤的时候就会产生这种物质。茶多酚口感浓郁、活泼，由于它的作用，茶水可以刺激人体感官，但刺激程度相当温和。茶氨酸——茶叶中含有的与咖啡因相对应的基本物质——是一种跨越了甜味和咸味界限的氨基酸。现在我们已经知道了茶氨酸和咖啡因在人体内所起到的效果；这种效果使得咖啡因成为世界上消费最广泛的调节身心的药物。咖啡因是化学生物碱的一种基本成分，它能干扰人体内的细胞信号。它对神经系统和心血管系统有刺激性作用，有令人情绪激动、减缓疲劳感、提升注意力、反应加快的效果。它也能对心脏产生影响，使得心率加速、动脉膨胀，促进血液循环，人体吸收咖啡因后会一连数小时出现呼吸和新陈代谢加速的现象。咖啡因对情绪焦躁、心神不宁、失眠这些症状有显著疗效。

如果你要来一杯最能提神的饮料，咖啡好还是茶更好呢？这个问题颇值得思考一番。答案是红茶，但要注意某些事项：1 磅红茶所含的咖啡因要超过 1 磅咖啡中的咖啡因含量，但 1 磅茶叶可以泡约 200 杯茶，而 1 磅咖啡只能泡 40 杯咖啡饮料。按这个标准来算，1 杯红茶实际所含咖啡因大约只有 1 杯咖啡中咖啡因含量的二分之一。同样标准下，1 杯绿茶的咖啡因含量只有同等红茶的三分之一，或一杯咖啡的六分之一。从医学角度而言，大约需要200 毫克咖啡因——约等于 2 杯咖啡——方能驱散睡意、克服疲劳症状，而红茶约需 4 杯，绿茶则需 12 杯才能达到这个效果。我们之中很少有人有足够的时间或膀胱容量去适应以上标准。

全世界的饮茶者们在享用杯中清茶时，都在寻求一丝平和：不扬不抑的快感、安抚心虚的清明、一种调节心绪的饮品。而福钧在武夷山中所寻的红茶，正合乎英国人的民族性格：沉醉征服的快感之余，却又不失礼数。

＊

从寺院出发，福钧花了不到一天时间，就来到了长着大红袍树的地方，大红袍是全世界最稀有的茶叶资源——价格自然也是最昂贵的。在那里，三株两百年的大红袍树矗立在刻在岩壁上的三个大字——"大红袍"之下。它们现在是寺僧们的重点保护对象。

传说，这几株大红袍树来到武夷山之前，有九条恶龙蹂躏了这一地区，它们到处肆虐，摧毁庄稼，荼毒生灵。最后，一位古代神仙专程前来应对这一威胁，并力求恢复乡间秩序。一场伟大的战斗旋即打响，天昏地暗，正义与邪恶的力量彼此间恶战不休。神仙消灭了一条又一条恶龙，每当一条恶龙的尸体从空中坠落时，一座高山就拔地而起。据说，武夷山上有九块喀斯特熔岩，就是那些恶龙的尸体所化，它们仍保持着战斗时的姿势。一条河流沿着九块龙石，一连绕了九道弯，这个地方因此被当地人称为"九龙窠"。

这场胜利是不朽的，为了纪念自己的成功，神仙希望为这场战斗留个纪念，以便武夷山的人们永世不忘自己或自己为这里的人们所做的善事。他在阴森高耸的山峰之巅那一下临深河、难以采茶的悬崖峭壁之上留下了三株附着于岩石表面的茶树。作为神的创举的见证，这几株茶树仿佛散发着幽幽红光，仿佛它们永远在吸收着落日的余晖。

就在那位神仙击败恶龙后不久，一位叫铁华的老方丈天天来到九龙窠参禅打坐。有一天，他照例沉浸在冥想之中时，突然为那三株茶树所发出的九天之光所吸引，他抬起头来，看见了那几株茶树。他已是年老体衰，靠自己的力量是根本够不到它们的；更有人说，世界上还没有人能用手触及那件神的赠礼。但铁华是个足智多谋的人。他把手伸进自己的僧袍中，掏出一只猴子，这是他心爱的宠物。那只猴子三下两下就蹿上了那道悬崖，而后小心翼翼地爬到岩壁的突出部分，也就是在微风中闪着红光的神树扎根的地方。那只猴子伸出小手，摘下了长在茶树最高处的那根树枝顶端的两片叶子和一只嫩芽。一只动物是无法伤及这些树的活力的，那是仙界与凡间力量的结合。

茶叶大盗

　　铁华将茶叶收了起来，回自己的寺里去了，在那里，一位年轻的秀才正遭受着疟疾和风寒的折磨。那人全身肿胀，因胃病而痛苦不堪。他现在一步也走不动了，在北京举行的科举考试看起来也只能被迫放弃；金榜题名进而为自己的家庭赢得荣誉和财富，以及在武夷山老家扬名立万的机会也就此一并放弃了。当那位秀才觉得自己可能去不了皇宫而沮丧不已的时候，铁华方丈却用采来的茶叶泡了杯茶，并服侍他喝了下去，秀才立刻痊愈了。第二天，完全康复了的秀才马不停蹄地赶往北方，参加了朝廷组织的学问、诗句、书法测试。此时，他思维活跃、反应机敏，觉得自己比以往任何时候都强大。最终，那位年轻秀才独占鳌头。

　　在拜见皇帝时，秀才发现皇后正在病中，而且症状和自己先前一模一样：发热、疲乏、恶心。此时皇后已经卧病数周了，所有的医生和僧侣均束手无策。那位秀才随身带有一袋从那三株神赐红色茶树上采来的茶叶，他将这袋茶叶进献给皇帝。饮过茶后，皇后马上就康复了。皇帝旋即下令：将武夷山神树每年所产的第一批茶叶——也就是茶树在春季第一次开花时所产的茶叶——送往北方京城以供朝廷上下治病之用。感激之余，宅心仁厚的皇帝将那位秀才送回家乡，并赐予他一件厚礼：一条宽大的红色丝绸毯子，用于保护那几株神树的根须不受即将来临的霜冻的侵害。从那以后，这种茶叶就被称为"大红袍"。

一千年过去了，福建偏远山区的最后一批大红袍茶树被武装人员们护卫了起来。时至今日，大红袍依旧与在福钧漫步于武夷山的那个年代一样珍贵。根据当地人的说法，大红袍的嫩叶仍可闪闪发光，一片红光将持续整个夏季，悬挂在树枝上的果实在阳光的照耀下，宛若石榴一般。灌溉大红袍树的水源直接来自天上，纯净的雨水渗过神话传说中的龙骨石那坚硬的岩层，滋润着大红袍的根茎。每隔一季，古老的神树就会吐出总计 1 磅左右的新芽。大红袍的初摘茶和次摘茶是最有效的药草和最甜美的作物，在自由市场上创下了茶叶售价的最高单价纪录。当 1 盎司大红袍的售价达数千美元时，它多次被卖得比黄金还贵。

幸运的是，大自然赐予了茶农们一种大量收获大红袍的办法。茶叶易于繁殖，只要随便割下一根枝条，移植，弯曲压入土壤，留下的新芽就会很快长成网状根须。这种植株繁殖法叫无性繁殖，即不需要花粉和受精，也就是无性生殖的办法。无性繁殖是一种比播种繁殖更昂贵的方法，但实行无性繁殖可以获得植株母体的直系遗传副本。在农艺学上，这一技术应用了数千年，用以保护那些珍贵罕见的品种。同样，通过无性繁殖而生的大红袍树很快就遍布于整个武夷山区。

茶叶大盗

福钧不知疲倦地进行着采集工作，从武夷山带回了数百株树苗，它们都是大红袍神树的后裔。他也采集了数千根树枝，将它们弯曲压入沃德箱内的土壤中进行无性繁殖。他还雇了些小孩子来帮他采集茶种，他发现只要少得可怜的一点钱"就可以很有效地收买那些小淘气鬼"。他从和尚那里买来了已经生长了一到两季的小树苗，栽于沃德箱中无性繁殖的枝条边。

同时，福钧也日夜盘算着体验一把神话中的采茶之法：据说极度难以接近的大红袍树生长在高耸山峰的裂口处，这是人类最难以企及的位置。福钧听到过另一个与猴子有关的传说：每到茶叶收成时节，农民们就朝在悬崖上的茶树枝丫中间乱窜的猴群投掷石块。猴子们为了报复，就抓起它们够得着的所有东西朝攻击者回掷过去——由于武夷山除了茶树，别无他物，于是猴子们就扔来了一把把茶叶和新芽。此时，山脚下到处都站着带着篮子的和尚，他们正等着接住那些飘下来的茶叶和新芽。当然，猴子脚爪的尺寸也决定了让它们来执行只采集茶树顶端的那两片叶子和一只新芽的精细任务，是再合适不过的了。"猴摘茶"由于其纯度高而被视为珍品。福钧同样注意到，茶叶是经少女之手采下的。喝过几杯爽口的、发酵良好的武夷山乌龙茶后，和尚们点头赞许道："女儿茶是最棒的。"

✳

一大早，福钧就与和尚们一块儿出了门，当和尚和园
丁们在茶场中穿梭忙碌时，福钧跟随着，观摩着。他记下
了茶叶的小型加工、晾晒程序和红茶与绿茶之间的区域性
差异。他用手摘下一些茶叶，藏了起来，和尚们的"每日
课业"在一步步进行着，福钧的笔记本随之一一记录着。

当福钧准备离开茶山的时候，身为东道主的方丈送给他
一份特殊的礼物：几株珍贵的茶树和茶花。这几个品种并未
出现在植物学家的记载中，但在福钧看来，方丈似乎非常清
楚他的客人要找的是什么。他特地挑选了这几种福钧以前从
未采到过，甚至根本没听说过的品种标本送给他。这令福钧
在喜出望外之余又带着几分难为情，以至于这位植物学家连
话都说不出来，只是乐滋滋地收下了这份礼物。这些树苗均
符合移栽的最佳条件，实为武夷山之行的最佳纪念品。福钧
对方丈这份心意的评价是"极大地充实了我的'新植物物
种'收藏"。他打着手势，表示自己深受感动。

尽管如此，他的间谍活动还是难以长期进行下去了，
无论他所展现出的间谍技巧有多么高超。问题出在——这
还是在已有的如此之多的不幸降临在他身上的情况下——
福钧的仆人胡兴身上。当福钧因在武夷山驻留期间收获累
累而信心倍增的时候，胡兴同样如此。作为福钧的传声筒
和唯一的谈判代表，胡开始变得有些自行其是起来。他向

别人介绍自己主人的出身时也越来越添油加醋。胡兴觉得与其帮福钧维持一个低调的形象，不如抬高一下他的身价，再替其粉饰一番，这样福钧就地位非凡、名声蜚扬，他自己也能顺带沾沾光。在胡兴绘声绘色地描述下，福钧不再只是一名来自遥远省份、个人经历详述起来相当神秘的官员。现在，他成了一个来自中亚鞑靼地区的超级伟人、一名妻妾成群的富豪、一名可敬的勇士、一名名望卓著的领袖，他是成吉思汗的后裔。自打他拥有了帝王般的自信后，任何人与福钧这样的人物打交道时都得显得恭顺不已且"惶恐不安"，这些胡兴新发明的个人历史让福钧觉得有点儿不自在，但他还是认可了同伴们对他越来越"毕恭毕敬的崇拜"。

一听到寺院的贵客是一位拥有如此崇高地位和财富的人物，一位年逾古稀的和尚立马赶往福钧的住处。这个和尚看上去与周遭的石灰岩山峰一样苍老，他的身躯在僧袍的重压下佝偻着，他脸上的皱纹就像某些古老的楔形文字一般。他踏着缓慢而凌乱的步子穿过寺院的回廊。这个瘦弱而迟钝的老和尚"显然已经到了智力衰退的年纪"。

当老和尚蹒跚着走进福钧房间的门口时，他踢掉了自己那薄薄的便鞋，立刻开始跪下叩头，这就是九叩大礼——在帝制时代的中国，这代表着屈服和恭敬。老和尚双膝跪地，双手向下，头也下压，他的僧袍随之如同花瓣一般在地板上尽情展开。老和尚随之再次磕头，他身上那老化的关节和发着嘎吱声的肌腱随着他的每个动作响成一片。"我把摆着这种羞辱性姿势的老和尚轻轻扶起，并暗示我并不愿意接受如此高规格的荣誉。"福钧记载道。

福钧为窃取中国商业机密来华已近两年，这是两年来他唯一一次受到良心的谴责。一时间，他觉得自己的心被某些只能被称为羞愧的情感深深刺痛了："我差点因重心不稳摔倒在地。"

13
1849 年 9 月，浦城

　　茶种和茶树打包完毕后，福钧又踏上了漫漫长路，这次他要从武夷山前往福建沿海。他"告别了驰名中外的武夷山，它无疑是我有生以来见过的、最壮观的群山集合"。他有充分的理由相信：他和别人总有一天会回到这里，向这片庄严宏伟的茶故乡索求更多的茶叶。"只要再过数年，中国应该就会毫无保留地向外国人敞开怀抱，到那时，博物学者就可以平平安安地在群山之间漫步，不会再有令人恐惧的罚款和禁锢时时来干扰他的计划，他无疑将得到盛情的款待。"

　　从武夷山返回文明世界——上海——的路比来时要好走。福钧没有重走翻山越岭的老路，而是往东直趋福建沿海，那里的山更低一些，路也更平稳一些。他将来到海港城市福州，在那里，他曾击退过海盗。福钧打算循着一条传统的茶叶运输路线行进，大红袍就是沿着那条路运往世界市场的。不过，这并不意味着这是一条坦途，顺着这条路前往沿海，他将遭遇到中国鸦片贩子才会遇上的那些麻烦。

一天夜里，突然爆发了一场喧闹、可怖的骚乱。怒吼声、争执声打破了福钧下榻房间的宁静。在一片吵吵嚷嚷中，福钧仅能辨认出自己的轿夫的尖嗓门和仆人那口较文雅些的中国话。争吵声越来越大，越来越激烈，弄得福钧都担心自己可能在夜里被人以种种可怕的方式侵害。"我害怕他们会见财起意，把我的仆人捆起来，甚至可能要我们的命。"

福钧终于匆匆穿好衣服，抓起自己那把小手枪。"在这个国家的某些地方，人命如蝼蚁……不管怎样，我觉得我可能身陷一处贼窝匪窟里了。"

胡兴是个经历丰富的人。在武夷山山道上行进的时候，他就不厌其烦地朝福钧讲述自己走四方时听来的种种恐怖传闻，一连唠叨了数英里；情节越可怕越被大肆渲染过的传闻，他讲起来越起劲。在胡兴口中，贵族在睡梦中惨遭劫杀，商人们被弄残废，旅者被斩首。福钧试着避而不听，但随着时间流逝，旅途变得越来越无聊，他开始勉强挤出笑容听着那些情节错综复杂的、完全凭胡兴的想象编出来的恐怖故事。但在这个气氛特殊的夜里，福钧从睡梦中突然惊醒后，先前胡兴说过的那些毛骨悚然的传闻一下子如潮水般涌上了他的心头。这样一幅画面浮现在福钧脑海中，挥之不去：一个男人失踪了，旋即发现他的尸体被塞进了他的行李箱中。他胡思乱想着自己被割去头颅，然后被扭曲着塞进沃德箱里。

福钧跑步下楼，冲进了旅馆的天井里，他发现这场骚乱的引发者不是别人，正是胡兴自己。有八到十个人围在胡兴身边，只有胡兴一半个头的轿夫们也在其中，他们吼声如雷，就像地狱里所有的魔鬼都被放出来了一样。胡兴身处风口浪尖，仍毫不退让，他背靠着墙壁，"就像一只走投无路的老虎一样"自卫着。他下定决心要独自击退这群暴徒——他手中紧握着自己唯一的武器，一支冒着烟的熏香。胡兴被人猛烈地推搡着，躲闪着，不时将滚烫的香火头向围攻他的那些人脸上猛刺过去。"那些胆子最大的围攻者有时被烫了一下，就会以比冲上去时快得多的速度咒骂着后退。"

福钧觉得这一幕很滑稽——胡兴如身陷狼群之中一般——即便他已意识到自己当下正处于险境之中，眼前这一光景"完全能把一个胆大鬼吓坏"。但迄今为止，他在中国待得也够久了，在他看来，他唯一的仆人，一个壮汉，敢用一支线香作为自卫武器，以一己之力对抗十个人实在是件很欢乐的事。

福钧大步跨进人群中央，那些人立刻把他围了起来。福钧把手插进衣袋里，威胁般地在每个人眼前挥舞着那把小手枪。在这件优势兵器面前，围攻者们迅速罢手，退了下去。

　　福钧其实是赌了一把，这把枪是打不响的。夏季的潮湿气候使得枪栓生了锈，所以直到旅程终结，枪管里都空空如也。但他还是决定冒险一搏，任何人都会认为这把枪代表着福钧的实力，没人会发觉它已经不能用了。

　　"我的轿夫和苦力平日里处处对我毕恭毕敬，因而他们迅速地朝后退去，只是嘴里还在不满地嘟哝着。"福钧旋即倾听了他们的诉苦。看上去情况是这样的：这些人要求胡兴支付那些他早先许诺过但从未兑现过的报酬。福钧仆人的老毛病又犯了：顺手牵羊、雁过拔毛，在福钧允许的份额外又多刮了一笔。福钧一如既往地自掏腰包，付清了胡兴的欠款。

　　"如果我只是个与此事毫无干系的旁观者的话，我可能会津津有味地欣赏着眼前这一幕，放声大笑。但我此时正站在这个陌生国度的中心地带，身边满是怀着敌意的人。作为弱势的一方，我感到发自内心的恐惧。"

　　福钧挺了挺胸，摆出一副最威严的官相，对着胡兴怒吼起来。无论这场风波因何而起，也不论是谁先挑起了争吵，一切都是因胡兴的过失而起。他怎么就敢为了蝇头小利，置福钧此行的安危于不顾？时下偷窃成风，为什么还要把当地人的怒火引到他们身上？在福钧看来，那几位受了委屈的苦力都是些勤勤恳恳、诚实可靠的人。

茶叶大盗

在翻越那段令人痛苦的、陡峭至极的山道时，他们一直在悉心照料他，直到将他抬到目的地。因此，在这件事上福钧毫不犹豫地站在苦力们一边，同样在公开场合表示支持他们。

那笔引起争议的酬劳总额约为 300 个中国铜板，约折合 1 英国先令，福钧从未想到这么点钱会让自己险些没命。这让他觉得就像是成功阻止了一群上学孩子之间的吵架，而自己却实实在在遇了一回险一般。因而，在十名当地人的见证下，他断然命令胡兴立刻结清了拖欠苦力的薪水。通过这一让胡兴当众蒙羞之举，他暂时成功地安抚了那八个苦力和旁观者的情绪。

＊

此时，福钧正待在一座专供旅客歇脚的简易房屋内，但他也正置身于贼窝之中。一些人"显然是抽鸦片的瘾君子，从他们那灰黄的面色来看，可能还是些赌鬼。这里全都是些这样的人，让人宁可退避三舍也不愿和他们待在一块"。无论在哪里，只要有鸦片存在，就不可能阻止犯罪的滋生。瘾君子们游离于社会的边缘，时常具有欺诈和犯罪的倾向。福钧的暂住地实际上是一处所谓的烟花之地，或是人称烟花馆的地方，一座破败的好诗之人、好色之徒、好烟之鬼的乐园。这类旅馆的另一统称是"夫妻之家"。然而正如一位中国学者指出的那样："这些地方实际上在引诱良家子弟走向堕落，是些供秘密通奸之用的淫窟。"这座旅馆正是通往沿海的道路沿线那些声名狼藉的场所之一。自从第一次鸦片战争结束以后，鸦片买卖就被合法化了，上海就此成为远东毒品贸易的中心，来自全国各地的瘾君子如同朝圣一般涌到这片沿海地带，以求过上一把烟瘾。

鸦片的原材料是罂粟，一种种植于中亚山区的一年生作物，当年这一带的大片土地为大不列颠帝国所控制。罂粟花为白色或紫红色，高度达 3 ~ 4 英尺；茎为实心圆柱，发芽时茎在芽的重压下弯曲、下垂，但完全开花时则呈直立状态。罂粟的精华是一枚巨大的球状果壳，表面为一层薄薄的表皮所覆盖。将果实切开，把里面流出的黏稠汁液收集起来，等汁液全部流出后，晒干，捏成小球状或饼状。鸦片的主要活性成分为吗啡：一种可以减缓疼痛，引起精神兴奋，具有催眠及麻醉功效，并有退烧及缓解肌肉痉挛作用的药品。自打荷马时代起，数千年来鸦片一直被用于娱乐消遣或治病救人。鸦片可以和烟一样吸食，和水一样饮下，和食物一样吞食，和针剂一样注射，或是涂在皮肤表层。除了吗啡外，鸦片也含有可卡因，另一种具有止痛作用的生物碱。

19 世纪中叶，数以百万计的中国人——据估计每三个成年人中就有一人——染上了鸦片瘾。灾难无休止地四处蔓延着，以至于这个国家那一度繁荣的经济事实上已破产近 20 年了。到了福钧的年代，流入中国的鸦片数量以每年 20% 的速度增长着。1845 年有 48000 箱鸦片从印度输入中国，总价值达 3400 万美元（约折合今天的 9.62 亿美元），到了 1847 年这个数字增长到了 60000 箱，价值 4200 万美元（约折合今天的 11 亿美元）。

中国人口结构中的很大一部分是农民，从这点来说，19 世纪中叶和如今的中国一样，他们最可能成为中国瘾君子大军中的一员。中国关于鸦片的最早记录是在明朝时期，当时是作为海外朝贡贡品流入中国的。自那时起，荷兰人开始从雅加达向中国输入鸦片，大约同一时期，欧洲的茶叶输入生意同样是由荷兰人经手的。（当时的荷兰人就干起可怕的毒品买卖勾当了，现在依旧如此。）据一位中国医药学先驱记载，鸦片"味辛，大热，有毒。主兴助阳事，壮精益元气。方士房中御女之术，多用之。又能治远年久痢，虚损元气者……其价与黄金等"。（摘自[明]徐伯龄《蟫精隽》。——译者注）鸦片一度受到朝廷人士的青睐，这主要是由于它有催情效果，当时鸦片的消费群体为贵族、学者以及中层官员。到了 19 世纪中叶，鸦片因能带来快感而开始向底层人民群体渗透，诸如力工、轿夫、船夫，福钧每天都要和这些人打交道。总之，全都是些被生活的艰辛折磨到麻木的人，靠着这种药物来寻求宁静、放松身心的感觉。由于鸦片的使用越来越泛滥，中国的官员们开始公开谴责底层的旅馆和妓院是传播鸦片的毒窟。

吸食大烟在上流社会阶层中被视为一种奢侈享乐，这一风气导致底层社会弊端丛生。一位旅行者记载道："瘾君子如死人一般沉睡不醒，如小鬼一般枯瘦憔悴。一旦染上烟瘾，则举家皆破。荡尽所有家财不说，吸毒者自己也毁了……吸食者膏血逐渐耗尽，皮肤松弛，形成下垂的褶子，而他们脱去衣服时，骨头看起来就和一截劈柴无异。当一个瘾君子为筹钱抽大烟而将自己最后一件财产送进当铺后，他就沦落到卖妻鬻女的地步了。"

鸦片盛行导致中国的劳动力变得虚弱不堪，终日无精打采，中国人所消耗的资源甚至超过了他们的产出。尤为恶劣的是，清帝国军队也因此沦为笑柄。当时的大量报告都公开谴责军中吸毒成风的现象："广东和福建籍士兵吸食鸦片者为数众多，甚至军官亦有之。这些兵丁变得胆小懦弱，兵事遂不可挽回矣。他们是一群真正的卑劣小人。"当清军沦为鸦片的奴隶的时候，大清王朝的国土迅速沦丧也就不足为奇了，也许这就是太平天国革命势如破竹的原因所在。另一位学者给出了这样的解释："即便这里驻扎着 1 万多人（士兵），其中十分之七也都是广东土著。他们怯战，且不习惯在山地行军。更何况绝大多数沿海省份籍士兵都有抽鸦片的毛病。"

诸如鸦片和茶叶这类的药品是首批全球批量生产和销售的日用品；任何人任何事，从生产者到批发商，再到消费者，只要与这些"兴奋剂"沾上边，他们的命运就为之改变。英国和中国在全球药品贸易市场中所占的份额极其庞大，两国之间茶叶和鸦片的交易催生了新的领袖人物、新政府、新公司、新的种植方式，而新的殖民地、新的资本积累模式、新运输和通信模式也因此诞生。

从经济角度及大英帝国的立场来看，鸦片简直是一大神器。它几乎不费吹灰之力就打开了新的销售市场，拥有了新的消费群体，而且对于开拓世界殖民地，从而掀起第一波全球化浪潮的商船船队而言，它几乎不占什么内部空间。自打鸦片贸易市场建立之初起，它就是一种使远东贸易快速有序运行的硬通货：它具有重量轻、易包装、售价高的特点。

鸦片与诸如茶与咖啡这样的药物一道，与糖一样，属于能为大英帝国带来利益的商品。英国购入早餐用茶时以白银支付，因而被难以承受的收支问题折磨，而日益增长的鸦片贸易则迅速将贸易失衡问题向对英国有利的方向扭转。1801~1826 年，中华帝国付给大英帝国的白银总额为 7500 万美元（约折合今天的 13 亿美元），然而在 1827~1849 年，由中国流出的白银总额增加到了 1.34

亿美元（约折合今天的 29 亿美元），这一切都是鸦片贸易的结果。

依靠茶、鸦片等药用商品销售产业的推动，大英帝国雄踞全世界霸权帝国之首。英国在推动对华鸦片销售的进程中获利甚巨。1840 年，鸦片为英国带来了 75000 英镑的收入（约折合今天的 38 亿美元）；到了 1879 年，这个数字增长到了 910 万英镑（约折合今天的 220 亿美元）。新近崛起的糖、茶叶、鸦片贸易产业为大英帝国那无坚不摧的海军舰队提供了后援资金，令它们的战斗力得以不断提升。没有印度的鸦片生意，就没有大英帝国的繁荣发展；如果失去了印度，大英帝国在后拿破仑时代的全球霸主地位很可能就此崩溃。

*

回头说说那一晚的事，当福钧的随行人员终于全都平静下来后，福钧依旧能听到苦力们在愤怒地嚷嚷着，咒骂着。他回到了自己的铺位，但睡意全无。厚重的鸦片烟雾顺着朽烂的地板飘进了房间内，紧贴着地板飘荡，在行李箱上方盘旋不去。烟雾中混杂了泥土和湿气的气息，空气中充满了一股焦糖般怪异的香甜味道。尽管这股味道十分浓烈，但闻起来有一种古怪的诱惑感。正如格雷厄姆·格林（英国作家。——译者注）日后描述的那样，这种感觉"就像乍见一位美女，而你意识到的是可能和她发生点什么风流韵事"。

在餐厅下方，包括福钧的轿夫们在内的一群人正倚靠在炕上，这是一张巨大的、可以当床铺用的沙发，房间中央点着一盏明晃晃的油灯。一名轿夫从炕上俯下身去，向着火烘烤着一粒球状鸦片。在火焰的舔舐之下，烧开了的鸦片球融为一摊黏稠的液体。他用一根长长的匙状物（指烟钎。——译者注）将一粒子弹大小、已经加热成膏状物的鸦片球塞进自己的烟枪内，随后深深吸了一口。伴着一阵响亮的爆裂声，那团咝咝作响的固体化为了一阵烟雾。"炖过、油煎过的毒品化为烟杆中的溶液后，几乎能让一尊雕像都觉得胃口大开。"马克·吐温写道。那个吸毒者又躺回枕头上，屏住呼吸，旋即在一阵阵吞云吐雾中，尽情享受着鸦片带来的快感和舒适。

"在那种情形下，我简直没法想象这些吸毒鬼会干出些什么来，或许只有疯子才会那样干。此时，在这种药物的作用下他们已经变成了疯子。"福钧写道。整个后半夜他始终无法入眠，自己可能被以酷似胡兴在那天的漫长行程中编排的种种可怖死法残杀，这种恐怖的幻想再度浮现在脑海里，一掠到底。"在这种可怕念头的折磨下，我一连几个小时都清醒着。"

与轿夫们的冲突平息后，胡兴对着房门和衣而卧，哪怕是最轻的嘎吱声或是别的打破寂静的响动声都能将他惊醒。房间下方那些吸毒者所发出的扰攘声终于渐渐平息下来。在鸦片的作用下，他们"终于昏昏睡去，沉浸在梦乡之中"。

当清晨的第一道曙光降临之时，福钧已经起身并将自己的行李打点完毕。他还要继续前行，必须彻底忘却昨晚发生的那戏剧般的一幕幕。他喊来胡兴，让他赶快把其他人叫起来一齐出发。然而，整个旅馆已是空空荡荡，再也没有一个苦力或旅馆主人来帮他背负那些沉重的行李了。所有的人均已在夜色的掩护下逃之夭夭，再也没有一个人来伺候胡兴这种人或像他的主人那样的古怪官员了。错愕中，福钧还以为那些大烟鬼彻底背叛了他。他现在被丢在这座偏僻的小镇之中，身边一个随从也没有，只有一个又羞又怒的仆人陪着他。

除了寻求援手外，现在什么也干不了了。福钧吩咐胡兴去最近的村子里再雇几个人来。他警告自己的仆人，别再剥削任何一个新来的轿夫。胡兴带着指示出发了，心中却依旧因福钧的斥责而翻腾不已。

一个早上就这么过去了，福钧无时无刻不在期盼着能暂时摆脱这一令人惶恐不安的处境。他担心昨晚那些暴民们不光会到处控诉这位可憎的官员和他那可怕的仆人，他们现在可能在策划着报复行动。然而，连一个新轿夫的影子都没出现，为此事而奔波的胡兴也是消息全无。

茶叶大盗

下午晚些时候，胡兴终于回来复命了，他回来时孤零零的，带着一身的挫败感。没有一个人肯为他卖命，不管开什么价都不成。胡兴在福钧眼里的地位本就低得可怜，现在比以前更差了。

然而，无论胡兴如何自伤自怜，或是低三下四地道歉，福钧丝毫不予理会。当这位仆人一个劲地想挽回自己名誉的时候，福钧宣称他们绝对不能再在这座旅馆待一个晚上了。他们得立刻动身上路，在夜幕降临前能走多远算多远。胡兴一向觉得自己是仆人中的高级货，这下不得不像一个可怜的低级苦力一样把全部担子都压在肩上了。福钧让胡兴用绳子和竹竿把行李全部捆成一包。这家伙得独自一人扛着沉重的包袱，直到他们远离这个是非之地，去到一个那晚风波还未传及的地方为止。

当两个人从那座肮脏的鸦片旅馆走出来的时候，天上开始下雨了，顷刻间暴雨倾盆而下。即便如此，福钧依然坚定地认为他们得步行穿越那些被淹没了的街道。他们立刻变成了落汤鸡，两人垂头丧气、戚戚自伤之余，彼此间对对方都是狂怒不已。他们拖着沉重的脚步在泥泞中穿行，直到那座旅馆在身后渐渐远去，关于另一座山的遥远记忆也就此渐渐远去。

当他们将城墙抛在身后一英里远的时候，搭在胡兴肩上、系着行李包裹的竹竿突然间啪的一声断为两截。福钧

的所有东西——行李、植物标本，以及每一株茶树树
苗——都陷进齐踝深的泥巴里去了。篮子的口敞开了，种
子撒了出来，而胡兴的全部草席，他费尽心思讨价还价买
来的草席，现在散落在污秽的泥泞之中。

　　胡兴和福钧现在身陷一望无际的中国荒野之中，身陷
层层叠叠的农田之中，孤立无援、浑身湿透。没有人看到
他们的身影，没有人听到他们发出的声响；四野之中，哪
怕找个人来为他们的落魄困顿做个见证都不可得。望着自
己那筋疲力尽、全身湿淋淋的仆人，福钧并未发火，而是
心生怜悯。"我再也提不起责备他的念头了……浑身上下
泥水交融，他看起来简直就是条可怜虫。"

14

1849 年秋，上海

我们的主人公回到了相对舒心的上海，一位访客已经候在颠地洋行那舒适的住宅区内了。福钧在写字台边坐下，他收到了加尔各答地方政府寄来的一个包裹。这次来信中所包含的信息将决定探险之旅中全部艰苦岁月的命运，以及中国之行的成败。

福钧急不可待地撕开了信封上的火漆，从里面抽出一页又一页叠起来就像一整本书似的官方文件。内容洋洋洒洒：东印度公司的植物学家和主管们所撰写的关于福钧从中国运出的第一批绿茶茶种在印度实验进程的报告。报告是手工抄写的，清晰而细致，并且按照时间倒序进行了合理的分类归档。

在成堆的文件之中，东印度公司附上了一份信息梗概。这正是福钧苦等已久的。然而，梗概的内容令福钧简直难以置信：运抵印度的茶树几乎全部死亡。福钧一年的心血、东印度公司的所有投资已经彻底付诸东流，就像头一年他根本没有在中国待过一样。

他以手抱头，奋力在脑海中厘清了那份简讯的内容。随后他开始从头阅读那份文件。

那批植物是去年冬天从中国运出的，然而在 3 月份由于货船绕了个弯，转道锡兰，行程就这样被耽搁了一回。不过，茶种在 3 月底运抵加尔各答的时候，一切看起来还算顺利。"法尔康纳博士报告说，他收到了包括 13000 株茶树幼苗在内的一批箱装植物样本……根据报告显示，绝大多数植株运抵加尔各答时长得还算健壮。"一份报告叙述道。

福钧一页页地翻阅着关于那批树苗命运的详细报告：它们搭乘汽船通往上游，来到了阿拉哈巴德，然而由于恒河水位太低，它们在那里又被耽搁了一次，这次近 2 个月之久；倘若作为容器的玻璃箱保持完好的话，那么即使在锡兰停留了一个月，也不会造成如此严重的后果。然而，信件明确指出，在阿拉哈巴德，玻璃箱并未得到妥善保管："许多箱子上的玻璃板损坏了。"信中记载道。福钧一边往下读着，一边觉得自己的胃在抽搐着。如果有人能有先见之明，把这些茶树重新封装起来的话，那么它们可能就不会死去。如果有个精明强干的花匠当机立断，把这些树苗移植到花盆之中，在通往上游的途中用对待室内盆栽植物的方式照料它们的话，那么这次托运就将一举成功。唉！在雨季造成水位上涨、船只得以通过之前，他的植株很可能被随意弃置在东印度公司的某个仓库或工厂的装卸平台上，无人过问，无人关心。

福钧的下巴绷得更紧了。当他读到税务部门所写的报告时，他只能一直摇头：从阿拉哈巴德出发时，玻璃箱就被装上牛车运往萨哈兰普尔山区植物园——东印度公司设在喜马拉雅山脉的实验种植园——植株是在 5 月中旬抵达那里的。

"包括 6 只沃德箱在内的首批箱装植物于 5 月 14 日运抵 Seharampore，它们的健康状况很糟，只有 30～40 株茶树长出了叶子。不过，此时它们已经开始出现康复迹象。而包括 5 只沃德箱在内的第二批箱装植物是在（6 月）9 日抵达的，它们的状况较好。总体而言，5 只箱子内装的 41 株植物还算健康。"

在成千上万株幼苗被运到喜马拉雅山后，福钧统计出仅有 80 株茶树健康地存活了下来。就统计学的标准而言，这是个毫无意义的数字，植株死亡率根本无法计算。福钧历经千辛万苦得到的是个坏到不能再坏的结果。

他头一年的最终成果统计如下，数据看起来是那么无情：

沃德箱编号	存活植物数量
6	有 8 株树苗健康状况良好
7	全部死亡
8	有 1 株树苗健康状况良好
9	有 2 株树苗健康状况良好
10	全部死亡
11	2 株树苗健康状况良好，2 株患病
12	有 6 株树苗健康状况良好
13	8 株树苗健康状况良好，2 株患病
14	4 株树苗健康状况良好，并长出一些健壮的枝条
15	有 2 株树苗健康状况良好
无编号箱	5 株树苗健康状况良好，1 株患病

那么树种的情况又如何？7 月初，大约有 7 包茶树树种运到。

"实验以彻底失败而告终，没有一颗种子能发出芽来。我最近把一些茶种从温床里挖出来，想了解下它们的状况，结果无一例外地发现它们已经烂掉了。"詹姆森写道。

接下来的内容似乎是官僚主义式的相互诿过。加尔各答的官员们将实验失败的责任栽到那些身在边远山区的园艺师身上。而后者则坚称没人比他们更了解茶叶——不可能还有别的植物学家待在加尔各答——在与茶叶有关的各个方面，他们的意见都是权威性的。总而言之，福钧的第一批心血就这样在公司上下的集体无能中毁于一旦。

茶叶大盗

在自己的笔记中，福钧对英属印度殖民地富有官方特色的通信中那些修正主义式的自吹自擂避而不谈。他用讽刺性的笔调将这次挫折简述了一番，并认为想要给这些植株找个新家，而后利用茶种移植的办法来发展整个茶叶产业无疑是项难于上青天的任务。

> 1848 年秋，我向印度送去了一大堆茶种。有一部分是装在宽松的帆布包里的，其他的种子则与干燥的泥土混合盛于箱子里，还有一部分种子是装在极小的包裹里，以便通过邮局走快递渠道。但这些办法没有一个获得成功。茶种一旦脱离土壤，寿命就会变得极其短促。橡树和栗树树种同样如此，因而要想将这些珍贵的树木以树种的形式引进遥远的国度实在是困难重重。

然而，做进一步植物学研究实验的时机已经来临。

＊

尽管福钧运出的第一批绿茶茶种和茶树已经化为乌有，然而他似乎并不担心东印度公司会将他从中国召回。相反，他依然情绪乐观，专心致志地继续他的事业，连一丝后悔都没有。他也并未终日沉浸在自责之中，而是将全部心思都放在考虑解决之道上。他对自己的园艺学基础技能有足够的信心，知道自己完全可以有好的结果。

关于茶种运输方面，他有了个新创意，一个使茶种在沃德箱中发芽的办法。解决这个问题的灵感来自上一次航运时他特殊处理的一批种子。他把植物的生命周期划分为两个不同的阶段：鲜活的树苗时代和了无生气的种子时代。茶种运往印度的时候，他特别安排了一艘货轮负责运输这批种子。然而无论植物达到哪一个生命阶段，沃德箱都可以为它们提供最大程度的保护。福钧还记得沃德的研究初获成果时的情景，他观察着一个装有种子和土壤的密封玻璃瓶，发现种子在瓶子始终密封的情况下，一连几年都在生长发芽。植株置于沃德箱之中的时候，生命周期是不会停滞的，它们会活下去，成长起来。树种不应脱离其生存环境，不能像大米那样装在麻袋里用船运输；它们在植物培养箱里也是能茁壮成长的。

福钧立刻用沃德箱做了个实验：他用数千颗红茶茶种塞满了一个个装着泥土的沃德箱，这些箱子被他运往加尔各答的植物园。这一实验在硬件设施上与沃德首获研究成果时没什么不同，但在规模上要大得多了。

福钧送往印度的植株样本中夹杂了一批桑树树苗，这批树苗采集自中国最好的纺纱用蚕丝产区。福钧在进入和离开茶叶之乡的时候都曾路过那里，他相信如果在印度搞蚕丝生产试验的话，那里欣欣向荣的棉花产业将对试验的发展大有裨益。福钧种植桑树用的是他对待其他经济作物并记录科学笔记时使用的"老办法":给予足够的空间、土壤,保证植株在漫长的旅途中始终能够舒舒服服地晒到太阳。他给移植过来的桑树浇水,然后丢在太阳底下,几天时间过去了,等土壤吸收了水分,植株也适应了密不透风的新家后,他将一把每颗有弹珠大小的红茶种子撒在土壤表面,旋即在上面铺上一层约半英寸厚的泥土,把红茶种子覆盖起来。福钧要求玻璃箱制造商在自己订购的玻璃箱箱体内嵌上几条横木,这样即使由于海浪或运输车的颠簸造成箱体震动,箱中所盛的泥土也能保持在合理的水平线位置。"这一方法适用于各种寿命短暂的植物种子,"他评论道,"那些茶树树种同样适用此法。重要的是,这种方法应该予以全面推广。"

在第一个桑树实验箱里播撒的大红袍种子,在加尔各答被打开时,一切迹象表明实验完全成功了,众人欢声雷动。所有茶种不仅都活了下来,在途中还能尽情地成长发芽,最终健健康康地抵达目的地。

加尔各答的高级植物学家法尔康纳非常高兴,一个科学家在中国想出的点子弥补了萨哈兰普尔园艺师的无能,大自然的客观规律战胜了人类主观上的碌碌无为和拙劣无能。然而,福钧的野心并不限于此,他盘算着对大英帝国的全球植物迁移计划做一次意义重大的推动——实际上是在技术上对植物迁移的运输环节加以改进。倘若活体植物可以和脆弱的种子一起漂洋过海的话，那么今后整个相关产业也可以实现越洋迁移了。这可不是一次就运输一种植物而已，而是将所有拥有经济价值的植物品种一次性来个大搬家。福钧利用 4 英尺×6 英尺规格的玻璃箱，成功实现了全球知识、技术出口规模的扩大化。对于英国这样治下殖民地遍布地球的帝国主义国家而言，它一直期待着经济作物能在自己的领土上落地生根，这样看来福钧的创意简直可以说是革命性的。

"在桑树四周生长的茶树幼苗会尽可能密集地破土而出。"法尔康纳在致东印度公司和福钧的信中写道。

为成功所鼓舞的福钧又利用新方式制作了 14 个沃德箱。他知道自己新创意的工作原理是完全合理的，因而对第二次实验中用泥土覆盖茶种那道程序处理得更为大胆。这次他将一把种子的量定为 1 蒲式耳，并将一份泥土与两份种子加以搅拌，令它们完全混合在一起，就像在布丁里撒了许多葡萄干一样。他将泥土铺在箱子底部，种上一排排极其细小的、树龄只有一两季的茶树幼苗，他现在对沃德箱在种子培育方面的性能充满信心，觉得自己的红茶茶种肯定能活着运抵印度，在这种想法的鼓动下，他送出了大量茶种。

凭借着玻璃箱的保护，由一艘货轮运载的茶种和泥土混合物中孕育着成千上万株正在生长的红茶茶种，每一颗茶种都将在前往印度的旅途中尽情成长，最终，长成一棵棵健壮的茶树；其数量之多，法尔康纳怕是连数都数不过来。

"使用沃德箱装运茶种的新计划实在太成功了，我得建议当地政府注意限量引进茶种，并按照建议步骤进行播种。"詹姆森写道。再也没有猎取活体植株的必要了，柔弱的1年岁大的幼苗体积很小，便于运输，而它们的生命力也很旺盛，足以活着在印度安家。种子则可以巧妙地加以安排。福钧的新创意效果更佳，"事实证明，福钧先生的玻璃箱送到我们手中的时候，箱中植物的健康状况令人赞叹不已。植株运抵种植园的时候已经发育成熟，长势喜人、生机勃勃，移植到温床的时候有所损伤，但这样的例子极其稀少"。

福钧的新种子航运方法令树种产量大增，超过了同类活体航运树苗产量的十倍——"运抵（喜马拉雅山脉）目的地的每一株幼苗都意味着十株可用的树苗"。从现在这个季节起，喜马拉雅山的每一座茶叶种植园都将世世代代承担起为福钧运来的茶树繁育后代的义务，世世代代承担起作为整个印度茶叶产业的一枚螺丝钉的义务。福钧从根本意义上改变了植物猎人的使命，从这以后，植物猎人改叫种子猎人更为合适一些。

要获得上等的茶叶，所用茶种的选种和培育是极其重要的影响因素。福钧运往喜马拉雅山脉的茶种与在那里已经长成的茶种（前文提到的首批送到伦敦的茶叶）之间的品质差异极其明显。当茶叶加工备受变幻莫测的气候、降雨、收获时期以及航运状况的影响时，用于加工的茶叶原料将起到决定性作用，可以说福钧的创举在提升喜马拉雅山茶叶储备质量方面的积极意义是不可估量的。他的茶种繁殖、生长，并将与喜马拉雅山原有茶种——广州运来的次等茶种和土生阿萨姆茶种——进行杂交。经过未来几代的选种和培育，福钧的茶种——经过数代精心培育而成的口感最佳的中国茶叶（被称为中国"贾特"）——将混杂有印度土生阿萨姆茶叶（被称为印度"贾特"）在口感上的最大优点：火辣，带有麦芽香气。这一茶叶家族的新混血儿将拥有独一无二的风味，花香扑鼻、醇厚甜美、口感丰富、叶片柔韧性强，它将成为世界茶叶之王。

15

1851 年 2 月，上海

在上海码头区，令人悲悯的一幕正在上演。此时，8 名中国专业制茶师正与这片他们熟悉、热爱的土地挥手作别，正与各自那庞大家族的全体成员挥手作别。尽管那位来自长城以外的官员发誓他们所去的地方将是另一个茶叶之乡，然而每一个即将启程的茶叶专家都心怀疑虑，他们坚信中国这个世界的中心才是天下唯一的产茶之地。

制茶师的母亲把一包包食物强塞到儿子手中。儿子朝父亲俯首鞠躬，以表敬重之情。这些当父亲的人一生不知经历了多少艰辛，在他们看来，现在与儿子分别只不过是永无休止的命运枷锁中的又一环而已。他们的妻子——那些男人祖上积够了德，总算能娶上她们——在大庭广众之下放声大哭。孩子们则紧紧抱着即将远行的爸爸的腿。年轻的制茶师弯下腰吻了吻臂弯中的孩子，这一走就意味着他们之间要多年无法相见了。最后，那 8 个人狠狠心，抽身而去，走向补给船的舷梯，这艘补给船将与英国皇家海军舰艇"皇后岛"号——一艘木制明轮汽船会合，届时将由这艘汽船载着制茶师们前往香港。

说也奇怪，旅伴们的悲痛情绪一点也没有感染到福钧，相反他觉得凄惨离别的场面是"非常滑稽的一幕"。原因无他：这些制茶师都是天真单纯的"内地中国人"，对新奇的陌生事物有一种敬畏感，远远不如那些对外国人了如指掌的通商口岸居民老成、世故。尽管这些不幸的人们即将"远离他们的朋友和养育他们的故土"，福钧对他们的处境却不曾有丝毫怜悯之心。

在黄浦江口岸的深水港，"皇后岛"号正停泊在那里，等待着接应制茶工人、制茶设备、一批沃德箱以及福钧本人。这艘船将在翌日早晨启程前往香港。

等新的劳工队伍都登船后，福钧才走上舷梯。就他所知，自己这次一旦离开这片大陆，可能就一去不返了。他已经完成了东印度公司交付的最终任务：找到并雇用一批愿意跟他前往印度的中国专业制茶师。他新搜集了大批茶树树苗和树种，喜马拉雅山的茶叶种植园可以得到充分供应了。他将一只只装满植株的沃德箱寄回英国的售卖处和克佑区植物园，他随身带着一包包高级的代销品——瓷器、生丝、小型饰品以及别的珍稀物品，这些东西在他抵达英国时将被摆到拍卖行的交易台上。

福钧手上还有一批设备，它们是用于建立印度茶叶贸易的一切必需物品：烤箱、铁镬、用于炒茶的宽大铲子——它也可以作为农具使用，特别是在开垦荒地的时候。为了凑齐这些玩意儿，他派王和胡兴前往各类山区去搜集"一大堆各式各样的制茶工具"。最终，他弄到了一批诸如茉莉和香柠檬之类的香料植物，中国制茶工在包装茶叶之时，常常将这些香料植物一并装入包裹内，以增加茶叶的香气。福钧将盛着这些香味剂样本的包裹带在身边，连同制茶师一起乘船运往印度。包裹上附有拉丁文和中文的标签以注明它们的名称，标签旁边附加着一排莫名其妙的中国音译。福钧觉得心满意足，自己已经出色完成了任务。"所有的目标都成功实现了，这超过了我先前最为乐观的估计。"

现在，该到说再见的时候了，福钧到处拜访在上海的国际人士，搜集良好的祝愿，归还他借来的东西。——道别时，没有任何悲伤，那些外交官和远东的商人们早已习惯了朋友们的离去。"所以，我在这里已经无事可做了，除了……按计划动身前往印度。"

比起植物来，与人打交道要困难得多。福钧从偏远的茶乡雇用了一批真正的茶叶行家，负责指导印度籍园丁正确的种茶之道，以及如何对新采集的茶叶进行恰当的加工。四周危机四伏，再加上第一次鸦片战争以中方的失败收场，导致中国人对外国人猜疑成风；在这种情形下想要雇到自愿随行的制茶师可不是件容易的事。中国内地的民众时时听闻关于洋人种种野蛮不开化行径的可怕传闻，对他们的戒心尤其重。除了那些茶农的儿子外——他们拥有世代相传的制茶手艺——福钧谁都不想雇。这让他想独自完成任务变得更为困难。"如果我随便从哪个沿海城镇雇人，那自然是再容易不过……但我想找的是那些偏远内地地区的人们，这些人对制茶工艺可谓轻车熟路。"

携带植物潜行出境是一回事，带着人潜逃出境就完全是另一回事了。"长期以来，中国当局都在严密监控着任何企图携带茶树树苗出境的举动，所有试图诱拐优秀的中国籍制茶师的计划都会因为种种莫名的困难而受阻。"加尔各答的一位官员劝告道。福钧听从了这一劝诫，并未自行处理招募工人的事宜。假如他在诱骗当地人时被抓住了，那他肯定会以诱拐罪而被处决，这很可能进而引发一场国际纠纷。

从上海启程前的几个月，颠地洋行的买办们为福钧物色来了几个货真价实的制茶专家，这些人都是此道的行家，并且很乐意传授技艺。买办们所召集的 6 名制茶师彼此都是同乡，福钧首次来华时，曾在他们的家乡采集过茶叶。这几名年轻的制茶师都是些唯命是从之人，都心甘情愿地跟福钧走，他们每个人都签署了一份前往印度服务三年的协议。这些人"崇拜我，对我报以最大程度的信任，视我为他们的导师和朋友。只要我一直以仁爱之心对待他们，那我就等于起到了潜移默化的作用，让他们也用仁爱之心对待其他人。"福钧写道。

买办们也给福钧找来了 2 个擅长制作海运用密封铅盒的人。良好的包装有利于保持茶叶的品质，对印度茶叶本身存在的"缺乏香味"这一令人头痛的痼疾也算是个弥补。"按照规定，伦敦的经纪人会宣布将运回英国的红茶归于花茶一类，"一封电报提醒道，"这种事也是在所难免的。"

在动身出发的前几天，福钧亲自会晤了那几个将在他的护送下前往印度的专业制茶师。他并未直接参加这些人的招聘工作，因而在他的笔记中，对于这件任务的完成过程记录得模糊不清。他只是派了自己的代理人雇了颠地洋行的几名买办，打发他们前往中国农村履行掮客的本职工作而已。福钧对这些买办——当欧洲的商贸公司作为买方的时候，这类人代表前者负责与皇帝的贸易使节打交道——可以说是知根知底。无论是过去三年的植物狩猎之旅，还是更早先的为皇家园林协会工作的那三年时光，那些买办都为福钧服务过。他觉得他们可以替自己找到合格的专业制茶师，还可以协商一份合理的薪资。

在帝制中国那悠悠数千年的历史进程中，这个国度从未正式认可过移民行为。每个中国公民都被认为是北京的皇帝的臣民和财产，因而出国定居如同盗窃天子财产一样。一个又一个世纪以来，中国一直禁止己方百姓踏足他国土地，就算是去打鱼也不行。地方官员最重要的职责之一就是严防辖区内有人出境。中国文化在限制国民前往海外旅游这件事上一直发挥着作用，这也是它的基本内容之一。清廷出于对外敌入侵的恐惧心理，竭力阻止国民与外国人有任何接触。因而它在法律上明确规定，不得与外来人士有政治联系。大清律令里是找不到任意一条批准建立自由市场的条款的。这一律令事实上是传统儒家思想的反映，儒家思想认为：抛弃自己的父母、亲人和祖先而出门远行，是一种非常可耻的行径。

尽管中国政府不惜以严刑峻法来禁绝移民现象，然而在晚清时期，还是出现了一股向海外输送中国劳工的浪潮，这种行为已经产业化，而且发展得越来越庞大，越来越繁荣。当非洲的黑奴贸易于 19 世纪后半叶逐渐消亡之时，全球的廉价劳动力市场开始被亚洲劳工占据。1883 年，英国正式终结了非洲黑奴贸易，大英帝国无法再为自己那些生产蔗糖的殖民地提供苦力了。对于英国而言，废除黑奴的代价是极其高昂的，这从本国远洋贸易公司那厚厚的资产负债表上就可以看出来。简而言之，就是它急需人力资源来填补其劳动力缺口。到了 19 世纪中叶，澳大利亚和加利福尼亚的金矿大开发诱使数以千计的中国人背井离乡，漂洋过海。由于饥荒、洪水频发，大片土地被摧毁，这些人再也无法通过耕种来勉强维持生计了。在美国掀起淘金热的头几年，约有 25000 名中国苦力横跨太平洋，迁往加利福尼亚。而在 1870 年，已有 200 万名中国人想方设法移民至世界各地。

尽管如此，在通常情况下，一个非洲黑奴和一个中国劳工之间唯一的区别是中国劳工有一纸合约而已。

"待售：一名中国女子和她的两个女儿，一个 12～13 岁，另一个 5～6 岁，任君随意使唤。另售骡子一头。"这是一份当年常见的招贴广告的内容。

为了诱使苦力们签下那份卖身契，经纪人们不惜用尽一切欺诈手段：有些人是被哄骗动心的，经纪人将外面的世界描述得天花乱坠，仿佛他们将要去的是一片充满梦幻传奇色彩的乐土，在那里不但衣食住行全部免费，还能赚到一大笔钱。有些苦力出卖自己是为了还清欠下的赌债。还有的人或是作为氏族战争的牺牲品，为自己的亲属所卖；或是被海盗当作战利品掳走；或是午夜时分为四处绑票的盗贼团伙所抓走，当作肉票贩售〔许多劳工是被药物迷昏后偷偷绑走，而后运往上海的肉票市场，像奴隶一样被卖掉。专有名词"shanghaied"（诱拐之意。——译者注）在此时代背景下应运而生〕。所有苦力身份的移民都被投入到一个叫奴隶收容所的临时修建的栅栏中。他们在那里苦苦等候着，监禁生活会持续数月之久，直到一艘满载着华工的轮船做好了起航前往新大陆的准备。

华工船上给劳工们提供的舱位几乎与当年的奴隶船留给非洲黑奴的空间一样狭窄。华工的辫子会被割断，以表示服从于自己的新主人，也象征着切断了效忠皇帝的纽带。

抵达上海的时候，他们的衣服会被烧掉——华工必须自行负担购买新衣服的费用——旋即会有人用稻草制成的掸子使劲拍打他们的身体，以彻底清除掉他们身上那些从老家带来的跳蚤和害虫。一旦登船，在抵达新大陆所需的几个月时间内，劳工得一直待在船舱内，鲜有人被允许——通常也很少有人能爬得出来——到甲板上呼吸几口新鲜空气。这种劳工船无疑是一张滋生痢疾的温床、一个疾病横行的囚笼、一座漂浮的坟场。

船上生活条件如此恶劣，劳工暴动如家常便饭般频发也就不足为奇了。1852 年，猪仔船（指运送华工的船。——译者注）"罗伯特·布朗"（Robert Browne）号从厦门（Amoy）驶往旧金山（San Francisco），船上载有足足 475 名劳工。等船一出海，华工们被限制了人身自由，他们被强迫在劳工协议上按手印，而抗拒者惨遭鞭笞。在非人的环境下，这群不幸之人的健康状况开始急剧恶化，而水手们却只将病患和死者朝海里一扔了事，有

10 名华工在与船员发生的激烈冲突中丧生。数日后，当猪仔船驶抵冲绳的八重山列岛时，劳工们被营救上岸，或是逃走了——这次事件有几个版本，有些劳工在严刑拷打下详述了此事始末。结果"罗伯特·布朗"号只能空船返华，等待着运载下一批可怜的"人肉货物"。华工们在冲绳滞留了一段时间，而后设法回到广州，在那里，他们向传教士和富有同情心的外交官诉说了自己的遭遇。

在广州的英美人士和中国人都对近两年爆发的劳工暴动进行了调查。暴动者应该被绞死吗？被残杀的猪仔船船员是否罪有应得？调查没有得出任何结论。中国人对奋起抗争的劳工抱有同情心。有些劳工认为，应该把那些"绑架"他们的船员中的幸存者搜寻出来斩首。在这种情绪的影响下，民意开始倾向于抵制在华贩卖"猪仔"的行为，当地人鼓动着来一次起义，这样可以正告那些外国佬：他们已经对这种强征壮丁的做法忍无可忍了。

毫无疑问，大英帝国被激怒了：它的公民——"罗伯特·布朗"号的船长和水手们——在中国人的手中落得如此可怕的下场。英国要求为"布朗"号的全体船员伸张正义，但中国官员拒绝进行正式调查，那意味着要对贩卖"猪仔"的行为进行公开宣判，因为要监管就等于承认确有其事。因此，就像对待卖淫活动那样，无论是中国人还是英国人都根本不会承认这种交易行为的存在。基于这种鸵鸟式的逻辑考虑，在未来的 21 年内，中国依然没有立法打击"猪仔"拐贩。按官方的说法，根本不存在这类贩卖苦力的行为，所以也就没有这个必要。

颠地洋行的买办们就是在这种野蛮而混乱的环境氛围下出发，执行诱拐专业制茶师任务的。活动在沿海地区的富裕买办们操着一口混杂行话，为洋人们卖命，自打学徒时代起，他们就是西方人开办的大型商社的一员。更重要的是，买办们在广大农村地区一直拥有一张庞大的人际关系网。像福钧这样的外国人不敢踏足的地方，对他们来说不成问题。他们可以买到茶叶、瓷器、生丝乃至活人——只要出价够高就行了。西方对华贸易产业要顺利运行，这些买办是必不可少的润滑剂。几个世纪以来，他们以此为生，过得颇为滋润。无论是贩卖苦工还是制茶师，对他们而言几乎是一回事。

尽管如此，福钧还是对自己的事业被带向这个方向而感到担忧。公开将东印度公司与任何令人憎恶的贩卖劳工一类的行为牵扯到一起是不合适的，因而与制茶师签订的所有契约、进行的一切合作的相关手续和协议都是最为规范的。冒险雇用一名买办是必须的，这样这类交易就在一定程度上与英国政府撇清了关系。英国政府一直在担心中国人是否会认可这种间谍行为。"当一个人仅以私人名义活动时，他为了得到运往印度的优秀工人和茶种而做的一切都不会引起中国当局的注意。"加尔各答殖民政府写道。作为福钧的代理人，买办被下令不得以刻意引诱、假惺惺地关爱、谎言哄骗等方式诱使制茶工签下合约，不得从海盗手中收购被掳来的制茶工，不得打已有合约在身的制茶工的主意。他不准用前往远方可以过上美好生活之类的虚假故事来勾引那些弃地流亡的农民。买办必须以诚待人，他的活动也得保密，免得制茶工厂的厂主知悉他的计划后向当地官员举报。这样一来，不但那名买办会被处决，由于他的身份是闻名遐迩的颠地洋行的雇员，连带着这家远东最伟大的公司的名誉都会被他玷污。

不过，福钧更为担心的是，送往印度的"专业制茶师"也许会被证明就是些十足的水货而已。因而，买办们在招人的时候就得加倍细心。要让一个中国制茶师抛弃在中国的亲友远走他乡，就得用极其优厚的条件作诱饵。为期三年的印度劳务合同规定，被福钧选中的制茶师将可以得到一份 33 卢比以上、约折合 15 美元的月薪（按今天的购买力折算，约为每月 415 美元）。按计划，福钧招募的人马将享受到比先前招来的制茶师"更好的待遇"，薪酬自然相对要更高些，"这些人采茶与制茶的技艺精纯熟练，这对于茶叶（种植的成败）是举足轻重的，而中国人又无一不把栽种、加工茶叶的技艺视为自己的独家秘诀，因而，简直无法想象他们会因（不到）33 卢比的微薄月薪而选择旅居海外"。每个应聘的制茶师都将预先领到 2 个月的薪水，这笔钱也就等同于他们那 3 个月印度行程中的"餐补"。

买办想方设法说服了自己选中的制茶师：制茶行业中尚不存在传说中那可怕的"贩卖猪仔"现象。他向工人们保证，只要成为东印度公司的一员，他们就能和公司的专业人才一样享受到优厚的待遇。整个印度制茶工业的建立将完全依赖于他们的专业知识，只要他们将自己的本领拿出来共享，他们就能赢得巨大的威望。职业制茶师不但享有充分的自主权，还能掌控很多人：他可以掌控棕种人（指印度土著。——译者注），可以掌控白种人，还可以掌控整个喜马拉雅山脉和山坡的茶叶的命运。在次大陆，专业制茶师们可以随心所欲地制订种茶计划，只要他觉得有必要那样干。这批人到了那里就会被分配到各个不同的茶叶种植园去，东印度公司鼓励他们互相竞争。只要能实现茶叶产量和质量的提升，英印政府还会发给他们奖金。"一切都是为了激励这些中国人……让他们全面施展自己在种茶制茶方面的技能和学问。"制茶师每个季度在上等茶——红茶和绿茶——方面取得的每一份研究成果都会予以公布，他本人也会得到一笔赏金。

茶叶大盗

每名制茶师都持有两份标准合同文件的副本，一份为中文文本，另一份则为英文文本：

本人［此处为个人签名］系一名中国制茶工人，特此承诺前往［喜马拉雅山茶叶种植园］官办茶场从事茶叶加工工作，自［此处填写日期］之日起月薪为 15 美元或 32 ~ 33 卢比，本人将按照约定为茶场服务 3 年。本人进一步承诺：本人在担任制茶师或其他任何可以做出贡献的任何岗位期间将尽职尽责，［工作］勤勉，如有任何违约行为，本人应按约定，向本人雇主缴纳 100 美元的罚金。本人确认已［从福钧先生处］收到英国政府预支的总数为 30 美元的两个月薪水，等等，等等。

公证人用中文签名于此。

这份合同的条款在雇用年限和员工地位方面都还算慷慨，其中只有这一条例外：一个每月只赚 15 美元的工人无论因任何原因——包括生病——而未能履行自身职责时，所需支付的罚金竟超过了他 6 个月的薪水。无论东印度公司觉得自己给的条件有多么"慷慨"，制茶工所签订的契约无疑是一种典型的契约奴工的卖身契。不管这些受东印度公司雇用的中国人是否意识到他们的雇佣合同并未被存档，但相关记录表明，至少早期来印度的几名中国专业制茶师对这些条款很不满。

喜马拉雅山植物园其实一直拥有少数中国雇员，他们都是制茶师，都在詹姆森——这个不称职的官办茶场监管人——手下干事。其中很多人本是已被解散的阿萨姆公司的员工，其他人则是直接从中国招募来的。"我自己清清楚楚地记得，这些中国佬……是在 1843 年 6 月来到这里的，"一位公职人员在日记中写道，"来了十个中国制茶师，他们那奇怪的数字和奇怪的习惯把那些 puharree（戴头巾）的人（印度人。——译者注）逗乐了。"他注意到那些中国制茶师有一种奇怪的嗜好——至少在当地人眼中算是怪癖，他们爱吃猪肉（喜马拉雅山西部的居民基本上都是穆斯林，猪肉对他们而言属于禁食之物）。尽管当地人认为这些中国人是些很有趣的家伙，东印度公司却对他们所交出的成绩单大失所望。这 10 名职业制茶师是东印度公司最初的一批合同工，当福钧来华之时，其中 2 人已过世，其他人都来自广州。那里出产的茶叶按国际标准衡量可以归于次品一列，那里出身的制茶师按詹姆森的评价同样不高，在詹姆森看来，这些人又不讨喜又愚蠢。"他们的水平太差了，加工出来的红茶质量甚至无法达到欧洲进口产品的普通水准。"他在一封快信中写道。

当东印度公司打算解散这个中国雇员小组，把中国工

茶叶大盗

人一个个分配到喜马拉雅山脉的众多实验种植基地去的时候，工人们组织起来抗争了，他们拒绝被拆散。中国制茶师们还打算借此机会提出加薪要求。

詹姆森一口回绝："我向他们转达了殖民政府的指示，但所有人都表示，除非给他们加薪，否则拒绝执行。他们还宣称如果殖民政府依旧强迫他们各自动身的话，那就请批准他们的辞呈吧。"这就是他和中国人打交道时的典型情况：他们似乎已经忘了，东印度公司是进来有路，出去无门的，只有交了罚款后才可以辞职。而且在任何情况下要修改合约条款同样是不可能的，除非他们愿意牺牲自己 6 个月的工资。其余的中国制茶工人则要求在原有月薪标准上增加 7 个卢比（约合今天的 90 美元）。"如果公司答应给他们加薪，他们就许诺再为公司服务 3 年。"

东印度公司的内部文件中极少有关于那些无权无势的小人物或殖民地人民与东印度公司打交道时的只言片语。但从印度西北部省份寄来的快件中却有一份相当引人注目的信件副本：那批中国制茶师写给詹姆森的信，信中将他们的要求一一列出。

1. 我们被勒令待在奥摩拉（Almorah）（一个种植园），拿着 32～33 安那（旧时印度使用的一种铜币。——译者注）的月薪，我们一直服从这一安排。

对于要我们去别的种植园工作的命令，我们的答复是，如果能在现有的薪酬基础上每月增加 7 个卢比的话，我们现在就动身去该去的地方。

2. 我们已经为当地政府工作了 7 年，却始终加薪无望。因而，我们拒绝被调往德拉敦（Dehra）或珀伊尔（Porree）（喜马拉雅山西部的其他种植园）。政府若想把我们派往别处，我们并不反对，但倘若要我们离开现有的工作岗位，请给我们更高的薪资待遇。

3. 如果当地政府一方面并未答应我们的加薪要求，一方面又要把我们调往新的工作岗位，那我们恳请辞去现有职务，我们希望公司能认真考虑我们的辞职申请，并予以批准。

4. 假使当地政府批准给我们每月加薪 7 卢比，我们就可以签订一份为期 3 年的工作协议，我们 10 人将按协议行事：3 人服务于（次级种植园）德拉敦，3 人服务于珀伊尔种植园，4 人服务于哈瓦勒堡（Hawalbaugh）。在协议期限内，我们将坚守在上述工作岗位不动摇。

詹姆森耐着性子向工人们重申了一遍：他们已有合同在身，现在可不是重新协商的时候。他向每个中国人都展示了盖有他的私人印章的原始协议，图章的效力等同于詹姆森的亲笔签名。尽管制茶师们都可以看到，协议文本上那些令人难以理解的英文段落旁边就附有自己的签名，他们还是断然拒绝将自己重新分配到别的植物园去。或许工人们发觉詹姆森并非殖民当局中最为强有力的人物，他们再度表示，东印度公司不能把自己从同胞身边拆散后单独遣送到印度的荒郊野外去。他们的立场是，既然当初他们是应聘于某个种植园的共同协作岗位的，这种把他们一个接一个地安插到不同的种植园的行为，按照双方先前共同议定的条款，已经构成违约。如果殖民政府可以单方面修改协议的话，那工人们自然也能以牙还牙。同时，他们也坚持先前的抱怨是合理的：他们在没有加薪的情况下工作了 7 年，这未免太过分了，当地政府应该对他们的境遇报以同情。在没有翻译在场的情况下，经过反复讨论，詹姆森终于做出妥协，同意对合同进行修订。他批准了大多数职业制茶师提出的新条件：工人们不用再单独起身了，他们将以成对的形式调往他处，工资水平也将给予上调；而作为交换条件，工人们将在原有合同期以外续签 3 年。

由于詹姆森的妥协导致项目开支增长，他终遭训斥。"副总督认为有必要向你强调你的所有行为都要遵循最严格经济计划的重要性，你必须意识到茶叶种植实验的成功与否在很大程度上是由其所产生的经济效益好坏来衡量的。"加尔各答当局写道，他们对从一个主权国家盗取商业机密的计划很是不满，这样做也就意味着要为那些参与这一计划的中国下属支付超额的酬劳。事实上，那些制茶师的工资总额从未高到令东印度公司感到不堪重负的地步。之所以反对他们的加薪要求，更多是因为那些中国人所拿到的工资高于市场平均水准，这一原则性问题令主张一视同仁的英国人感到不快（而此时东印度公司自己对这个问题倒毫不在乎，因为在印度的英国人的薪资待遇实际上要高于那些中国制茶师）。

具有讽刺意味的是，最早一批来到印度的中国籍制茶师并未对詹姆森的实验性种植园做出什么重大贡献。所有人都认为这些工人四体不勤，水平很差。就教导当地人和土著园丁如何合理地种植、加工、包装茶叶或增加茶叶香气的本职工作而言，他们几乎毫无建树。正如詹姆森抱怨的那样："如果中国人把这些拙劣的制茶师留为己用那就太棒了……他们永远不会对教给当地人制作精品茶叶的技巧这件事格外上心（虽然他们很乐意随时随地演示加工流程），在制作和包装这类确保茶叶优良品质的必备程序上，他们也不会特别加以留意。"和工人打交道时，他用好话哄过，他固执己见过，他暴跳如雷过，但他实在找不出任何把这些中国人留在自己手下的理由了。他们对詹姆森的要求充耳不闻，而在提高茶叶品质的工作方面，他们却显得急躁冒进，处处失策。

但话又说回来，对大英帝国的印度茶叶种植工程而言，他们又是必不可少的。最后，詹姆森做出让步，一个西方籍主管必须保证自己手下的中国籍制茶师和印度籍园艺师在工作上尽职尽责。一名主管可以增加种植园的运营成本，但詹姆森无论在何时何地都不能这么做。"为了有效监督茶叶的采摘工作，或者更确切地说，为了能更规范地摘下成熟叶片，让一名欧洲人当场指导是很有必要的。（因为）如果任由那些茶叶灌木长高的话，那么茶叶质地就会变得很硬，这种产品只能被归于粗茶一列。最后，在进行大规模移植的时候，欧洲籍主管在场监督的重要性也是不言而喻的，他得负责检查一系列操作是否规范，植株是否被按时浇水。"

当然，詹姆森对植株的频繁灌溉也引发了不良后果。按中国籍制茶师的建议，福钧的茶树还是由季风带来的常规降雨来滋润更好些。但詹姆森对自己手下的中国专家已经失望透顶，对他们的建议自然是根本听不进去——即使这些建议是对的。

由于中国工人们固执己见，詹姆森对他们彻底失去信心，他终于开始竭力游说，要求撤换掉这些人——关于这批中国人已让殖民政府付出了何等代价这个问题引发了一场令人尴尬的争论。"自打同他们签约之日起，时间已经过去几年了……照我看来，他们比起一流制茶师还差得太远。事实上，我很怀疑这批人中连一个在中国学过专业技术的都没有。我建议应慢慢抛弃他们，将空出的位置留给更合格的人选。印度人仅从他们那里学到了水平低下的制茶工艺，这可以说是一大遗憾。"最后，当地政府对他的建议表示由衷的赞赏，他们也注意到那批最先雇来的中国制茶工中没有一个够得上"一级工"的资格。

✻

在 2 月的寒风中，远赴海外的制茶师站在甲板上，面朝中国大地，眼睁睁地望着故乡的轮廓在自己的视线中越来越远。

> 船只迅速驶入河中。现在，移民们站在船上，而他们的亲友们站在岸上，彼此间双手紧握，彼此间一次次一次次地鞠着躬，彼此间嘴里说着身体健康、幸福常在之类毫无新意且显然言不由衷的祝福话语。明天一早，"皇后岛"号的麦克法兰船长就会下令出发，那时我们就要和中国北方说再见了。

按照福钧的统计，12838 颗茶种将在前往喜马拉雅山脉的途中生长发芽。

16

1851 年 5 月，喜马拉雅山脉

  在坐落于大吉岭山区的一座带凉台的平房后面，脸蛋红彤彤的孩子们正在山腰上玩耍，他们的欢声笑语在陡峭的山坡上回荡着。白玉兰那杯形的花朵朝天怒放，猩红色的杜鹃花映照着每一块岩石的岩壁。在这里的土地上，遍地都是花朵，传递着春天到来的讯息。孩子们的父亲，一个名叫阿尔奇巴德·坎贝尔的著名苏格兰裔外科医生正弯着腰，手持手铲，在印度土著园丁身边挖掘着，以便让一些种子和树苗在此安家落户。这些茶种和茶树是刚从东印度公司的萨哈兰普尔植物园送往喜马拉雅山脉东部的。坎贝尔的任务是对英印帝国的新成员——大吉岭山城——的管理、筹划、监督、建设、安保、作物种植、设计规划等工作一肩挑。这倒挺符合英印政府的特别行政作风。大吉岭山城将迁入 20 个英国家庭。如果罗伯特·福钧算是喜马拉雅茶之父的话，那阿尔奇巴德·坎贝尔就是喜马拉雅茶的监护人。

大吉岭避暑山庄简直是现实中的"理想国"，郁郁葱葱、引人入胜，风景别具一格，令人心旷神怡。喜马拉雅山脉与中国武夷山有所不同。这里没有雅致的喀斯特地貌，山峦也不会在缥缈的白云中若隐若现。在这里，一座座山峰排成一线，它们又高又大、轮廓粗糙，悬崖峭壁遍布其间。如果这一带是如画风景的海洋的话，那么大吉岭就是镶嵌在这片大海之中的一座美丽岛屿，岭上那繁复多样、形态各异的植物群引人注目。崎岖的峰顶之下，白雪绵延不绝如银蛇飞舞，冷杉重叠环绕若众星拱月，构成了葱翠繁茂的热带山谷风光。生长于棕榈树上的兰花就在山峦的雪线之下，诸如橡树和桦树的温带硬木与香蕉树、无花果树这样的热带果树交汇丛生。这里的气温比喜马拉雅山西部要干燥，海拔有近 7000 英尺高，群山和薄雾为它挡住了午后热浪的侵袭。种种条件决定了大吉岭将成为福钧带来的红茶的惬意新家。

这座与其他多山地区——西藏、尼泊尔、不丹、锡金毗邻的山中天堂与世隔绝，只是在最近才被并入不断增长的英印殖民地的版图内。与大吉岭为敌的那些邻国军队世世代代在这片小小的土地上来回穿梭。直到 1836 年，锡金王公将这里奉献给英国政府，以表与后者结盟乃至效忠。割让大吉岭意味着妥协，或者更准确地说，是向东印度公司行贿：王公相信只要英国统治了大吉岭，它就不会

茶叶大盗

为实现西进征服中国而企图吞并更为辽阔的锡金王国（锡金确实得以维持半独立地位，直到 1975 年成为印度的一部分）。作为占领大吉岭的交换条件，东印度公司多年来一直向锡金支付租金或缴纳贡赋，直到坎贝尔意外而幸运地废除了这一协议。

坎贝尔算得上对喜马拉雅万物最为了如指掌的人之一。为了给东印度公司效劳，他特意去学习了喜马拉雅山居民的语言，发表了一篇又一篇描述当地人生活习俗的论文，他还谨慎地将当地的全部关键信息一一记录在案：地形分布、生态状况、人种资料，当地农业环境的相关信息自然也在其中。他热衷于植物物种狩猎和植物学研究，同时也如饥似渴地学习着廓尔喀人和雷布查人的宗教仪式。坎贝尔是在苏格兰接受教育的，与许多别的在印度从事医疗工作的人一样，他也曾几次被病魔击倒，因此他被东印度公司派往大吉岭，负责当地政府机构的组建工作。与此同时，坎贝尔还与为数众多的热心人一起，协助加尔各答和克佑区的植物专家完成了对喜马拉雅山脉那丰富的植物物种的搜集和编目工作。

安静而低调，这就是人们对坎贝尔的印象。他是一名老练的官员、一个优秀而可靠的公司职员，在那些首批因偷窃植物物种而被捕的帝国主义分子中，他显得与众不同。尽管福钧潜入中国是一场实实在在的冒险，但他终归幸运地完成了自己的间谍任务，从头到尾他的盗窃性采集行为几乎从未受到当地人的阻挠。而坎贝尔却因在植物采集方面犯下的罪行而被关进喜玛拉玛雅山的监狱，近来才被释放。

坎贝尔于 1849 年被锡金王公逮捕，当时著名植物学家约瑟夫·胡克，克佑区植物园主管之子及查尔斯·达尔文的密友，正在喜马拉雅山脉进行植物考察工作。坎贝尔按捺不住内心的激动，决定追随胡克前往"白雪皑皑"的西藏高原调查研究当地的植物群。起初，坎贝尔担心在锡金的勘察活动会对正在尼泊尔法院进行的关于自己梦寐以求的当地居留权的官司产生不利影响，因而当胡克动身启程时，他仍留在后方。但他最终打定主意：他不能放弃这次"将有机会做出金子般价值非凡的贡献"的探险机会。他快马加鞭 5 个月，终于在一天夜里赶到了胡克的宿营地，令后者大吃一惊。他是胡克这几个月来见到的第一个"白种人"，因而这次重逢"所带来的喜悦简直是无以言表的"。作为一名年轻的植物学家，坎贝尔简直是一座会说话的图书馆，他慷慨地将自己关于当地植物、地理方面的丰富知识与他人共享，并为胡克找来了脚夫、向导和后勤物资。坎贝尔太太捎来的葡萄干布丁、肉末馅饼和英式雪利酒令他们想起了家中的舒心时光。但在喜马拉雅山东部的卓拉垭口，他们被俘虏了。坎贝尔被"紧紧抓着，五花大绑，被施以野蛮的暴力，被强行驱使着，他冒着生命危险，向每一个控制住他的人出示自己的身份证明"。

他们听到传言：在"杜尔巴"——锡金人的宫廷，正商议着对他们处以死刑。就连他们的雷布查籍脚夫也时常被折磨、"虐待"。当他们身陷囹圄的消息传到加尔各答时，引起了欧洲人的"愤怒"，但这一情绪在当地政府的忧心忡忡之下有所缓和。此时，东印度公司与旁遮普和阿富汗的战争一触即发，它警告加尔各答政府不得采取"极端手段"迫使锡金方面释放坎贝尔和胡克。军队被派往大吉岭，以炫耀东印度公司的武力，尽管政府无意在当地驻军。

在度过了6个星期的牢狱生活后，坎贝尔和胡克终于获释。锡金方面遭到严厉斥责：英国因占领大吉岭而付给王公的补偿费被取消了，王公还失去了锡金南部的一块领土。胡克认为这种惩罚对于王公所犯下的罪行而言几乎算是太轻了。他要求东印度公司吞并锡金全境，以进一步展示公司的实力，而坎贝尔倒觉得很高兴：他可以回家了。

两人在各自的余生中一直保持着友谊关系。坎贝尔在这次地势高耸的喜马拉雅高原之行中获利颇丰，他宣称自己"得以充分了解了该地区的资源情况，英国政府应自始至终担当起王公及其领土的监护人的角色"。作为一场行政任性的典型展示，坎贝尔被任命为该地区的英方驻地官员——而他刚在此地坐过牢。

※

福钧舒舒服服地坐在四轮马车上，这样地势高耸的恒河平原上扬起的灰尘就沾不到自己身上了，此时的他正赶往喜马拉雅山脉西部的官办种植园。福钧于 2 月从中国起航，3 月 15 日抵达加尔各答，在法尔康纳和沃德箱的陪伴下驻留了几个星期。对于箱中茶种的近况，他惊叹不已。"所有的种子，从土层底部到顶端，都处于不断膨胀的状态中，它们刚刚开始发芽。" 4 月下旬，福钧在萨哈兰普尔植物园见到了詹姆森，现在他可以对分布群山和众多山谷周边的小型茶叶种植点巡视一番了。这些植物园的建园时间大多不超过 2 年，已经全成了福钧所带来的茶种和树苗的新家。

会面的气氛冷冰冰的，尽管萨哈兰普尔植物园的主管为福钧的茶叶移植计划的最终成功欣喜不已。福钧亲身考察了詹姆森的植物园，发现其在管理上存在的弊端：植株看上去肮脏不堪，长势很差，亩产量显然也很低。

两人走进詹姆森的平房并坐下，在那里，福钧直截了当地阐明了他对这一计划的看法。福钧表示，自己会将这些想法写进递交给东印度公司和加尔各答政府的报告中去。他对租用当地"印度地主"（这个词翻译过来的大意为"土地管理者",实际上是指一种小佃农)的土地供种茶之用的计划很是赞赏。尽管这一山区的土地是如此肥沃,但若不是詹姆森一心一意地促成租用计划的话,它们早就抛荒了。福钧发现,印度土著对茶叶种植方案持欣然接受的态度,这让他非常开心。"我很高兴地补充一句:当地居民并不是榆木脑袋,他们并不反对在这里的群山之中开拓茶场。"他在给詹姆森和东印度公司的信中写道。他还提到一件事:有个"印度地主"径直来找他,请求拨给他 2000 株茶树,这样他就可以马上开始种茶了。"当地的主管部门和头面人物必须表现得对这一计划饶有兴趣,这很重要。目前,这些土著居民尚不清楚茶叶所蕴含的经济价值。但他们就和小孩子一样好学,如果'先生们'热衷于此道的话,那他们会自觉自愿地去种茶。用不了几年,茶农所获得的经济效益就足以诱使当地掀起一股种茶热了。"

但福钧的观点并未获得多少人的认可,不少驻喜马拉雅山的公司职员对土地租赁计划以及一切把当地人培训为老练园丁的想法持反对态度。"很遗憾,我们本应预见到这种情况:把那些植物学的古典学名塞进那些印度籍园丁的脑子里,他们肯定会变成书呆子。还好那些印度斯坦语的学名也够解决问题了……如果这些可怜的印度园丁在用欧洲语言朗读那些植物学名的时候,连正确发音都做不到，那么他们又怎么能加以理解、应用呢？我们中某些植物学家的做法迂腐到有些不可思议的地步了。如果一个人热爱花卉的话，那么他自然会具备或者能够培养出崇尚简约、自然的品位。"一个同时代的人讥讽地写道。

不过，除了表态支持租赁"印度地主"土地这一方案外，福钧对身为主管的詹姆森在植物园的作物种植方面的某些安排提出严厉批评，特别是他对茶树的灌溉方式。他在中国的那 3 年中，还从未见过这种将树苗泡在大水之中的做法。他雇用的制茶师傅告诉他，只有种水稻的人才会这么做。尽管中国各个地区之间的种茶技艺有细微的差别，然而还没有一个茶农这样对待茶树，印度的季风气候所导致的强降雨再加上每年冰川融化所带来的径流足以灌饱这批山茶了。每来到一座实验性种植园，福钧都要去看看种在附近山谷之中的茶树，结果发现它们正在腐烂。福钧送来的头一批树种和树苗有一半——至少三分之一——因为错误的灌溉法而成了实验废品。

福钧在提交给东印度公司的报告中用大字体强调了这一做法的问题所在。

　　我已经注意到，位于喜马拉雅山上的那块种茶宝地的土壤本来就是湿润的，但并不会积水；我们必须牢牢记住的是：茶树并不是水生植物，它自从被发现时起，就是一种生长于半山之中的野生作物。如要确认这一点，只需再仔细注意一下如下事实：所有尽可能少给茶树浇水的喜马拉雅山种植园里的植株长势都一片良好。

事实上我可以毫不犹豫地说：在绝大多数情况下，给茶树浇水对植株本身所造成的危害是最大的。倘若不加灌溉，茶树就停止生长的话，显然说明了我们所租用的那片土地并不适合种植这一作物。

福钧后一批海运而来的沃德箱运抵萨哈兰普尔植物园的时候，箱中的茶树已是长势惊人。福钧在打开玻璃箱时做了一番统计：成活的植株总数不少于12838棵，处于萌芽状态的茶种就更多了——多到不计其数的地步。在福钧看来，这些茶树长得"郁郁葱葱、枝繁叶茂"，就像它们从未离开过老家的土地一般。这批树种和树苗意义非凡，它们象征着福钧在中国的岁月中所获得的最高成就。它们很幸运地躲过了水平低劣的园艺师和弄巧成拙的詹姆森的摧残。

事实证明，喜马拉雅山脉的环境很适合茶叶的生长，就连那先期种下的80株茶树——福钧头一批送来的树苗中的幸存者——现在都在苗壮成长着。当詹姆森和福钧坐在一起对茶叶进行估价的时候，这批外来的珍贵作物在头一季已经长到 4 英寸高了，"盛开的茶花密密麻麻地布满了枝头"。茶树与新家的土壤环境相处得很和谐，虽然它们并未长出大批嫩芽，但作为回报，一批优质的茶种正在形成。詹姆森汇报说：它们已经繁殖出数千个后代。

福钧现在可以理所当然地为自己的成就自豪了，同时他也默认：茶叶移植计划得以成功，詹姆森多少是立了些功的。"再怎么说，这么多植物园呈现一片欣欣向荣的景象就是最好的证明，这一结论是毋庸置疑的。"福钧在致上级的信中写道。

与此同时，那些中国来的制茶工人住进了"漂亮的小屋和植物园"。他们被告知他们将被打散，逐一分配到不同的植物园中去。尽管这一决定令这批新雇员惊愕不已，这些人终于被迫步了他们前任的后尘。中国工人们一致请求在自己身边留个同胞，这样他们可以有个聊天的伴儿，但当地政府要求每个茶场只能安置一名职业制茶师。即便如此，福钧还是觉得东印度公司已经尽可能地给予这批中国制茶师最好的待遇了，因为"公司所做的每一件事，都是为了让他们在这片陌生的土地上过得更惬意些"。

福钧动身离开喜马拉雅山的前一天早上，那群制茶师很早就起来了，洗了个澡，然后换上了他们最好的亚麻布长袍，这是他们参加庆典时的服装，平时一直存在衣箱中，只有到了诸如元旦和中秋节这种特定场合才拿出来穿。此

茶叶大盗

时正是黎明时分，有个比其他人都稍微年长、岁数与福钧相仿的人被推选为那队中国人的首领，那人走上前去，送给福钧一个小礼物以表示他们对后者的感激之情。福钧并未提及这件礼物是什么，但他觉得自己不能收下。他对工人们一再致谢，对他们的美德与慷慨表示赞赏。"我告诉他们，他们的这番心意让我非常高兴。"如果在感觉上更敏锐一点，他就会意识到假如他拒绝这份礼物，那就是对全体中国工人的羞辱，而他自己也会因此颜面大损。

不过，他依旧很希望能竭尽己能来帮助这些制茶师，因而那些人请求他替自己送信回国的时候，他很爽快地接过了那袋信件——都是些致妻子、父母、孩子的短笺。他允诺会将这些信件随身带到加尔各答，然后托付给一艘开往中国的蒸汽轮船。那些人的所有要求他都会答应，因为"自他们受雇之日起，直到我离开他们在喜马拉雅山的新居为止，他们从未让我有过哪怕生一丁点儿气的理由"。

福钧怀着沉重的心情告别了那些身在印度的中国工人。"坦白地说，与他们分别让我觉得很难过。"他觉得似乎是告别了自己在中国的全部旧日足迹，把自己过去3年奋斗的回忆一并留在了印度。

✳

最早一批茶叶作物在大吉岭上安家落户的确切日期为何时，在东印度公司的档案中并未找到相应的有力证据。根据英印政府的记载，在 19 世纪 50 年代初的某个时间段或者早在 1849 年——福钧刚开始为东印度公司的未来而奔波的时候，第一批茶种就已经出现在大吉岭山脉了。不过，考虑到福钧首次运回的茶种和树苗几乎尽数毁于一旦，因而那批茶种是不太可能被运往大吉岭的。大吉岭所贮藏的绿茶种子很可能来自生长于广州的茶树枝头——在 19 世纪 40 年代，均由萨哈兰普尔的实验性种植园供应。不过，在大吉岭上生根发芽的首批红茶树苗则毫无疑问是从福钧那批铺着泥土、埋着茶种的沃德箱中长出来的。

加尔各答、萨哈兰普尔和大吉岭之间进行植物贸易已是司空见惯。坎贝尔的导师、前任驻尼泊尔宫廷特使布莱恩·霍顿·霍奇森在退休后搬到大吉岭的山村居住，从而留在了这片次大陆。霍奇森也是个植物狩猎发烧友、一个业余博物学家，他一直在关注遍及整片喜马拉雅山脉的英国国家工业的进展，与东印度公司的植物学家也保持着密切联系。就在福钧所采集的茶种和树苗成功运抵印度的头一年内，这两位业余博物学家很可能一直在大吉岭辛勤耕耘着，他们不辞辛劳地对新运到的茶种进行细致的分类，而后送往这一地区。即使福钧的种子没有在第一季播种，在他旅行结束时，它们一定也已经被种在大吉岭了。

茶叶大盗

坎贝尔将福钧送来的茶种播撒于一座山丘的土壤表层，一大片空地之中——如有需要还可以再扩展，一行行茶树整齐有致地排列着。在大吉岭，还有许多这一类的实验性种植作物在生长着。棉花，甚至鸦片等可能为这一地区带来经济效益的作物均在坎贝尔的关注范围内。在接下来的 2 年时间内，福钧带来的茶叶作物陆续运抵印度西北部边境，其中一部分与其他具备潜在经济价值的苗木一道被发往坎贝尔处。

"坎贝尔博士用了 10 年时间来发展尚处于原始状态的英属锡金，起初它还是一片难以穿越的丛林地带，居住在此的是一些半开化、彼此间充满敌意的部落。之前从未与欧洲人有过任何接触。现在它已经成为一片欣欣向荣的欧洲 Sanatria［原文如此。——作者原注］和山地居住区、一座至关重要的国际部落集市、一个富庶的农业省份。"一篇颂词这样写道。

时至今日，大吉岭出产的红茶被誉为红茶中的香槟。由大吉岭红茶冲泡而成的饮料堪称茶中极品，它拥有最为芬芳扑鼻的花香、最为醇厚的口感，以及最为华丽的琥珀色。在拍卖会上，某些大吉岭红茶的拍卖价是可以创造世界纪录的。要想一口气买到一大堆初生的上等大吉岭红茶几乎是不可能的，它们甫一上市就被疯狂抢购。如果按中国人的说法，茶叶是大山凝结而成的精华，那么孕育出大吉岭红茶的山丘就是这个世界上的山中之王。

只用了短短一代人的时间，印度新生的喜马拉雅茶叶产业，无论在茶叶质量，还是在茶叶产量或是价位上都超过了中国的茶叶产业。与此同时，印度作为大英帝国产业链上的一环，其重要性与日俱增——倘若它始终是英国版图的一分子的话。

17

1852 年，恩菲尔德·洛克皇家
轻兵器工厂

在位于伦敦北部的恩菲尔德（RSAF Enfield）皇家轻
兵器工厂的大门背后，工程师和军械工人正在测试一种新
型武器，这种武器将应用于印度。正如科技发展令植物周
游世界变为现实，从而引发了农业技术领域的革命一样，
对兵器的改进也将改变军人的特性——结果令东印度公司
在印度建立的长期统治地位趋于瓦解。

长期以来，东印度公司的命运与对印度人民与资源的
紧密控制息息相关。它仗着自己在军事装备上的压倒性优
势，利用暴力手段实现了对全印度的完全控制。东印度公
司以驻印度的军队为后盾，成了整片次大陆至高无上的统
治者。这支军队由英国人控制，普通军人则由印度人组
成：26000 名欧洲人指挥着 20 万名印度土兵。"土兵"一
词源自印第语，原意为"士兵"，土兵中有伊斯兰教徒、
印度教徒、锡克教徒、基督教徒，绝大多数征募自印度社
会的上层阶级。处于这支军队控制下的版图辽阔如美利坚

合众国，上面生活着约 2.85 亿人。如果没有在这片版图上保持着这么一支私人军队的话，东印度公司根本无法随心所欲地统治印度，或是按其设想的那样将它变成英国的粮仓。

恩菲尔德兵工厂所进行的军械实验的结果是：一支被称为 1853 式或 P53 恩菲尔德步枪的新式步枪就此诞生。基于这一型号，步枪将按照同一种设计标准来制造，而这种标准化的设计将很快在全大英帝国通用。值得注意的是，P53 步枪将被发往印度，装备印度土兵军团。尽管中国人在公元 850 年左右就发明了黑火药，况且长期以来，世界各地普遍将其应用于火箭推进、臼炮炮弹和子弹制造之中，但枪械方面的相关技术历经几个世纪却并未有显著改进。英军所使用的枪械——棕贝丝，一种"滑膛式"的燧发枪——早在 19 世纪之交，在与拿破仑军队的交手中已完全处于下风，但直到 19 世纪 40 年代及 50 年代初，依旧为印度军队所普遍装备。

从 17 世纪起到 19 世纪初，击发步枪都需要让火苗或火星接触到装在封闭空间内的黑火药，使其爆炸产生膛压，将球形弹丸推向它唯一能去的方向——飞出枪口。这种武器的主要弱点在于装填弹药极其费时。每一次重新装弹都须经历多个步骤：士兵必须先倒出一定数量的药粉，再将一颗铅制弹丸以及一些柔软的填充物混合其中，再一股脑儿地从枪口倒进去。接下来用一根推弹杆将这些混合物压实，一直压到靠近扳机的枪管底部。然后用一块燧石击打装药后方的击铁，发出的火花穿过通往药室的小洞，从而引燃火药。药池里少量击发的火药将火焰传递给了枪膛内的火药。如此操作下来，一名经验丰富且训练有素的士兵每完成一次射击至少也要花上 15～20 秒钟。

就连在棕贝丝步枪广泛应用的时代，这种燧发枪也被认为是一种命中率和可靠性都很差的枪械。造成射击精准度方面的问题的根本原因是枪管和弹丸之间的间隙较大。由于棕贝丝步枪枪管在击发 1～2 次后往往会被黑火药的残留物堵塞，导致装填弹药的难度不断加大，因而枪管的口径被设计成比装填其中的、结构简单的圆形铅弹要大得多。但这也意味着一发燧发枪弹丸在枪管内部拥有巨大的环形活动空间，其结果是铅弹在从推进到最终出膛的过程中会不断地在枪管内跳动反弹、上下摆动。而爆炸时所产生的气体也会乘机从弹丸周围的缝隙中溢出，减弱了那股向前推进的力量。由于棕贝丝是一种滑膛枪，它的枪管里并无膛线，这同样会影响到它的命中率（膛线是一种刻于枪管内部的螺旋凹槽，促使子弹旋转着前进，这样弹道就会变得更加平直）。燧石击铁的点火装置同样与这一问题有些关系，因为这一装置一般能在正常状态下被击发，但时常由于受潮而致使点火失败——印度那从 6 月一直持续到 11 月的季风气候是这一弊病的罪魁祸首。

尽管有上述种种缺陷，但以那个年代的军事技术水准而言，棕贝丝步枪的性能算是相当不错的了。印度土兵在射击训练时排成行，队形纵深可能有 2 ~ 3 排，靶子在 50 ~ 65 码以外，一分钟内必须完成四轮射击。当一群士兵站成一排，朝着同一个大方向进行一次又一次的齐射时，他们手中枪械命中率的高低，或者是否能保证击发都只是次要问题了，关键问题在于子弹重新装填的速度。在己方射界内，肯定有人能击中某个目标。当遇到对面的敌军开始撤退或己方弹药不足的情况时，棕贝丝步枪那 17 英寸的刺刀足以促使己方在径直朝前冲锋时使用更为明确的攻击方式。150 年以来——贯穿整个东印度公司在南亚次大陆的光辉时代——印度土兵们用的都是这种武器，并用加农炮提供火力支援。

棕贝丝步枪被长期应用是不足为奇的：军人们在面临更换一种熟悉的、经过一定实验性技术测试的装备时有十足的理由持反对态度。因为实现标准化、尽可能不加以改动的装备对军队而言是最顺手的，逐步更新、改良兵器并非一件简单的事。但手枪、猎枪这样单兵装备的技术改进将进一步改变土兵的制式装备性能，令其命中率更高，可靠性更强，比以往也更为致命。

改进棕贝丝步枪性能的诀窍在于设计出一种能够与线

膛步枪枪管内的凹槽嵌合的子弹，同时这种子弹还须具备
装填迅速、便捷的优点。恩菲尔德兵工厂的一位名叫理查
德·普利切特（Richard Pritchett）的设计师认为一种法国
产的子弹可能有助于克服棕贝丝步枪的这些缺点，也符合
上述要求。

法国制米尼弹在外观上更贴近现代的子弹：大致为圆
柱形，但弹头为圆形，底部则有空腔。当步枪击发时，气
体膨胀产生的压力开始作用于米尼弹底部，迫使底部发生
膨胀，将枪管填满，从而促使子弹紧贴膛线的螺旋凹槽。

起初，普利切特的测试实验在恩菲尔德轻兵器工厂内
部得到了积极响应。鉴于棕贝丝步枪在一名经验丰富的士
兵手中可以击中 60 码远的目标，新式步枪的精确度应达
到 600 码。但枪手在使用该型号子弹的时候，仍须经历多
个步骤才能完成装填程序，因为这种子弹并未配备其独有
的外壳、发射药及底火药。此外，由于子弹和枪管之间是
紧密贴合的，枪管内必须时时涂抹油脂，这样子弹方能顺
畅地穿过枪膛，推进底部，紧贴火药。为了更便于装填，
子弹平时是包裹在一种纸质的"弹药包"内的，纸包内
部也装有定量的黑火药，在外壳上涂有油脂，以缓解进入
枪管时的阻力。士兵们在用这些弹药包进行装填时须遵守
一套严谨而规范的步骤。

就武器性能而言，恩菲尔德 P53 步枪几乎处处优于棕

贝丝，甚至可能更适应印度的环境——如果东印度公司在其统治期间能对当地的民俗更上心一点的话。

东印度公司发给各排的操练手册上规定了使用 P53 步枪装填弹药的正确步骤，其过程与印度土兵装填棕贝丝步枪弹药时有所不同。听到第一声"准备装弹"的号令时，土兵必须立刻将自己的枪置于自己身前 6 英寸处，枪托抵住地面。按照训练手册的介绍：当"装弹"号令声一下，"首先——将弹药包塞进嘴里，用食指和拇指捏住它，同时弹丸必须握于手中，而后咬开子弹底部；肘部必须紧贴身体……"这套标准程序中的"咬开弹壳"的步骤是所有步骤中极为重要的一步，以至于整套装弹标准程序都已被人遗忘后，这一短语（指将"咬开弹壳"视为一句短语。——译者注）依旧存在了很久。当弹药包和子弹依旧为土兵咬在嘴里的时候，他得撕开纸包，倒出里头的药粉，再将药粉倒进枪口，随后将子弹和涂油的包装纸（这里是起到前述的柔软填充物的作用）一起推进枪管后部，向下一直推至触及先前倒入的药粉为止。

在弹药的包装纸上涂油是为了让枪管在再度射击时能继续保持润滑。由于弹药的库存时间可能将长达 3 年之久，这样做也是为了保护纸包内的黑火药，使它免受印度那潮湿、多变的气候的侵袭。如此一来，一种优质、可靠的油脂应用就成了新式 P53 步枪的操作流程中必不可少的部分了。

所用油脂是由东印度公司挑选的，同时满足造价低廉和广泛应用这两个条件，最终确定的配方中混合了牛油和猪肉脂肪的成分。

如果要找出英国军官对自己属下的印度土兵持漠不关心态度的证明的话，那再也没有比他们对枪支润滑剂成分的选择更适合的例子了。对于来自印度北部的穆斯林土兵而言，猪肉是"违背教义"的禁品；而在当时，没有一个高种姓的印度人会去触碰一头死去的牛，更别提将牛肉放进嘴里了。可以说，P53步枪弹药包上的动物脂肪是对每一个被命令使用这种弹药包的印度土兵的宗教信仰的玷污和侮辱。

恩菲尔德步枪最终被投入应用，在1856年作为一种制式装备配给驻印军队。东印度公司首先对自己的步兵师及火枪师进行训练，土兵们以团和小分队为单位被派遣到各种各样的军火库和兵站，学习如何使用这种新式武器。

当土兵们接触到这种新型弹药包后，谣言开始到处流传。人们纷纷传说恩菲尔德步枪的应用是东印度公司一个惊天阴谋的一部分：通过玷污他们的信仰来达到让他们改信基督教的目的，这样土兵们将被迫放弃他们高种姓的社会地位。英国已统治印度达几个世纪之久，在愤怒的印度土兵看来，这一阴谋实施的可能性极大。

据说在 1 月份的一天，在临近加尔各答的达姆军火库，一位高种姓出身的婆罗门士兵以自己社会地位高贵为由，拒绝与一个贱民出身的军队杂役从同一个水壶中舀水喝，那个杂役对他说："Saheb-logue（欧洲人）会让你去啃咬浸透了牛脂和猪油的弹药包的，然后你还配得上你那老爷般的高贵种姓吗?"

1857 年，从冬天到春天，关于那令人堕落的弹药包的新闻无时无刻地传播着。5 月 9 日，第三孟加拉轻骑兵团的士兵们断然拒绝执行将弹药包塞进嘴里再装填的命令。反抗者当场被军事法庭逮捕审判，并被处以异常严厉的重刑：10 年监禁附加 10 年苦役。该团的其他士兵在午后的烈日下整整站了 2 个小时的岗；与此同时，军官们将那些抗命的士兵剥去制服，戴上脚镣，强迫他们赤身裸体地在密拉特军镇（Meerut）穿行、游街。这种做法就连当地的妓女都觉得恶心，打那以后她们拒绝为该团的任何一名成员提供性服务。"我们的亲吻不是给那些胆小鬼的。"一个女子说。

当晚，另外几个由士兵组成的步兵和骑兵团自行解散，并攻击了各自的军官。起义土兵们将那 85 名抗命者从监狱里解救了出来，承认他们为本民族的英雄。随后，他们纵火焚烧了东印度公司的平房和办公场所，残杀了他们所看到的每一个欧洲人。

骑兵团撤回德里（Delhi），在未来的半年内，暴动的烈火将席卷整个印度。

P53 恩菲尔德步枪成了这场巨大浩劫的导火索：永无休止的谋杀、围攻、暴行和镇压；无论是女人还是孩子，印度人还是英国人，都逃不过被屠杀的命运，城市被洗劫，无辜平民惨遭土兵枪杀。英国人将 1857 年夏天所发生的惨事称作印度土兵哗变；巴基斯坦人和印度人则将其称为第一次独立战争。无论对这次事件如何定义，它的血腥程度都是史无前例的，并对东印度公司的存在造成了严重威胁。

＊

炎热的春天过去了，暴动的枪炮声仍在继续。在印度北部的坎普尔镇（Kanpur）（1947 年以前它被称为"Cawnpore"），一个叫那那·萨希布（Nana Sahib）的前土邦王公将暴动推向了可怕的最高峰。东印度公司最近根据"无嗣失权法"——假若一个印度土邦王公没能拥有一名合法的继承人的话，那他就得被劝说将自己的土邦"奉献"给东印度公司——废除了那那·萨希布的王公地位。

当时有 300 名英军官兵，连同他们的老婆孩子一道被困在坎普尔的军营之中，食物已告罄，水也只剩很少一点儿了。那那·萨希布挺身而出，给英国人提供了一条安全的通道：顺游而下，直达一座仍在东印度公司掌控中的城市。

由于饥饿、脱水和疾病的侵袭，那批英国人中约有200人已经死去。幸存者接受了那那·萨希布的好意。然而，就在他们安全登船之际，土著船员们点燃了茅草制成的船篷，然后猛地跳进水中。与此同时，河岸边隐伏的步枪手一齐开火。只有4名英国人因跳水泅生，得以安全地抵达下游。

印度人将那些躲过了发生在船上的大屠杀事件的英国人赶到一起，成群结队地将他们驱逐进一座开放式庭院，全部射杀。一些妇女和儿童暂时得以幸免；其中一些人被拖走，并惨遭强奸。

英国方面派出了一支救援队，但等他们赶到，为时已晚；士兵们已经在那座庭院内屠杀了所有幸存的妇女和儿童。"庭院的地面、走廊和一些房间鲜血四溅，血迹斑斑的孩童的手、脚，妇女的衣裙，帽子，圣经，结婚证书等，散落得到处都是。"一名目击证人写道。

那那·萨希布，坎普尔的屠夫，据说"阅读着巴尔扎克的小说，弹奏着肖邦的钢琴曲，慵懒地躺在一张沙发床上，享受着美丽动人的克什米尔女郎的扇凉，偶尔让人用长矛把烤熟了的英国小孩挑着带进来，然后戴上夹鼻眼镜，检查一番"。一名新闻记者在之后的报道中写道。

当英军开到时，他们手持皮鞭，威吓式地命令每个叛乱者用手将污血擦拭干净，或者用舌头舔干净。如果触摸一头神圣或者禁忌的动物对印度男人来说是一种耻辱的话，那么让他们触碰人血就是莫大的羞辱了。

"我想让这些印度土人看到，我们对这一罪行施加的惩罚手段是最严厉、最令他们反感的……"一名负责此事的英国军官写道。等每个"罪犯"将由他负责的遇难者遗体和大屠杀的痕迹清理完毕后，他马上就会被绞死。

英国人所展示出来的冷血程度不亚于那帮暴动者。9月，东印度公司的武装部队攻进德里，屠杀了他们所找到的每一个人——不只是那些反抗英国统治的作战人员。英军残忍地杀死了大批手无寸铁的平民，仅在一处邻近地区就杀死大约 400 名男子。

"这简直是惨无人道的谋杀行为，"一名见证了在德里对印度人的大屠杀的军官写道，"近来我看到了许许多多血淋淋的恐怖景象，但我真心实意地向上帝祈祷：如同我昨天所经历的那一幕永远不要在我眼前重演。女人们免于一死，但她们尖叫着，亲眼看着她们的丈夫和儿子被屠杀，人生最大的惨痛莫过于此。"

这场内战导致与东印度公司勾结并作为其控制印度的代理人的莫卧儿皇帝的统治生涯就此终结。末代皇帝巴哈杜尔·沙（Bahadur Shah）在流放生涯中写道：

现在，我的生命黯淡无光，

对于我的内心和双目，我无以慰藉。

尘再度归尘，

我再也不能为任何人做什么了。

德里，曾经的伊甸园。

爱统治着那里，主宰着那里。

但迷人的它现在为谎言所玷污了。

那里，只剩下一片废墟。

　　当起义最终被镇压下去时，议会取消了东印度公司的特权，撤销了颁发给它的特许状。随着大笔一挥，东印度公司就此不复存在。打那以后，次大陆由英国王室直接管辖。维多利亚女王成了印度的君主。

　　在东印度公司存在的 250 多年中，它积累了堪与查理曼大帝（Charlemagne）匹敌的庞大财富，创造了一个日不落帝国的神话。它是有史以来首个全球跨国公司和最为庞大的股份制有限公司。现在，这个庞然大物在一个意义非凡的任务——和平统治印度——面前轰然崩塌，无论其在印度创立的茶叶种植产业的相关构思有多么巧妙，其潜在的经济价值有多么惊人，都无法将"可敬的东印度公司"从濒临倒闭的境地中拯救出来。

18

维多利亚时代的茶叶

当中国人意识到福钧从他们手中窃走了一件无价之宝的时候，已经为时太晚，无法挽回他们的损失了。福钧盗窃得手，促使茶叶以更为低廉的价格传播到世界各地。他令这件奢侈品彻底平民化，从此以后，全世界都得以享受茶叶的芬芳了。

茶叶已经和糖、咖啡、烟草、鸦片一样，跻身世界产量最高、销路最广的日用品行列。尽管茶叶并非工业革命的诱因，但它在英国广受欢迎；随着印度新式茶叶的出现，购茶变得越来越方便，大大推动了英国的工业化进程。

这类全球性日用商品被认为是一种经济发展的动力，以茶为例，售价 1 英镑的茶叶，其采摘时所花费的人工成本只有 1 便士，而且行销世界各地。它通过销售链条上的每一环，从山中的农场到英国人的住宅，重新分配了这个世界的利益。通过茶叶这种普普通通的药用商品，中国的劳工开始与美国的商人、广州的帕西银行家打起了交道，开始与伦敦的金融家以及正享用早餐的曼彻斯特妇女、儿童有了交集。

茶叶也彻底改变了英国的资本和经济体系，其影响力通过英国在远东的商贸网络迅速扩散。当大英帝国的魔爪伸到包括诸如缅甸、锡兰、东非以及其他适于种茶的地区时，茶叶就变成了英国进行殖民扩张的工具。先前上述地区被认为除了枯萎的热带雨林外，别无他物，但现在英国利用茶叶种植得以在这些地方建立产业经济。茶叶的影响力还蔓延到了加勒比海和南太平洋的殖民地区，在那里，它有助于满足英国人对糖的需求。与东方的贸易成就了英国经济的飞速发展，确立了近两个世纪以来英镑在全球经济中无与伦比的影响力，还没有一个人口稀疏、以农业经济为主的岛国能以别的方式取得这一非凡成就。

中国在世界舞台上的角色亦因茶叶而改变。茶叶贸易起源于繁华的、被实施殖民统治的城市香港——现在这座城市再次回到了中国的怀抱——它也是东方的商业中心。有人认为，如果由一系列茶叶贸易所导致的革命没有打断中国大陆大约一个世纪的发展进程，那么现在的整个中国在世界上的角色可能更类似于香港。在华外国势力的存在，再加上茶叶和鸦片贸易所引发的巨大浩劫，使得大清王朝的皇权遭到严重削弱。大清王朝的没落引发了一连串的历史演变：先是国民党崛起，最后为中国共产党所取代，当所有的历史大戏尘埃落定后，便成了今天的海峡两岸远远相隔的局面。没人能合理地论证出，这一幕幕历史演变都只是因那些茶叶而起的；但同样没人会忽视，正是外国势力对这种充满中国风情的日用商品的渴求，才迫使中国向西方开放门户，进而导致了这个自给自足的封建帝国的没落。

除了引发了一系列地缘政治后果外，茶叶贸易几乎左右着地缘经济的每一个环节。

运输

到了 19 世纪 50 年代，在同等情况下，从中国前往伦敦比起十几年前要快上一个月，茶叶货运方面的竞争令航运时间大为缩短。出于贩运茶叶的需要，最为敏捷轻便的货船出现在海面上；它们的速度在当时是无与伦比的。

茶叶贸易兴起之初的 200 年间，只有东印度公司拥有在远东从事商业活动的特权，因而当时从英国出发前往中国的货船全都隶属于东印度公司。那些被称为"东印度人"的船只简直是些慢吞吞的浮动仓库。这些"海上茶叶货车"在泰晤士河和广州之间来来回回。新采下的茶叶要在海上漂浮 9 个月——有时要整整 1 年——才能出现在民辛巷拍卖行的大厅里。这就意味着即使船上

装载的是花白毫和毛尖这样的极品好茶，其质量上的优势在抵达英国后也必定荡然无存。尽管旅行家和商人的报告已经指出："初摘茶"一眼看上去就是制作茶饮的最佳选择，但英国人从未得到过真正的"新品茶叶"。当时或许只有为数不多的几名伦敦品茶师曾注意到茶叶质量的下降，那些吃茶叶商贸饭的人们清楚：这方面有很大的提高空间，只要有人愿意出高价收购那些优质的新鲜茶叶就行。但当时的茶叶生意为东印度公司所垄断，没有了竞争，也就无人愿意冒险完成在一季之间将茶叶从中国的半山腰带到英国拍卖桌上的壮举。在缺乏变革动力的前提下，英国茶叶的质量长期得不到改善也就不足为怪了。

19 世纪的时光见证了造船工艺方面的突飞猛进。当英国于 1815 年击败了拿破仑帝国后，战争所带来的压力随之消失，他们不再需要那些武装到牙齿、自给自足到可以在海里漂上老长一段时间而不需靠岸的老式英国战舰了。在和平年代里，船体变得更长，外表变得更光滑，航速也变得更快了。

东印度公司垄断对华贸易的局面于 1834 年终结，新的贸易公司一个接一个地涌现，它们纷纷要求从这块大蛋糕上分走一块——这些商界新贵的名头在东方依旧备受尊敬：太古集团、渣甸集团以及马西森集团（后两者合并后即是著名的怡和洋行。——译者注）。这些商行为了抢占利润丰厚的茶叶贸易市场，而向东印度公司发起挑战，后者就像它名下的船只一样，笨重臃肿、效率低下。竞争越来越激烈，这为结构更为精密、速度更快的高桅帆船的出现创造了新的原动力。

1849 年，《不列颠航海条例》（British Navigation Laws）的撤销使得美国造船只得以在中国出入，美国人终于可以直接在英国码头卸下一箱箱中国茶叶了——他们的卸货时间还能比英国造船只提前几周。美国舰船是以 1812 年战争中出现的快速私掠船的流线式船体为蓝本而设计的，这种船往返纽约和广州之间只需不到 100 天时间。出于对航速的渴求，英国的船舶设计师们又重坐到制图板前：他们削减了船头，将船体设计得更窄，让桅杆倾斜化，用这些新创意朝波士顿最好的舰船工程师叫板。

短短 20 年时间内，在上述三大因素——拿破仑战争的结束、东印度公司对华贸易垄断时代的终结，以及美国船舶开始进入中国——的共同作用下，舰船航速方面有了革命性的突破，茶叶航运的时间成本也大为缩短。新式舰船被命名为茶叶快船，只要看到那修长低矮的船身，鱼头形状、好似竖起的刀刃般垂立于水面之上的船头，便能立刻认出它来。这是一种横帆三桅船，"在每一个海员的心目中，它都是一位无瑕的美人。"当时的一位船长评论道。

随着运茶快船的出现，茶叶贸易也变成了一种广受欢迎的体育运动。每当东方舰队的第一艘斜桅帆船出现在英吉利海峡的海平面上的时候，伦敦市登时万人空巷，大家一齐拥到泰晤士河畔，驻足观赏一年一度的运茶比赛。期盼装载着刚采摘下来的新品茶叶的中国快速帆船的到来。竞赛开始了，一路上，一直到伦敦的每一个海岬上，充当信号的火焰都在熊熊燃烧着。投注开始了，赌徒的手气取决于第一个从帆船舷缘投下的茶叶板条箱在码头上落地的一刹那，英国人对这一竞赛的热情不亚于对赛马结果的关注。

运茶快船如今依旧是这个世界上最快的帆船，某种程度上是因为这种帆船是工程学和人类进取精神的结晶，而另一部分原因则是人们再也不需要那种体积大、速度快的帆船了。与远东的贸易所获利润实在太丰厚了，法国人眼红之下，开始动手开凿苏伊士运河。尽管快速帆船是根本无法在运河河道通行的——它们实在禁受不起红海海面上大风的考验，然而蒸汽轮船却能够以比帆船快一倍的速度抵达中国。由于沿途的燃料补给站选址布局合理，乘船前往中国和印度比以往变得更容易了。到了1869年，随着苏伊士运河开凿完成，因茶叶运输业而生的航海技术革新全都成了历史。野心勃勃的英国商船船队已经不再需要变化无常的风来驱动，它们可以用可靠而稳定的煤作燃料。

生产

茶叶的分量很轻，这决定了运茶商船要用压舱物来保证行驶途中的平稳；在茶叶贸易刚刚兴起之时，大部分时候，压舱物都是由蓝白色的中国瓷器来充当的。尽管商人们对这种商品的估价往往偏低——那些人更喜欢丝绸那样利润巨大的日用品，但人们一致认为，当瓷器填充在装茶叶的板条箱的夹层空间时，它起到的作用与那些"压舱铁"是一样的；而当瓷器沿着船体和龙骨排成一线的时候，还能起到附加效果——可以有效防止船舱漏水。运送茶叶一类的奢侈品风险很大：它们的质量很容易因为浸水而受损，价格也随之下跌，而一艘船在海上航行也就意味着它一直冒着损失金钱的风险，因而可以说瓷器的存在分担了这一风险。瓷器还能挡住船舱底部的污水，从而对那些利润更高的货物起到保护作用。

茶叶消费者群体的不断扩大带动了英国瓷器工业的发展，它也成为第一批享受到 19 世纪机械创新成果的行业之一。在 18 世纪以前，尚无一家欧洲工厂能制造出能盛开水的陶瓷茶杯。

由于欧洲出产的黏土缺少瓷土所需的必要元素，因而欧洲黏土无法像中国黏土那样用于制作茶杯。中国的瓷器是利用高温烧制的，表面覆盖着一层坚固透明的釉，所以具备低廉、耐用的特点。而欧洲的黏土则是在低温环境下烘烤，它们只能覆盖多孔的釉料，这样制成的瓷器更容易破裂。

对更为坚固耐用的瓷器的追求，在英国引发了一场工业竞赛。英国的制造商们能生产出质地更坚硬、价格更便宜的餐具来吗？长期以来，英国工厂车间里造出来的瓷器又笨重，又粗糙，又易碎，但它有个优点：运输成本较低，因而在价格上还是能够和中国瓷器较量一番的。大约到了1750年的时候，欧洲工厂终于刺探到了瓷器制造工艺的秘诀，借助当时英国工业向机械化转型的契机，一项新的产业随之诞生〔具有讽刺意味的是，约西亚·韦奇伍德（Josiah Wedgwood），最早一批使用瓷器改良工艺的陶艺家之一，可以算是与罗伯特·福钧同一时代的博物学家查尔斯·达尔文的爷爷辈人物〕。

茶叶贸易在依托瓷器贸易发展的同时，也引发了一场对"异国"之地——中国和东方——的探索热潮。带有浓郁中国艺术风格的图像——垂柳和高耸的宝塔，以及身着长袍、举止娴静的妇人——以印在邮票上或画于进口茶杯的两侧的方式而在西方广为流传。这种充满东方浪漫风情的艺术品对大英帝国战略目标的实现大有帮助。它展现了一个未知世界的美好形象，创造出一种优雅迷人的氛围，取代了西方人先前的想法：出国前往东方的旅途是可怕而危险莫测的。贫困所带来的巨大灾难，伴随着疾病和混乱正在一点一点地摧毁英国。城市化进程蚕食着农村地区，原先的农村居民现在正在工厂里劳作，呼吸的是被烟尘污染的雾气，住的是拥挤的廉价公寓，然而那些在瓷器上随处可见的图像向他们描述了一个更为宽广、庞大、怡人的世界。这是一个充满商机和希望的世界，一个大不列颠帝国可以征服的世界。

英国人的生活

正如可敬的东印度公司所预言的那般，印度的茶叶种植产业借着茶税的取消和航运技术的发展这两大有利因素而迅速繁荣起来。随着东印度公司一家独霸的历史的终结，茶叶贸易的竞争也日趋白热化，这导致了茶叶价格的全面下跌。茶叶越来越便宜，也意味着那些黑心茶商觉得既没必要再将其他植物混杂在茶叶包装袋之中，也不用再用危险的化学品对茶叶进行加工，因而茶叶的质量有所改善。尽管此前英国全民饮茶的风气已经整整持续了一个多世纪，但茶价的便宜化对于这个城市化进展迅速的国度而言仍不啻为一个福音。

很久以来，人口统计学者和医师们就已经注意到随着饮茶习惯的日益大众化，死亡率在不断下降。随着 18 世纪和 19 世纪城市化进程的不断发展，污染程度越发严重，疾病传播率也随之上升。霍乱这个恶魔在印度次大陆上肆虐已久，它的魔爪于 19 世纪 30 年代第一次伸到了英国大陆，当时几个水手饮用了船上水桶中的水，而这些水桶是在印度被灌满的，这些水手因此感染上了霍乱病菌。而他们回到船只所在的母港时，这种致命的病菌开始通过当地的下水道到处传播。到了 19 世纪中叶，霍乱这一传染病已经几次三番地夺去了数以万计的伦敦市民的生命；单单 1848～1849 年的那次大暴发就导致 5 万人丧生——这 5 万人无一例外都是因喝了不干净的水而染病的。

在英国这样的国家，比起用热水而不是用开水冲泡的咖啡，茶叶更受人们的欢迎，这种饮用习惯直接给他们的健康状况带来了好处，因为将水煮沸可以杀死水中那些在近距离传播病菌的微生物。由于伦敦的人口密度庞大，且缺乏有效的排污系统，即使在正常情况下，伦敦市民的饮用水也是非常不卫生的。在传染病这个维多利亚时代全球经济产物的反复侵袭下，一个喝茶民族的生存概率比一个喝咖啡民族的要大。

对于帝国的宏伟战略而言，茶叶同样是上天的恩赐。

它成了英国军队配给标准的一部分，由当地人组成的英属殖民地军队同样享受这一福利。当英军在热带丛林中困苦不堪地行军，寻找着帝国边界的时候，喝上一杯茶就能让他们身心放松，与此同时，还能预防水源性传染疾病。

如前所述，糖类是大英帝国那错综复杂的经济中另一种必不可少的日用品，它产自新大陆中仍由女王陛下统治的几片殖民地：巴巴多斯（Barbados）、牙买加（Jamaica）和维尔京群岛（Virgin Islands）。在英国，糖类已经过剩了，而茶饮的普及让糖有了新的伴侣。

加糖的茶饮为大不列颠人提供了便捷的热量来源。英国的城市化进程意味着穷人们已经难以吃到农产品，而茶叶本身并不含有营养价值，喝茶时可以在里面掺上牛奶、蛋白质和糖，这样一杯茶就变成一份廉价而营养丰富的能量来源了。

在饮茶之风还未盛行的年代，工厂里的工人们所摄取的大部分卡路里来自啤酒和麦芽酒，这种习惯造就了一批不理想的劳动力。在工业化之前，工人们的劳作方式以手工为主，因而喝点啤酒是可以容忍的，但这就给英国经济的工业化领域——这一行业需要较为精细的劳动技巧——带来一个严重问题：曼彻斯特纺织工业的主要设备为飞速运转的纺纱机和纺织针，而让一个醉醺醺的工人去操作它们实在是件很危险的事。但大不列颠人如果在周末喝的是加糖的茶，吃的是面包和肉的话，那么他们既可以获得所需的所有热量，又不必冒喝醉的风险。毫无疑问，茶叶有提神的作用。它能让工人们集中精力，有助于让他们全神贯注地完成那些艰巨的工作。

像酒精这样的发酵饮料有清除寄生虫、将卡路里以液体形式加入日常饮食中的优点，但到了 18 世纪初，啤酒生产要耗去英国将近一半的小麦收成。对于英国国内的农业而言，同时保证迅速增长的人口的粮食供应和啤酒供应是件不可能完成的任务。要养活每一张工业化时代新增的嘴，现有的农场完全不够。这样只能另辟蹊径，从英伦三岛以外的地方，从帝国那无边无际的领土中寻找外来的热量供应源。对食物的追求总会塑造社会的发展进程，在维多利亚帝国时代，我们的现代全球工业化食物链形成之初，掺了牛奶和糖的茶满足了英国对廉价营养品不断增长的需求。

诸如法国和德国那样继续选择酒精作为主要饮料的欧洲国家，在工业化进程方面落后英国达 15 年之久。

以茶代酒还有别的好处，特别是对年轻人而言。怀孕期间的妇女如果不喝酒，而选择喝茶的话，婴幼儿群体的健康状况就会发生显著改善。茶叶中也含有抗菌的酚类，它们是可以起到天然杀菌作用的植物类化学物质。在英国，婴儿诞生的头一年一般是用母乳喂养的，因此妈妈们以茶代酒也就意味着英国的婴儿们将不再受到酒精的影响。饮茶习惯的流行不仅降低了婴儿死亡率，在需要更多劳动人口的工业化时代也提高了人类的免疫力。

到了 19 世纪中叶，"以茶待客"现象的出现首次标志着饮茶这一仪式化行为已在英国社会牢牢扎根。下午茶起初是英国上流社会的一项礼仪，随着茶叶价格的逐步走低，这一生活方式开始成为英国社会的普遍习俗。下午茶时间是一段享受的时光，是拜亲访友的时光，是午餐和晚餐之间的闲谈时光。茶叶是工业革命的助推器，创造了足够多的剩余资本的英国人终于可以好好享受他们那些殷实的劳动成果了。

时至今日，在西方似乎有一项新的、每日公布成果的科学研究：检验喝茶对健康带来的益处——从茶叶的抗氧化功能和抗癌功能入手，推断出它在缓解糖尿病症状、提高新陈代谢速率，以及降低发胖所带来的风险或提高免疫系统功能方面所起到的作用。尽管这一类结论尚需进一步的科学研究来证实，但随便哪一个普通的茶叶消费者都可以证明：喝茶可以提高精神警觉性和短期记忆力，也能舒缓压力。专家将茶叶当作一种具有暂缓疲劳、放松身心、改善健康以及延年益寿效果的灵丹妙药，并从这些方面去研究它。

英国在印度进行的伟大的茶叶种植试验获得了巨大的

成功，现在越来越多的人可以花更少的钱喝更多的茶饮。福钧窃走中国商业机密后不到 20 年，茶叶贸易的重心就从中国转移到了英国的版图内。当一个单一物种被移植到它的故土之外的时候，这个世界也随之发生了永恒的变化。

19

福钧的故事

为了给福钧的个人传记画上个句号，让我们想象一下在 19 世纪 70 年代的某个时间段，克佑区植物园的某一天发生了些什么。

年已六旬的福钧乘船顺着泰晤士河一路往南，来到了这座植物园，朝他的植物学家朋友和同僚们表示自己的敬意——这些人中有克佑区植物园现任主管、曾与阿尔奇巴德·坎贝尔一道被锡金王公投入监狱的约瑟夫·胡克。他是引发当前科学界激烈争论的博物学家查尔斯·达尔文的密友。福钧此行的气氛是欢快愉悦的，他与其他植物学家聊了聊新的科研成果，分享了关于过去窘境的回忆，他终于将自己当成了那些人中的一员。

由于福钧生性沉默寡言，且多年以来已习惯独来独往，因而在用过茶点后婉言谢绝了参加其他植物学家所举办的盛会的邀请，他踱着悠闲的步子，穿行于这座精致的植物园中。它曾被英国皇室当作娱乐场所，但现在，公正地说，它是一座孕育科学成果的温室。

福钧走进一座巨大的、宏伟壮观的温室——棕榈温室，它坐落于山上。克佑区植物园的第一任主管，现任主管的父亲，也是福钧的前任上司，威廉姆·杰克逊·胡克（William Jackson Hooker）为了容纳棕榈树——温室即以这种参天大树而命名——而设计了这座足有 66 英尺高的温室。这座建筑一举成为克佑区植物园的焦点。这种巨型热带植物可以一直长到与天花板一般高。这座棕榈温室利用的是沃德箱的基本工作原理，因此是全玻璃结构，它的设计原理则是取材于新型的造船工艺，温室看上去就是一具倒过来的玻璃质船壳。一些小玩意儿在棕榈树干之间时隐时现，那是帝国皇家热带科学考察项目进一步深入热带地区所获的成果：香料、水果、木材、纤维、香水、中草药，都是以前的植物猎人的战利品。

福钧开始在植物园某处徘徊，那里一定有他最喜欢的中国宝塔。宝塔于 1761 年奉一位王太妃之命而建，当时在英伦三岛，对所有富有异国情调的玩意儿的追求正成为一种时尚。装饰艺术中蕴含的中国元素令中国风刮遍整个英国：托马斯·齐本德尔（Thomas Chippendale，英国著名家具设计师）所设计的家具体现着中国情调，丝织品体现着中国情调，精美的瓷器体现着中国情调，用英国红砖盖起来的克佑区宝塔更体现着中国情调。福钧所看到的一切都让他想起了中国，这座宝塔尤甚。望着它，他就回想起了在中国旅行的漫长岁月，那个遥远国度的影像在10年之后依然时时萦绕在福钧的脑海之中。

✳

说实话，我们手中并没有关于福钧这次拜访克佑区植物园的过程或这次访问具体发生在何时的相应记录。我们所了解的福钧冒险经历的资料来自他在中国、印度和日本所出版的作品，以及那些尽职尽责、令人敬佩的无名东印度公司职员所保存的丰富记录。尽管在印度暴乱发生后，东印度公司的特许状被撤销，大批公司档案也随之被销毁，不过谢天谢地，大英图书馆还是提供了大量相关文件。然而，福钧的私人文件还是一份也没有保存下来，除了那些发给他人的信件，如致克佑区植物园主管约瑟夫·胡克的信。

在第一次中国冒险结束后，福钧回家与妻儿团聚——但时光非常短暂。在东印度公司再度发出召唤之前，他几乎没时间去撰写自己的回忆录，去重新熟悉自己的亲人，去关心一下孩子的健康，去给妻子的腹中留下个小生命。

福钧发现了绿茶染色剂的秘密，也改变了英国公众的口味。中国人使用化学物质绿化出口绿茶的行为在1851年世博会上被公之于众，这一事件是一个历史转折点：大不列颠的国民们现在开始想喝红茶了，而且只想喝红茶。

然而，他对化学染料的发现在改变了英国公众口味的同时，也改变了自己的命运。他又一次——第三次——被派到中国去了，这一次东印度公司的指令很明确：把几个红茶专家弄到印度来。

福钧最后一次来华还肩负着别的使命：当他摇身一变干起毒品走私勾当的时候，他就成了一名另类间谍。当英国人策划着窃取中国的茶种和茶叶技术，并用于建立属于他们的茶叶商业帝国的时候，中国人同样在密谋着获取英国人的植物机密：他们的计划是在国内发展鸦片种植业，以与英属印度——巴特那（Patna）——鸦片种植业相抗衡。正如茶叶可以在喜马拉雅山脉的另一侧找到自己的第二个家园一样，罂粟——提炼鸦片的美丽花朵——同样也可以被移植到中国那些郁郁葱葱、连绵起伏的山丘上。

在第一次鸦片战争后的许多年里，尽管英国已经赢得了在华从事鸦片贸易的权利，然而中国国内出产的鸦片却一直在挤压进口鸦片的贸易生存空间。中国人绞尽脑汁来压低本土鸦片的价格以在市场上立足。东印度公司，这家濒临灭亡的跨国公司还想做最后的挣扎，它害怕中国本土制造的鸦片总有一天会将它的生意彻底排挤出这片利润丰厚的市场。这就是为什么这样一位闻名遐迩的园艺学家会来华从事地下间谍活动，还有什么办法比扩大福钧的职责范围，让他替东印度公司尽可能多地获取中国新兴鸦片种植业的相关信息更简单？

福钧在这一风险十足的任务结束后，回来向东印度公司汇报。他最终还是得到了极具价值的战利品：

> 两株干燥的罂粟标本，这是制作中国鸦片的原材料。
>
> 一把当地人用于采集罂粟种子的鸦片刀。
>
> 一个包着一些罂粟种子的纸包。

"我送来的这些种子和样本将是通往事实真相的途径……彼此间（印度罂粟和中国罂粟品种之间）的差异何在，以及这些差异是否说明印度和中国鸦片彼此在质量上也存在着差异。"福钧在给东印度公司的信中写道。在印度的植物学家立刻对这两种罂粟之间存在的具体不同之处进行了研究。但在福钧那些广受欢迎、学术性很浓的出版作品中，丝毫没有提及他在中国从事鸦片调研的经历。

当印度士兵暴动彻底终结了东印度公司后，福钧又为自己找了个临时雇主：美利坚合众国政府。直到那时，他声名尚可，而他的成就已被广为传颂。他是印度茶叶种植业之父，美国政府希望能从这座潜在的金矿中分一杯羹。自波士顿倾茶事件（当时英国王室对北美殖民地课以重税，一群爱国者为表抗议，化装成莫霍克印第安人，将东印度公司商船上装载的所有茶叶都扔进了波士顿港口的大海里）发生后，人们想当然地认为喝咖啡才是美国人的特有习俗。然而事实上，在近一个世纪之后，美国政府制订了一个与茶叶有关的、野心勃勃的计划。人们认为，美国南部的农业地区可以令美国成为利润十足的世界茶叶经济市场中的一个有力竞争者。福钧被要求对茶叶种植业能否在美国南部多山而潮湿的阿巴拉契亚地区各州（Appalachian states）、南北卡罗来纳州（the Carolinas）或弗吉尼亚州（Virginia）蓬勃发展做出评估。南部的劳动力依旧廉价。

1857年，美国专利局雇用了福钧，让他携带茶种前往美国，薪酬是固定的1年500磅，且所有开销都可以报销。沉浸在工业化狂热情绪中的专利局深信美国工程师可以利用蒸汽动力实现茶叶生产流程的自动化。

1858年3月，福钧再度乘船前往中国，8月份抵达中国内地。到了12月份，他已经为他的美国雇主采集到两沃德箱的茶种和茶树。经过多年的反复摸索，他已经是一名茶叶狩猎高手了。

那两箱茶种和茶树甫一运抵华盛顿，美国专利局的专员就蛮横无理地解雇了福钧，大概他坚信美国园艺师完全有能力照顾好当时已经长得枝繁叶茂的茶树苗。毫无疑问的是，茶树在专利局的植物园里长势喜人。到了1859年，利用福钧送来的树种和树苗已培育出大约30000株根须发

育良好的植株，可分种于南部的各个种植园。到了 1860
年，四处播撒茶种、种植茶树已经成为专利局农业部门的
一项重大任务。

当内战于 1861 年爆发的时候，新成立的美国农业局
与南部地区的所有通信都中断了，这其中就包括那些进
行茶叶种植试验的地区。等到战争结束，由于黑奴这一
廉价劳动力来源已不复存在，美国茶叶这下再也无法与
管理成本低廉的亚洲茶叶竞争了：在美国，采摘 1 磅茶
叶的费用是中国同等情况下的 6 倍。尽管美国人再度数
次尝试创建本国的茶叶产业，但这一计划还是胎死腹中
了。在美国内战期间，福钧多次试图要求专利局偿还他
为采集茶种和茶树所支付的费用，但这一愿望似乎从未
实现过。

1862 年，福钧最后一次动身前往远东，去了中国和
日本，这是他唯一一次以普通公民的身份出行，这次他受
雇于几家苗圃商行，路费也由它们支付。这一次，福钧终
于可以在发现物及其所带来的全部利润中为自己分一杯羹
了。日本过去是一个闭关锁国的国度，它所处纬度与英国
接近，植物猎人在那里获得的战利品被认为可以很好地适
应英国的气候环境。福钧在这个国家的探索所得令其获利
丰厚。福钧收集来的植物为全英国的狂热植物收藏家所欣
然接受。因而在生前的最后几年，福钧已经是一个大富翁

了。此外，由于他在亚洲待了很长一段时间，与形形色色的官吏和农民、佃农和诗人都打过交道，福钧已经练就了一双善于鉴赏东方艺术品和装饰品的慧眼，这些玩意儿依旧为西方的贵族和商人阶层视若珍宝。当福钧于 1880 年去世时，他的遗产价值超过 4 万英镑（至少相当于今天的 500 万美元）。

＊

就在福钧结束了自己的中国之旅后，他将一种与众不同的植物群落介绍给了全世界。这一植物群是他在东方"发现的"，由数百种植物组成，其中有荷包牡丹（the bleeding heart）、迎春花（winter jasmine）、白紫藤（the white wisteria）、12 种杜鹃花和菊花（the chrysanthemum）。他修正了林奈对茶叶的错误分类，证明绿茶和红茶是同一种类的茶叶，他揭露了中国人对绿茶进行染色的秘密，从而改善了英国人的健康状况。福钧利用沃德箱运输茶种的相关实验使得许多植物，包括英格兰的参天巨树——高耸的橡树和栗树——的移植变为可能。在他对沃德箱的运输方式进行改进之前，许多植物样本根本无法被移植到殖民地，因为橡子和栗子的情况与茶种极为相似，根本不适宜长途运输。他的贡献为整个农业经济"移民"新家园，进而打开新市场创造了可能。

然而，福钧亲手打造的植物狩猎很快就消失在历史长河之中了。当苏伊士运河开凿完毕时，中英两国之间的航时立刻被缩短到 1 个月多一点，往返欧亚的船只再也不用绕道非洲之角了，也就再也不用忍受变化无常的气温的折磨了，对商船上装载的植物标本所构成的威胁也随之降到最低。电报可以通过电缆从世界的这一头迅速传到另一头，这种情况下，诸如福钧在中国时那种即兴式的自吹自擂行为，随着信息传播的便捷化和广泛化也渐渐绝迹了。

看上去，福钧似乎把地球上所有壮丽的自然风景的组成元素——植物——都彻底加以编目、统计。但现在以查尔斯·达尔文的进化理论为基础的新著作已然问世。博物学不再只是一门将各种植物简单地加以分类的学科，而是一门积极发掘植物物种如何通过物竞天择原则而自我进化出适应环境的形态的学科。

罗伯特·福钧式的人物从此成为历史：东印度公司不复存在了，亟须植物学家开展植物狩猎活动的公共结构也随之不复存在。世界上再也没有任何一家巨型垄断企业愿意花钱进行这种大型植物研究计划，并将之发展到东印度公司那样的规模。福钧年轻时以自己的方式为宏大的历史舞台奉献了一场精彩的演出。在他活着的时候，大不列颠帝国的繁荣富强也有他的一份功劳。他把英伦大地变得更加葱翠宜人。不计其数的珍贵树苗经福钧之手，在遥远的中国大地上被精心打包、照管，而后在克佑区植物园，在庄严的宝塔旁安家落户。

当福钧已是白发苍苍时，印度出产的茶叶已经全面压倒了中国产品，中国茶叶在西方市场上失去了竞争力。福钧的偷窃行为在继续造福着世界：茶叶将出现在锡兰，出现在肯尼亚，出现在土耳其，这些茶叶的质量会被认为是良好甚至优秀的。福钧从中国成功盗走茶种及其相关技术，制造了迄今为世人所知的最大一起盗窃受保护的商业机密的事件。时至今日，福钧的做法仍被定义成商业间谍活动，在人们看来，他的行为的性质就跟偷走了可口可乐的配方一样。如今，许多国际公约都对在他国进行开发、考察行为加以约束，保护着那些国家级的商业财富。

今天，人们只会用审慎的态度应对地域性植物大规模全球化的浪潮。我们现在知道：当一个物种被带到一个新的栖息地，而这片栖息地上又没有它的天敌或竞争对手的话，那么这个物种就会过度繁殖，导致当地的生态环境体系遭到毁灭性破坏。最后，整个岛屿都会为这类"植物拓荒者"所占领，而这种事正是福钧和他的同辈人经常干的。

＊

罗伯特·福钧于 1880 年去世。由于妻子简在丈夫死后就将他的信件和私人物品全部焚毁，因而几乎无人知道福钧一生中的最后几年时光是如何度过的。

致　谢

首先要感谢的是我的代理人乔伊·图特拉（Joy Tutela），她对本文的润色和指导促使我将一个园艺师的故事扩展为一本描述他的世界的读物。乔伊为我做了很多事情，她教导我，曾异常温和地提醒了我，让我从骄傲自满中清醒过来。她和她的同事大卫·布莱克（David Black）、苏珊·莱霍费尔（Susan Raihofer）、丽·安·埃利塞奥（Leigh Ann Eliseo）、加里·莫里斯（Gary Morris）、乔纳森·威尔伯（Johnathan Wilber）、卡斯彭·丹尼斯（Caspian Dennis），还有艾伯纳·斯坦因（Abner Stein），他们都是些高尚、亲切的人。而且，我敢肯定他们是全世界最好的代理商。

最衷心的感谢则属于我的编辑，《和记电讯》（*Hutchison*）的保罗·西德尼（Paul Sidey），他对研究罗伯特·福钧这个人所倾注的热情经常让我也自叹不如。最衷心的感谢还属于詹姆斯·南丁格尔（James

Nightingale）、劳拉·梅尔（Laura Mell）和艾玛·米切尔（Emma Mitchell）。感谢维京团队的全体成员：里克·科特（Rick Kot）、霍里·沃特森（Holly Watson）、劳拉·迪斯代尔（Laura Tisdel）、梅根·法隆（Meghan Fallon）、凯特·格里格斯（Kate Griggs）、南希·雷斯尼克（Nancy Resnick）、杰瑞·巴克利（Jerry Buckley）、玛格丽特·帕耶特（Margaret Payette）以及保罗·巴克利（Paul Buckley）。

感谢上苍，赐予我这些值得交往的朋友：

傅伟东是我可敬的老师、翻译和旅伴，我十分想念他。我只能寄望此书成为我们曾结伴同游的最佳纪念品。

斯科特·安德森（Scott Anderson）在一个异常阴暗的冬天给我带来了罗伯特·福钧，他以无尽的耐心和大度化解了我的怒气。他将原文的每个单词都翻来覆去读了许多遍，而后平静地告诉我如何写得更好些。没有他，我根本成不了一个作家。莫（Moe）、唐娜（Donna）和凯莉·安德森（Kelly Anderson）的教导让我爱上了园艺艺术。在本书问世前，唐娜不幸去世，我再也无法报答她在园艺学上给我带来的欢乐和技艺了。每当吃西红柿时，我就不禁想起她。

金·宾斯特德（Kim Binsted）是我的玩伴。我曾在中国生活过，这完全是她搞的鬼。每年冬天我去夏威夷的时候，她都会迎接我的到来，不管我的处境有多么落魄。我会死缠着她，直到天涯海角，即便是火星也一样。

乔尔·丹夫纳（Joel Derfner）是所有在世的朋友中最有才的。一个女孩子在写作、出版这条荆棘丛生的漫漫长路上是找不到比他更迷人、更有趣的旅伴的。

我的第一批读者，瑞切尔·埃尔金（Rachel Elkin Lebwohl）、维克塔·威什娜（Victor Wishna）、索罗·奥斯特里茨（Saul Austerlitz）和乔尔·丹夫纳——他们不但为我做了第一流的编辑工作，还给了我漫漫三年来的第一批喝彩。

梅根·冯·贝伦（Megan Von Behren）是我的私人系谱顾问，而丹尼尔·冯·贝伦（Daniel Von Behren）是我的啦啦队长——我很乐意当他们的老婆。

本书大部分章节的调查研究及写作工作都是在离我家很远的地方完成的。笔者在此对在那些景色迷人之地给我提供了住处和友谊的人表示感谢。伦敦的朱里安·兰德（Julian Land）、米里亚姆·纳巴罗（Miriam Nabarro）和科科·坎贝尔（Coco Campbell）；托斯卡的亨利（Henry）、托利（Tory）、伊丽莎白（Elizabeth）和乔·阿施（Joe Asch）；缅因州的马尔克（Marc）、劳伦（Lauren）、大卫（David）和迪莉娅·莱廷（Laitin）；德里的佳纳克伊·巴哈杜尔（Janaki Bahadur）和克里斯多夫·克莱默（Christopher Kremmer）。

其他"萨拉世界"的朋友们也应当得到一个吻和一份烘烤食品以表谢意：总是请我喝酒的"豪侠七勇士"——克伦·贝克（Karen Bekker）、凯瑟琳·克拉克（Catharine Clark）、塔米·赫普斯（Tammy Hepps）、查理·帕拉代斯（Charlie Paradise）、阿迪娜·罗森塔尔（Adina Rosenthal）和夏娜·西斯克（Shana Sisk）。我有幸得到这些优秀老师的指点：达琳·麦坎贝尔（Darlene McCampbell）、厄尔·贝尔（Earl Bell）、理查德·福特（Richard Ford）以及艾伦·里克曼（Alan Richman）。如果没有玛丽亚（Maria）、塞尔吉奥（Sergio）、皮埃尔伯特·德尼加罗（Pierralberto Deganello）、蒂诺·帕拉西奥（Tino Palacio）、明迪·格雷厄姆（Mindy Graham）、罗茜·汉弗莱（Rosie Humphrey）和伯特·弗里德曼（Burt Friedman）在的话，芝加哥就是座永远没有温暖的城市。夏威夷的阳光倒是很暖和，然而如果没有詹妮弗·贝克（Jennifer Baker）、杰森·"大红色"·杰斯蒂斯（Jason "Big Red" Jestice）和沃尔特·埃尔克斯在的话，那也一点乐趣都没有。当我最需要他们的时候，查尔斯·考克斯（Charles Coxe）就交给我一些工作。莱拉（Laila）、塔莉娅（Talia）和米娅·维西德（Mia Veissid）以及她们的父母，马可（Marco）和菲丽丝（Phyllis），负责枯燥乏味的修订工作，现在仍在继续。

特别鸣谢名单还有巴尼·罗斯（Barney Rose）、克莱尔·霍林沃思（Clare Hollingworth）、贝琪（Betsy）、杰夫·加菲尔德（Jeff Garfield）、埃文·科诺各（Evan Cornog）、劳伦·麦克莱斯特（Lauren McCollester）、斯蒂芬妮·乔丹（Stephanie Jordan）、亚当·布朗（Adam Brown）、夏嘉曦·因格贝尔（Shai Ingber）、伊丽莎白·汉密尔顿（Elizabeth Hamilton）、杰森·贝思（Beth）、芭芭拉（Barbara），还有比尔·迈尔斯（Bill Myers）、理查德·布莱德利（Richard Bradley）、伊莱恩·兰德（Elaine Land）、安妮塔·福尔（Anita Fore）和作家协会（the Author's Guild），以及已故的格拉迪斯·肯纳（Gladys Kenner），他生前总是说中国不是一个年轻女士该去的地方。

茶叶和我是在同一天过生日的：每年庆祝第一轮采茶活动的日子是农历三月初三，所对应的阳历时间应为 4 月 3 日（或是前后几天吧）。如果让我表述一下对这份快乐的、与生俱来的权利的感想的话，那么我觉得我能享受这份权利很大程度上要归功于我的父母——海伦·科恩·罗斯（Helen Cohen Rose）和杰拉尔德·罗斯（Gerald Rose），没有他们，这本书（还有我）永远不可能来到这个世界。

后　记

由于此书是一本通俗历史著作，而不是一项学术性工程，我也就没有使用脚注，并且试着不在正文部分提及参考资料来源。不过此书也不是一本小说，所以也不是完全没有引用过信件、回忆录、报纸或者与福钧同一时代人物提供的资料。

罗伯特·福钧的四本回忆录、他致东印度公司的那些信件，以及大英图书馆馆藏的其他东印度公司的档案是笔者的重要参考资料。笔者总共查阅了超过 500 份著作和档案。每一个极具深度的主题——福钧、东印度公司、中国以及植物学专业——都是需要花费很大精力去研究的课题，而且都超出了笔者的认知范围。

威廉姆·H. 尤科斯（William H. Ukers）有一本以茶叶为主题的著作，内容非常详尽，书名恰如其分：《茶叶大百科》（茶与咖啡贸易期刊公司，1935）。有几本通俗历史著作在故事性方面更强，但我最喜欢的还是詹姆斯·

莫里斯·斯科特（James Maurice Scott）所写的文笔生动的《伟大的茶叶投机》（达顿，1965）。

令笔者惊叹不已的是，研究维多利亚时代大英帝国的博物学者和植物学家的世界，竟然有那么多的乐趣，我简直找不到合适的形容词来表达对那些首次探索这一领域的学者的赞美之情：大卫·E.艾伦（David E. Allen），著有《英国的博物学者：一门社会学的历史》（普林斯顿大学出版社，1994）；大卫·阿诺德（David Arnold），著有《热带地区及旅游热点：印度、风景及科学，1800～1856》（华盛顿大学出版社，2006）；范发迪（Fa-ti Fan），著有《清代在华的英国博物学家：科学、帝国与文化遭遇》（哈佛大学出版社，2004）；西德尼·W.明茨（Sidney W. Mintz）的巨著《甜味与力量：产糖之地的现代史》（企鹅图书，1986）；多纳尔·麦克拉肯（Donal McCracken），著有《园林帝国》（莱斯特大学出版社，1997）；亨利·霍布豪斯（Henry Hobhouse），著有《变革的种子》（哈珀与罗出版公司，1986），以及桑德拉·纳普（Sandra Knapp）的《植物大发现：一个植物学家的植物探秘之旅》（萤火虫图书，2003），上述所有著作都是相关领域的巨大财富。笔者在此对《药剂师的植物园》（萨顿，2000）一书的作者苏·明特（Sue Minter）以及切尔西药用植物园及其出版的所有小册子致以由衷的谢意——他们是伦敦最灿烂的瑰宝。

任何研究中国的学者都可能要依赖若干大师的指导，我的清史知识就来自下列几位：史景迁（Jonathan Spence）、费正清（John King Fairbank）、徐中约（Immanuel C. Y. Hsu）、菲利普·库恩（Philip Kuhn）以及弗雷德里克·魏斐德（Fredric Wakeman），他们的著作气势宏伟、才华横溢，令人惊叹不已，笔者都如饥似渴地加以阅读。如果想进一步了解太平天国史的话，笔者推荐史景迁的《太平天国》（*God's Chinese Son*）（W. W. 诺顿，1996）。如果想了解鸦片战争部分的话，郑扬文（Zheng Yangwen）的《中国鸦片社会生活史：从15～20世纪的鸦片消费史》（剑桥大学出版社，2005）是很出色的相关作品。若读者对中国农村生活形态有兴趣的话，南希·贝林（Nancy Berliner）和皮博迪·埃塞克斯博物馆（Peabody Essex Museum）合著的《荫余堂：中国家庭的房屋和日常生活》（塔托出版社，2003）是翔实的参考资料。

关于东印度公司的历史著作缺乏本应该有的说服力，这令我非常担心。没有一份文本恰如其分地展现东印度公司在组织结构上的宏大或复杂性，这让身为这段历史研究者的笔者觉得不满意。尽管如此，我还是参考了几份较为严谨的作品，这其中有彼得·沃德·费伊（Peter Ward

Fay）的《鸦片战争》（北卡罗来纳大学出版社，1975）、尼克·罗宾斯（Nick Robbins）的《改变世界的企业》（普卢托出版社，2006）、约翰·凯伊（John Keay）的《可敬的东印度公司：英国东印度公司史》（哈珀柯林斯，1993）、帕特里克·塔克（Patrick Tuck）的《东印度公司》（劳特利奇书局，1998 年重印版）、H. A. 安特罗伯斯（H. A. Antrobus）的《阿萨姆公司史，1839～1953》（T. 和 A. 康斯特布尔于 1957 年自费出版），还有大卫·麦克雷戈（David Macgregor）著的《茶叶快船：一份中国茶叶贸易记录和 1849～1869 年某些用于茶叶运输的英国帆船》（P. 马歇尔，1952）。

在研究福钧、中国、东印度公司和茶叶这几个主题的过程中，几个茶叶专家如卢顺勇先生（Mr. Lu Shun Yong）及其合伙人王先生和史先生，还有阿兰·斯托克斯（Alan Stokes）和迈克尔·哈尼（Michael Harney）都给了些有用的意见，令笔者受益良多。要感谢的还有汉学家卡西·仪（Carsey Yee）、黄明珍（Jan Wong）、海耶斯·摩尔（Hayes Moore）、苏珊·蒂兰（Susan Thurin）和无人可及的理查德·莫雷尔（Richard Morel），以及大英图书馆亚洲馆的全体员工和整个芝加哥图书馆系统——世界上我最喜欢的图书馆。

北京过去被以英语为母语的人称为"Peking"。1949

年后，共产党建立的新政权在规定北京市市名时用正式的汉语拼音"Beijing"代替了英国化的"Peking"，但并未被广泛应用，直到 20 世纪 80 年代，中国政府开始在官方文件中使用"Beijing"一词。我初次见到的很多老中国通在香港交接期间，提到中国首都的时候仍称之为"Peking"。这个称呼残留的殖民主义色彩正是我着力要在全书中保留的，无论它有多么不合时宜。

福钧经常赶在别人前头或赶在其他西方人前头进入中国农村地区，他在著作中所提及的中国地名和事物名并不总是很清晰。这是他来华的时候，中文译成英文尚无统一标准之故。遇到这种情况，笔者就尽量在句子中加入拼音。唉，可汉语并不是我的母语，所以在这方面只能全靠我的汉语翻译了。当然，由此导致的所有错误均由笔者负责。

图书在版编目（CIP）数据

茶叶大盗：改变世界史的中国茶/（美）罗斯（Rose, S.）著；孟驰译.—北京：社会科学文献出版社，2015.9（2025.3 重印）

ISBN 978 - 7 - 5097 - 7918 - 7

Ⅰ.①茶… Ⅱ.①罗… ②孟… Ⅲ.①历史故事 - 美国 - 现代 Ⅳ.①I712.45

中国版本图书馆 CIP 数据核字（2015）第 192628 号

茶叶大盗
——改变世界史的中国茶

著　者/〔美〕萨拉·罗斯
译　者/孟　驰

出　版　人/冀祥德
项目统筹/董风云　段其刚
责任编辑/冯立君　刘　波　周方茹
责任印制/王京美

出　　版/社会科学文献出版社·甲骨文工作室（分社）（010）59366527
　　　　　地址：北京市北三环中路甲29号院华龙大厦　邮编：100029
　　　　　网址：www. ssap. com. cn
发　　行/社会科学文献出版社（010）59367028
印　　装/三河市东方印刷有限公司

规　　格/开　本：889mm × 1194mm　1/32
　　　　　印　张：10.375　字　数：190千字
版　　次/2015 年 9 月第 1 版　2025 年 3 月第 11 次印刷
书　　号/ISBN 978 - 7 - 5097 - 7918 - 7
著作权合同
登　记　号/图字 01 - 2013 - 9290 号
定　　价/52.00 元

读者服务电话：4008918866